ハヤカワ文庫JA
〈JA1495〉

隷王戦記 2
カイクバードの裁定

森山光太郎

早川書房
8701

目次

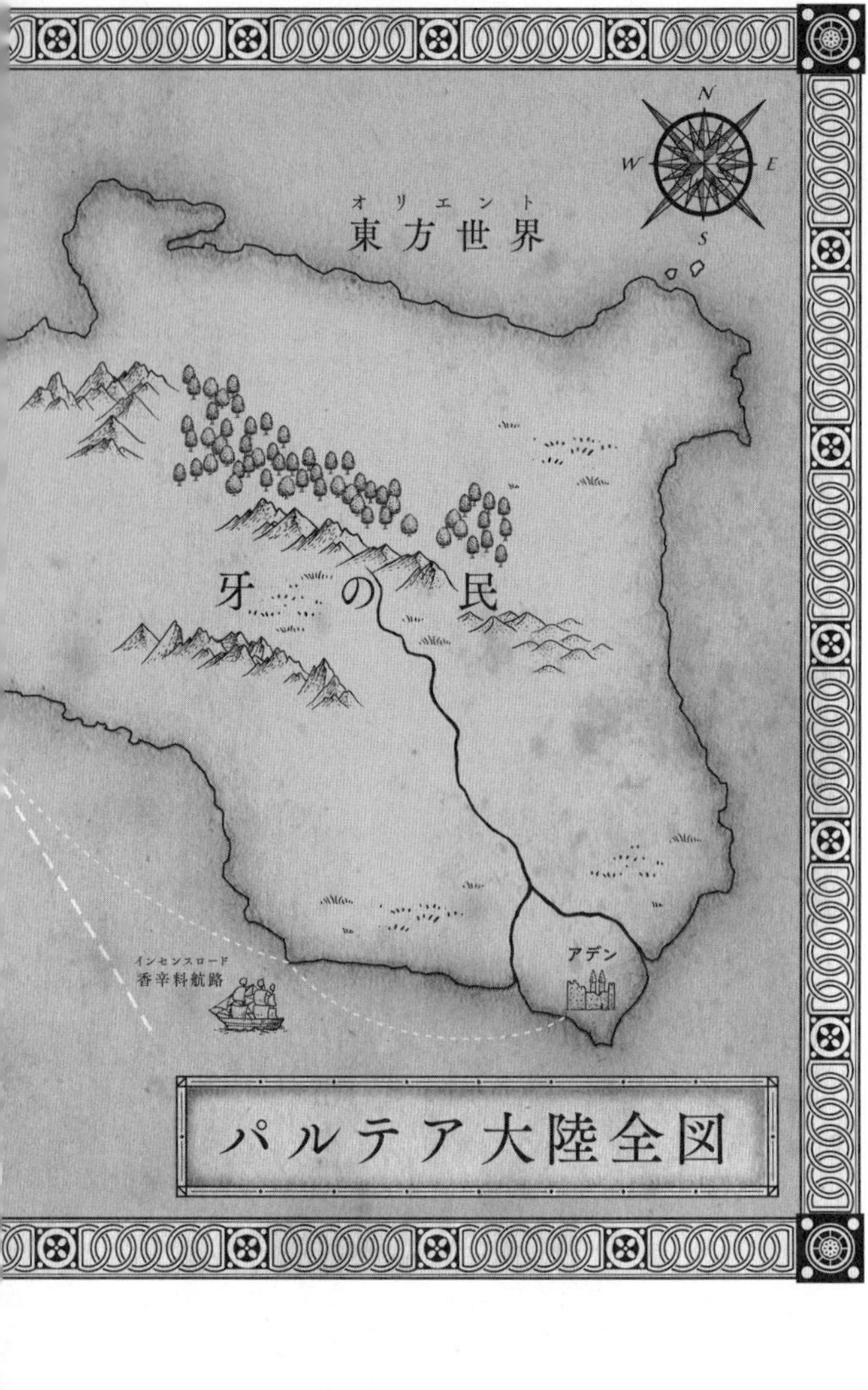

パルテア大陸全図

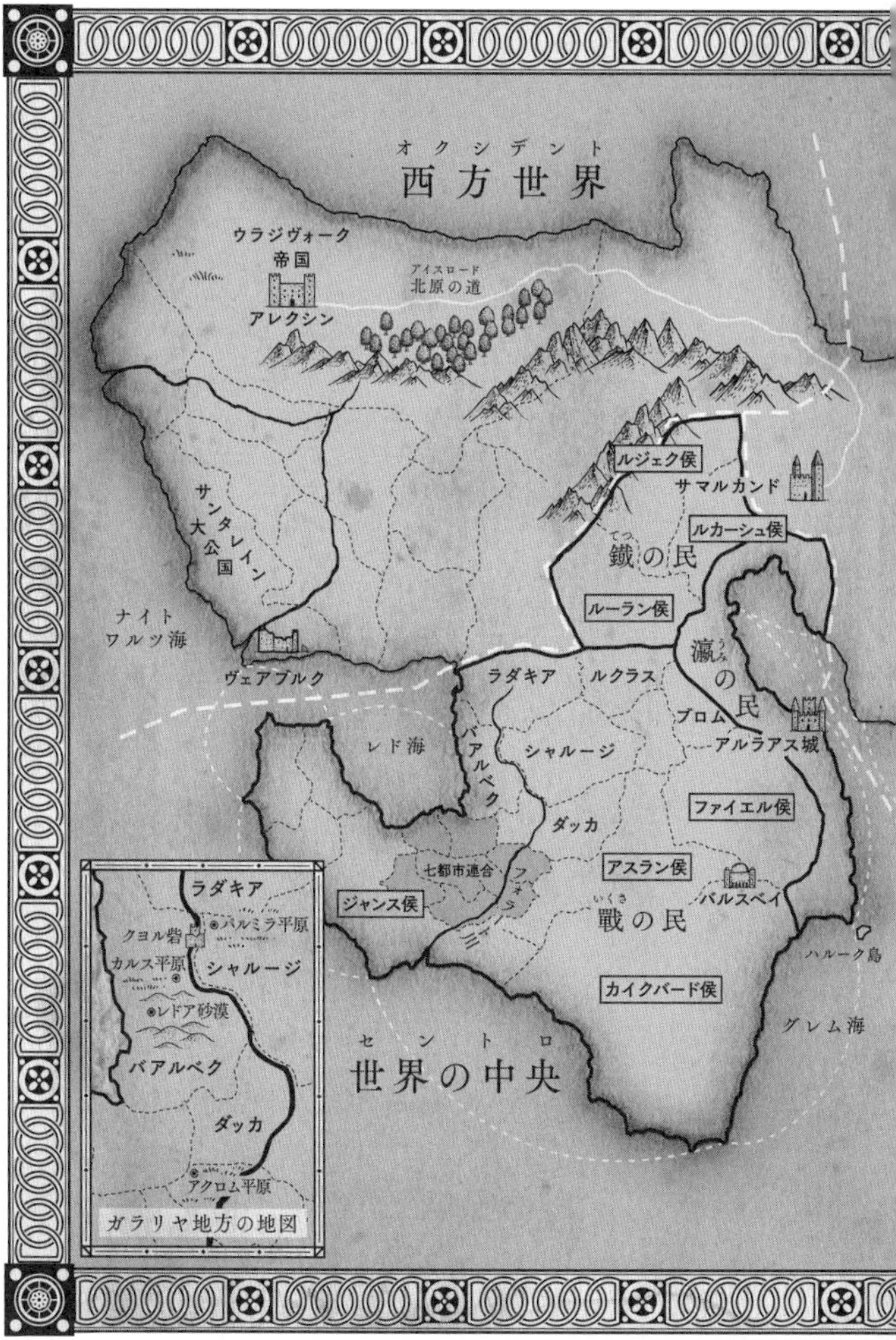

西方世界《オクシデント》
ウラジヴォーク帝国
アレクシン
北原の道《アイスロード》
サンタレイン大公国
ナイトワルツ海
ヴェアブルク
ルジェク侯
サマルカンド
ルカーシュ侯
鐵《てつ》の民
ルーラン侯
瀛《うみ》の民
ラダキア
ルクラス
ブロム
アルラアス城
レド海
バアルベク
シャルージ
ファイエル侯
ダッカ
七都市連合
フォラミ
アスラン侯
ジャンス侯
パルスベイ
戰《いくさ》の民
ハルーク島
カイクバード侯
グレム海
世界の中央《セントロ》
ラダキア
クヨル砦
パルミラ平原
カルス平原
シャルージ
レドア砂漠
バアルベク
ダッカ
アクロム平原
ガラリヤ地方の地図

隷王戦記2

カイクバードの裁定

登場人物

[世界の中央《セントロ》]

《戦《いくさ》の民》

カイエン・フルースィーヤ…………バアルベク騎士《ファーレス》、〈憤怒の背教者〉
マイ・バアルベク……………………バアルベク太守《アミール》
バイリーク……………………………バアルベク千騎長《アルフーム》、ダッカ太守代《アルアミール》
サンジャル……………………………バアルベク千騎長《アルフーム》
シェハーヴ……………………………バアルベク筆頭千騎長《アルフーム》
クザ……………………………………バアルベク千騎長《アルフーム》、元ラダキア千騎長《アルフーム》
アイダキーン・バアルベク…………バアルベク前太守《アミール》

エフテラーム・フレイバルツ………シャルージ騎士《ファーレス》兼任太守代《アルアミール》、〈炎の守護者〉

カイクバード…………………………アルバティン地方を統べる諸侯《スルタン》、軍神の異名を持つ
ファイエル・シェード・ヤヴズ……諸侯《スルタン》、白薔薇の紋章を持つ
ジャンス
アスラン………………………………諸侯《スルタン》
リドワーン……………………………カイクバードの長男、〈悲哀の背教者〉
スィーリーン…………………………カイクバードの長女、リドワーンの異母妹、〈怠惰の背教者〉
タメルラン・シャール………………元ルクラスの軍人奴隷

[東方世界《オリエント》]

エルジャムカ・オルダ………………牙の民の王、東方世界《オリエント》の覇者《ハーン》、〈人類の守護者〉
ダラウト………………………………牙の民全軍総帥《コールガル》
エラク…………………………………エルジャムカの異母弟、〈大地の守護者〉
ソルカン………………………………将軍《ガル》、〈動物の守護者〉
ゲンサイ………………………………将軍《ガル》、〈樹の守護者〉
アルディエル・オルグゥ……………客将軍《イーガル》、草原の民を率いる
フラン・シャール……………………草原の神子《みこ》、〈鋼の守護者〉

プロローグ　光

〝汝《なんじ》が、我を滅ぼすのか〟

響き渡るのが肉声でないことは、互いに分かっていた。世界に反響する声が、互いにしか聞こえていないこともまた分かっている。

汝と言葉を交わしてみようという気になったのは、いつ以来であろうか。もはや、かつて交わした言葉も忘れ去ってしまったが、それでもこの声が理解されることは知っている。

汝にはまだ話す気がないのだろうか。そんなはずはない。我と同様、声をあげようと欲しているに違いないのだ。

母が死んでから、あまりにも永い時を過ごしてきた。たった一つの答えを探し求めて、我らはここにいた。汝が我を殺そうとし、我もまた汝を殺そうとした。互いの胸に無形の刃《やいば》を、幾度となく突き立ててみた。

されど、我らは互いを終わらせることはできない。全知全能の知恵と力を持ちながら、唯一の望みを叶えられない――。

沈黙が、かすかに動いた気がした。頷いたのだろうか。見えぬ姿に、苦笑する。

母は、人が理性を持った種として生きることを望んだ。だからこそ、我らはつねに人の心の中にあり、正しき思いとそうではない思いを司《つかさど》ってきた。人にそれを忘れさせぬため、我らは対立することを是《ぜ》としてきた。

人が生きてあるかぎり、我らの存在が尽きることはない。

だからこそ、汝も我も、人を滅ぼすと決めた。我は神奪の力を、汝は神授の力をもって。しかし、やはり母の呪いには勝てぬのだろうか。我の力を手にした人間が人を滅ぼそうとすれば、汝の力を手にした人間は、人を救おうとした。逆もまたしかり。最初に汝の力を受け、人を救おうとした者は〈守護者〉などと呼ばれていたが、あまりに滑稽な話だった。

だが、ようやく、汝の力を人の王たる者が受け、人を滅ぼさんと力を行使している。

我は実に愉しみにしているよ。永い永い疑問の答えを、手にすることができるのではないかと。その答えが我らの望むものかは分からぬが、答えのない問いほど虚《むな》しいものはない。

ふと、沈黙の横たわる世界を見上げるようにした。

〝答えが出れば、我らはまた互いを名で呼ぶことができるのだろうか〟

返答を期待した問いかけではない。だが、静寂に満ちた世界はやはり動かない。

第一章　竜の帰還

I

砂吹く荒野を、その隊列は途切れ途切れに進んでいる。

昨日の戦で、二千いたはずの味方は五百まで減っていた。だが、それでも自分たちは生き残ったのだ。奴隷として死ぬためだけの戦を、生き抜いた。血と汗の臭いの中で、タメルランはゆっくりと唾を呑み込んだ。

重い身体を引きずっているのは自分ばかりではない。右を見ても左を見ても、身体のいたるところから血を流し、呻《うめ》き声を必死でこらえている者たちがいる。声をあげれば、騎乗する戦士《ムハリ》の鞭《むち》が奴隷の肉を裂くために打ち下ろされるだろう。

こんなところで、死ぬものか。

胸の奥底から湧き出る思いに、銀髪の青年は拳を握り締めた。

　颪に転がる砂は細かく、辺りには触れれば皮膚を突き破りそうな岩が無数に転がっている。見渡す限りの荒野だった。丘陵《きゅうりょう》の起伏がわずかにあるため、敵がどこに去ったのかは分からない。

　照り付ける日差しによる喉の渇きを、タメルランは砂にまみれた腕の血を啜《すす》ることでごまかした。口の中に広がる鉄の味に耐え、砂利を吐き出す。

　世界の中央《セントロ》の北辺に広がるルクラスは、南東に隣接する都市ブロムと、長年にわたって争ってきた都市だ。

　世界の中央《セントロ》の入口である両都市には、毎日のように新たな奴隷が流入してくる。一日三千人、十日で三万、一月で十万弱。二月もすれば都市の人口をゆうに超える奴隷の流入は、両都市の治安を極端に悪化させた。

　物乞いとなった奴隷がやがて盗賊となり、群れをなして城壁を破る。都市の存続が危ぶまれるほどになった時、だがそれでも莫大な利益を生む交易路の存続を願った両都市が考え出したのは、あまりにも救いなき術《すべ》だった。

　多すぎる奴隷を殺すためだけに戦わせる――。

　それが、二都市の間で行われ続ける戦の正体だった。

　東方世界《オリエント》からの長旅によって栄養失調や病によって売り物とならなくなった多くの奴隷

を、奴隷商人たちは二都市に無償で提供し、戦わせる。そこで生き抜き、強さを証明できれば高値で二都市が買い取り、そうでない者は戦場に死んでいく。

「まだ、死ぬものか」

ルクラスに辿り着いて二年。戦の役には立たないと、最初に連れていかれたのは巨大な集積所だった。暮らしの中で出た残飯をはじめとする廃棄物が集められる施設で、食うものすら与えられないまま日の出から夜更けまで清掃を命じられた。ごみの中で死んだとしても、そのまま燃やされただろうし、ルクラスの役人はそれを望んでもいたはずだ。

食えるものは何でも口にした。泥まみれの穀物を無理やり呑み込み、腐臭を放つ獣の死骸を貪《むさぼ》り食った。そうして飢えを凌《しの》いだタメルランは、一月後、奴隷の補充のために現れた役人によって薄気味悪い視線を向けられた。まだ生きていたのかという目だ。

その翌日、タメルランは戦場へと送り込まれた。十五だった自分よりも幼い少年が、そこかしこにいた。

彼らの胸に剣を突き刺しながら、地獄のような日々を二年間生き抜いてきた。彼らの断末魔の叫びは、タメルランから安眠を奪った。だが、それでも生きるために殺し続けた。

生きて、全てを取り戻すために、戦ってきた。

この半年の間だけでも、八度に及ぶ戦があった。その全てをタメルランは最前線で戦い、生き残ってきた。草原の兄に教えられた戦争の技を駆使してきた結果だったが、もはや剣を振るう力も残っていない。

もし今、敵が現れれば、生き残った五百人も残らず殺しつくされるだろう。騎乗するルクスの戦士《ムハリ》たちは、タメルランたち軍人奴隷を置いて我先に逃走するはずだ。

正規軍とは違い、奴隷で構成された兵団は敵の体力を奪うことだけが目的なのだ。鎧《よろい》などなく、与えられているのは量産された半月刀《シャムシール》のみ。死ねば、新たな奴隷が奴隷商人から贖《あがな》われ補給されていく。

不意に、目の前を歩いていた奴隷が、砂の地面に顔から倒れ込んだ。

三カ月前から、戦場で背中を合わせて戦ってきた男だった。わずかな水を分け合い、ルクスで与えられた狭い十人部屋では、二口ほどの酒を分け合った。タメルランが十ほど年下だったこともあり、一握りほどの食料をいつも多めに分けてくれた。

男に何を重ねていたのかは今となっては分からないが、自分はいつだって誰かに護られてきた。奴隷となる前は、二人の勇敢な兄と、誰よりも美しく気高い姉に護られてきた。護られ、目の前で失った。

今もまた――。

男が死んでいるのはすぐに分かった。

その後ろで騎乗する戦士《ムハリ》は何の感情も見せず、当然であるかのように奴隷の骸《むくろ》を馬蹄《ばてい》で踏みしだく。声をあげる間もなかった。骨の砕ける嫌な音が響いた瞬間、心の奥底から憤《ふん》怒《ぬ》が込み上げてきた。

剣を突き上げれば、目の前の戦士《ムハリ》は殺せるだろう。だが、すぐに後方で鞭を握る別の戦士《ムハリ》の槍に胸を貫かれる。それでもいい。いや、こんなところで死ぬわけにはいかない。二つの思いがない交ぜになり、葛藤していた時だった。

奴隷たちがざわめきだした。

視線を上げたタメルランが見たのは、青天に高く上る巨大な砂塵だった。千や二千ではない。響き始めた角笛の音を聞けば、それが万を超える大軍勢であることは明らかだ。後方に敵の気配はない。前方から近づく大軍があるとすれば、味方のルクラスの軍勢のはずだが――。

剣を抜くべきか、白旗を掲げるべきか、その判断をするべき千騎長《アルフーム》は、先の戦での無謀な突撃によって死んでいた。

周囲を静かに見渡し、タメルランが青空へ顔を向けると、途端に世界が広くなった気がした。空には大鷲《おおわし》が二羽、飛んでいる。雄大な羽を広げて、彼らはどこに向かおうとしているのだろうか。それとも、自分たちの屍肉《しにく》を漁《あさ》ろうと待ち構えているのか。

角笛の音の中に、無数の軍靴《ぐんか》の音が鳴り響いていた。近づくのは、敵か味方か。喉に唾が落ちる。

自分を生かした、愚かで勇敢な兄を救うまでは。自分に期待してくれた、どこまでも愚直で聡明な兄を救うまでは。そして、何も語らずに去っていった姉を救うまでは。

再び、あの三人の笑い顔を見るまでは――。

こんなところで死ぬわけにはいかなかった。

砂煙は、もう一つ丘を越えた先まで近づいている。

四百五十の軍人奴隷と、それらを従える五十の正規軍の戦士《ムハリ》。指揮を執れるものはおらず、戦えば抗いようもない。いや、このままではまともな抵抗すらできないだろう。

掌《てのひら》が汗でじとりと濡れていた。腰には久しく研《と》いでいない半月刀《シャムシール》が一振りあるだけ。

「……あの日と比べれば」

草原の民の命運が決まったあの日、戦場に向かう直前にカイエンに気絶させられたタメルランが目を覚ましたのは、全てが終わった後だった。

たった一日で、三万の同胞が殺しつくされた。昨日まで笑い合い、焚火を囲んでいた者たちが、草原に血を流し、うつろな瞳を空へと向けていた。空を舞う数万の烏《からす》は、天災のようにしか思えなかった。屍肉をついばむ彼らを、タメルランは泣きながら殺しまわった。

人が物となるあの恐怖に比べれば、こんなもの、絶望にはほど遠い。

タメルランが呟いた時、丘の頂上に赤蛇の旒旗《りゅうき》が姿を現した。ブロムの騎士《ファーレス》グレアム。串刺し公と渾名《あだな》され、残忍狡猾《ざんにんこうかつ》、生きたままの捕虜に笑いながら杭を打ち、倒錯した快楽を得ることをこよなく愛する男だ。

グレアムの旗を見た戦士《ムハリ》たちが馬腹を蹴り、ブロム軍とは正反対の南へ逃げ出していく。罠だ。そう、心の中でそう警告した時――。

「逃げたら駄目であろうが」

聞こえてきたのは、ねっとりとした嗤《わら》い声だった。赤蛇の旒旗の下で、黒鎧を身にまとい、血に塗《まみ》れた戦斧《せんぷ》を握るグレアムがタメルランたちを見下ろしている。

直後、逃げ出した戦士《ムハリ》たちを覆い隠すほどの矢の雨が降り注いだ。馬上から人影が消え、やがて動く者がいなくなった時、左右、そして背後から喊声《かんせい》が轟《とどろ》いた。現れたブロム兵は、二万を超えているだろうか。正面の丘には、グレアム直下の千の騎兵。蟻《あり》の這《は》い出る隙間もないほどの包囲だった。

「敗者は、勝者の玩具になる。昔々のおとぎ話から決まっていることだろう。いいか、ルクラスの軍人奴隷ども。お前らの運命は、全員同じ」

グレアムの口の端が、裂けたかのように吊り上がった。

「逆さ吊りの矢の的《まと》だろうが！」

荒野に響く悍《おぞ》ましい声に、軍人奴隷たちが息を呑んだ。

戦場でグレアムに捕らえられた者は、まともな死に方はできない。全身に鉄釘を打たれる者。手足を切り刻まれるもの。両目を穿《うが》たれる者。グレアムというブロム騎士《ファーレス》の名は、相対する者にとって恐怖の象徴だった。

四百五十の僚友《りょうゆう》のおののく姿を見渡し、タメルランは銀色の髪をゆっくりとかき上げた。

「——笑わせる」

戦士《ムハリ》が残していった葦毛の馬が一頭、悲しげに嘶《いなな》いた。その紺色の瞳に頷き、タメルランは騎乗した。視界が広がる。

二万の兵に囲まれた四百五十の軍人奴隷。勝ち目がないことは、誰の目から見ても明らかだったし、歴戦のタメルランにしても否定しようのない事実だ。だが、敗《ま》けるかもしれないという未来は、自分にとって恐れるべきものではない。

本当に恐ろしいのは、敵を前に戦うことすらできないことなのだ。

「剣を取れ！」

三十ほどの奴隷たちがあたりを見渡し、声の主を見つけた。タメルラン・シャールという銀髪の青年は、彼らにとって最後の頼みの綱だった。先の戦、二千人いた戦場で、五百人が生き残れたのも、タメルランの咄嗟《とっさ》の機転があったからだ。何より、十日で死ぬと言われている戦場を二年も生き延びている。

すらりと抜き放った半月刀《シャムシール》を、タメルランは遥か遠くのグレアムへと向けた。グレアムが驚いたように眉を吊り上げる。

「どうせ、死んでいた命だ」

声に出しながら、タメルランは二人の兄であればこの場で何と叫ぶかを必死に考えた。

金色の髪を靡《なび》かせる兄ならば、現実から考えうる具体策を叫ぶだろう。眼光鋭く、だが誰よりも頼りになる兄であれば、兵が切望する言葉を叫ぶはずだ。

大きく息を吸い込んだ。

「捕まれば想像を絶する苦しみの中で惨《むご》たらしく殺される。僕たちが泣き叫ぶ様を見て、あいつらは笑って酒を飲むんだ。だが、それは僕たちがやってきたことでもある。全員、覚悟を決めろ」

殺されるがゆえに殺す。拷問《ごうもん》されるがゆえに拷問する。戦争とは、上るほどに狭くなる螺旋《らせん》階段のようなものなのだ。報復が報復を生み、最後には、誰も生き残らない。

「拷問に責め殺されるか、グレアムを追い詰めて死んでいくか」

言葉を切った。丘の上でグレアムの額に青筋が浮き出た。乱暴に戦斧を振り上げ、グレアムが雄叫《おたけ》びをあげた時、軍人奴隷たちの視線はタメルラン一人に集まっていた。

「格好よく、死にたいだろう」

微笑み、タメルランは強く馬腹を蹴った。背後から吹く風と共に軍人奴隷たちを追い越し、その先頭に立つ。来い。心の中でそう叫んだ時、背後から僚友たちの喊声が轟いた。左右を吹き抜ける風の中に、一本、二本と矢が交じり、すぐに数えきれないほど風の唸《うな》りが聞こえ始めた。馬鎧に備えられた大盾を構え、身を低くする。盾に突き刺さる矢の衝撃が全身を揺らした。

勝機があるとすればただ一つ。グレアムを討ち、敵の混乱に乗じて逃げ出すことだ。ブロム軍は、突然動き出した軍人奴隷に対して展開が遅れている。このままいけば、グレアムに届く。そう思った時、タメルランの耳朶《じだ》を打ったのは、グレアムの絡みつくような言葉だった。

「銀髪の。串刺しはお前からでいいのだな」

背後で馬蹄が響いた。振り返らずとも分かる。歩兵である軍人奴隷たちを、ブロムの騎兵団が左右から襲ったのだろう。

少しの間、耐えてくれ。

馬腹を蹴り、盾を投げ捨てた。一気に視界が開け、馬速が上がる。飛来する矢を躱《かわ》しながら、身体に当たりそうなものは全て半月刀《シャムシール》で叩き落した。タメルランが一騎であるがゆえに、敵の騎兵はこちらには向かっていない。

顔を上げた。ブロムの騎士《ファーレス》との間に遮る者は、いない。

だが、グレアムの視線は、タメルランを見ていなかった。何に気を取られているのか。

好機だと、タメルランが柄を握る拳に力を込めた時――。

視界が歪み、唐突にそれは現れた。

「……貴様！」

グレアムの呟きが、身の毛のよだつような絶叫へ変わり、その身体に横一線の罅《ひび》が走る。

タメルランが唾を呑み込んだ瞬間、鮮血をまき散らしながら上下に裂けたグレアムの身体が、一方は空へと舞い上がり、もう一方は地面に激突した。

舞う鮮血の中から現れたのは、騎乗する異形の大男だった。

血を浴びる仮面は竜を象《かたど》り、穿たれた二つの穴の奥からは強烈な眼光が放たれている。

今まさにグレアムの身体を大剣で裂いた男の視線が、タメルランに向けられた。

身体中から一気に汗が噴き出した。

なんだ、あれは。

グレアムに感じた気配とは全く違う。しかし、この感覚をタメルランは知っていた。草原で全てを奪い去った覇者《ハーン》にも重なるこの気配は――。

騎乗する男は、すぐ目と鼻の先にいた。馬を止めることはもうできない。方向を変えれば、背後から襲われて殺される。

今ここで斃《たお》すしか、生き延びる道はない。

竜仮面の下で、男が笑ったのが分かった。すれ違う。見えたのは、男が剣を抜いた一瞬だけだった。鞍上《あんじょう》に仰向けになったタメルランのすぐ上を、銀の剣閃が吹き抜けていく。反撃の隙などなかった。

鐙《あぶみ》から足を離し、咄嗟に宙へ飛んだ。背後から迫る男の追撃を、回転しながら打ち落とす。

甲高《かんだか》い金属音が響くと同時に、タメルランは地面に降り立った。首から上を失った馬が、地面に崩れ落ちる。竜仮面の男は、すぐ目の前でこちらを見下ろしていた。二人分はあるのではないかという巨軀《きょく》に鉄鎧をまとい、濃紺の外套《がいとう》を風にたなびかせている。竜を象った仮面もそうだが、それ以上に一筋の白髪が交じる黒髪が、どこか人間離れした気配を感じさせた。

息を整える間もない。少しでも目を逸《そ》らせば、一瞬で殺される。

「やるではないか」

降ってきたのは、男の豪快な笑い声だった。

身体が動かなかった。

騎士《ファーレス》を殺されたブロム兵は何をやっている。竜仮面の男から視線を外さずに周囲を窺《うかが》っ
たタメルランが目の端で見たのは、丘の上にいた千ほどのグレアム親衛隊が全滅している
光景だった。

彼らの亡骸《なきがら》の上に立つのは、一組の男女——。

女の方は二十歳そこそこだろうか。幼さの抜けきらない顔とは裏腹に、肩を出した綾絹の上衣と流れるような紫紺の長髪は、どこか妖艶《ようえん》さを感じさせる。背を合わせて立つ若い男の顔つきは、女とよく似ていた。竜仮面の男には劣るものの、屈強な体軀に砂色の鎧をまとい、その右手には血に濡れた銀槍がある。

その二人を見ていると、なぜか心臓が締め付けられるようにも感じた。

竜仮面の男が、剣を鞘に納めた。

「勝てぬと知ってなお、ブロムの小僧に挑んだ勇敢なる者よ。お主の突撃があればこそ、軍人奴隷たちは救われた」

「救われた？」

口にした言葉の現実味のなさに眉をひそめると、竜仮面の男が戦場を見るように指さし

た。

「これは……」

「東の気障《きざ》な諸侯《スルタン》の差し金だ」

男の呟きを横に、タメルランは眼下に広がる戦場を信じられないような気持ちで見つめた。すぐ先ほどまでルクラスの軍人奴隷を包囲していた二万のブロム軍が、目も当てられないほど統制を失っていた。

強力な四つの騎兵団がブロム軍を縦横に断ち割り、崩れた箇所に数千の歩兵が殺到していく。ブロム軍を包囲する未知の軍は、ゆうに十万を超えていた。竜仮面の男の言葉を信じるのであれば、これは東のファイエル侯の軍ということになるのか。

「諸侯《スルタン》の癖に、アイダキーンとかいう軟弱な太守《アミール》の思想に毒された愚か者だ。戦場に道義などという馬鹿げたものを持ち込みおって……。だが、お主にとっては良いことであったかもしれぬな」

「良いこと？」

「ルクラス、ブロム。苛政《かせい》の二都市は、滅び去ったということだ」

その言葉に息を呑んだ瞬間、タメルランの身体を縛っていた男の気配が、戦場へと向けられた。

「リドワーン、スィーリーン」

竜仮面の男の声に、今しがた丘の上のブロム軍を皆殺しにした一組の男女が、地面にかしずいた。

「ファイエル侯に挨拶をして帰るぞ」

「侯の軍勢は十万を超えておりましょうが」

冷静な声は、リドワーンと呼ばれた男のものだ。

「十万でも少なかろう」

竜仮面の男が嘯《うそぶ》くと、まんざら冗談でないかのように、男女が頷き傍の白馬に跨った。

「銀髪の」

「タメルラン」

思わず口をついた言葉に、竜仮面の男が頷いた。

「ほう。奴隷にしては良い名ではないか」

「あんたは」

仮面の下で、男がにやりとするのが分かった。

「余の名は、いずれ知ることになるであろう。タメルランよ。力をつけよ。さもなければ、東方より近づく暴風を凌ぐことはできぬ」

待て。そう言葉にする前に、男が人間ほどの大きさの大剣を片手に駆け始めた。リドワーン、スィーリーンと呼ばれた男女が、こちらを一瞥し笑ったのか、竜仮面の男を追うように駆け出していく。

戦場には、いまだ干戈《かんか》が鳴り響いている。ブロム軍二万を包囲するファイエル侯の軍勢だ。足元に転がるブロム騎士《ファーレス》の下半身を踏み越え、タメルランは眼下の戦場へ改めて視線を向けた。

「……凄いな」

無意識のうちに発していたのは、世界の中央《セントロ》にあって最高権力を手にする諸侯《スルタン》への称賛だった。圧倒的な戦場だった。先ほどまでは蹂躙《じゅうりん》という印象が強かったが、ブロム軍が総崩れとなってからは自在に翻弄《ほんろう》している。

追い詰めれば窮鼠《きゅうそ》となり手痛い反撃を食らうことになるからだろう。ブロム軍が潰走《かいそう》する方角を巧みに限定し、そこで無理なく敵を削っていく。二万いたはずのブロム軍は、すでに一万をきり、投降するのも時間の問題に思えた。

だが、それ以上にタメルランの目を引いたのは、先ほどグレアムとその親衛隊を皆殺しにした三騎だった。大海のように波打つ大軍勢に向かって、一欠片《かけら》の躊躇《ちゅうちょ》なく疾駆している。

突如、地を揺るがすような咆哮《ほうこう》が轟いた。

竜仮面の大男の声だ。その叫びによって、戦場に静寂が満ちる。全ての視線が男に集まった次の瞬間、ファイエル侯の指揮がいきなり鋭くなったようだった。

たった三人に向かって、十万のうちの半数以上が動き出していた。だが、竜仮面の男を先頭にして駆ける三騎はものともせずにまっすぐに進む。そのまま大軍に呑み込まれると思った瞬間、冗談のようにファイエル侯軍の兵士が宙に舞い上がった。

「何者なんだ……」

「触らぬ方がいい厄神、のようなものだ」

背後から馬蹄が響いてきた。敵意は感じない。ちらりと流した視線に映ったのは、白薔《しろば》薇《ら》の軍旗だった。

立ち尽くすタメルランの横に、一騎、煌《きら》びやかな白銀の鎧を身に着ける騎士《ファーレス》が現れた。兜《かぶと》に隠れて顔までは見えないが、深緑の外套がよく似合っているように思った。

「よくぞ生き延びた」

聞こえてきた言葉は、涼しげなものを感じさせる。威圧的な竜仮面の男とは違い、やさしく抱擁《ほうよう》されるような響きがあった。

「そなたはルクラスの兵だな？」

「……軍人奴隷です」

そう口にしたタメルランの足元を、騎士はちらりと見たようだった。サマルカンドで焼きつけられた奴隷の刻印があらわになっている。騎士が、小さく頷いた。

「名を何と申す?」

命じられているわけではないが、どこか抗うことのできない響きだった。だが、それが不快ではない。

「タメルラン・シャール」

「……シャール?」

わずかな疑念を含んだ言葉だった。何に引っかかったというのか。だが、タメルランの視線を振り払うように、騎士が兜を脱いだ。

現れたのは、思わず背筋を伸ばしてしまうほど凜とした気配を持つ女性だった。二十代半ばくらいだろうか。茜《あかね》色の髪を後ろで束ね、その口元には決然とした覚悟が滲んでいる。腰に差した刺突剣《レイピア》には草木の装飾が施《ほどこ》されており、清冽《せいれつ》さを際立《きわだ》たせていた。

「我が名はファイエル。戦《いくさ》の民の諸侯《スルタン》の一人、と言った方が分かりやすいであろうか」

唐突な名乗りに、タメルランは慌てて跪《ひざまず》いた。目を合わせれば殺されても文句は言えない。それほどに身分の違う存在だった。

「ファイエル侯は男性と聞いていましたが」

思わず口をついた疑問に、後悔して拳を握る。軍人奴隷が諸侯《スルタン》に問いかけるなど、あってはならないことなのだ。しかし、予想に反して頭上から降ってきたのは、柔らかな言葉だった。

「困ったものだ。誰かがそう言い始め、広まったことよ。我もあえて否定はせぬ」

竜仮面の男の言葉から、現れた騎士《ファーレス》がファイエル侯だろうと予想もしていた。だが、実際にそう名乗られるとどう反応すればいいのか分からなかった。世界の中央《セントロ》には有力な太守《アミール》が群雄割拠《ぐんゆうかっきょ》し、日々血で血を洗う戦いを繰り返している。互いに反目する彼らをまとめうる存在が、諸侯《スルタン》と呼ばれる四人の権力者なのだ。

本来、軍人奴隷である自分とは隔絶《かくぜつ》たる身分の差がある。にもかかわらず、これほど親しげな言葉をかけ、微笑《ほほえ》むのはなぜなのか。奴隷として売られて二年、人として扱われてこなかったタメルランは、言葉が喉に絡みついてしまったかのようだった。

ファイエル侯が戦場へと目を向けた。

「ルクラスの軍人奴隷タメルランの名は知っておる。ブロムとのたび重なる戦の中で、装備薄弱の奴隷の軍勢を指揮し、三人の千騎長《アルファーム》を討ち取った戦巧者。よもや、そなたのような見目麗《みめうるわ》しい青年とは思いもよらなかったが」

そう言うとファイエル侯が颯爽《さっそう》と刺突剣《レイピア》を引き抜き、水平に構えた。

それが、終戦の合図だった。すでにブロム兵のほとんどが武器を捨てて投降している。戦場に残るざわめきは唯一、ファイエル侯の大軍に突撃していった竜仮面の男によるものだった。

「竜仮面の男に道を開けよ！」

ファイエル侯の言葉が側近によって伝達され、それはすぐに戦場の意思となった。三騎の道を作るように、十万の軍勢が左右に分かれていく。戦場を覆っていた砂埃が静まった頃、ファイエル侯が静かに馬から下り立った。

「タメルラン」

「はっ」

「ルクラスの悪政の下で生きてきたことを思えば分からなくはないが、そう畏《かしこ》まらずともよい。もう、そなたを縛るものはない」

「……ルクラスが滅ぼされたと聞きました」

「我が滅ぼした」

こともなげに言い放つファイエル侯を見上げると、そこには苦笑の中に悲しさを滲ませる美しい女性がいた。

「戦乱続く世界の中央《セントロ》に統一は不要。互いに恨みを抱く者同士を束ねることは不可能だと、そう思っておったのだが。統一に向けて時代が動き始めた以上、我も座して滅びを待つわけにはいかぬ」

「それは、いかなる意味でしょうか？」

「東方世界《オリエント》の覇者《ハーン》エルジャムカ・オルダを知っておるな？」

二年来、一度も忘れたことはない。無言を肯定と取ったのかファイエル侯が続ける。

「エルジャムカはつい先日、鐵《てつ》の民三人の諸侯《スルタン》のうちの一人をその軍門に降《くだ》した。となれば、鐵《てつ》の民全体を降し、我ら戰《いくさ》の民の領土に侵攻してくるのも時間の問題であろう」

東方世界《オリエント》の覇者《ハーン》が、世界の中央《セントロ》に来る。その言葉を聞いた瞬間、身体中の血が燃え上がるように感じた。草原を攻め、二人の兄と血のつながった姉の運命を引き裂いた男が、ここに来る。

「では、ファイエル侯が戰《いくさ》の民を統《す》べられると？」

「我か、否か」

ファイエル侯の人差し指が西へと向いた。

「ガラリヤ地方で、小さな竜巻が起きた。代替わりしたバアルベク太守《アミール》は、二百年にわたる大乱を収めようとしている。内乱で政軍両略の要《かなめ》を失いながら、その勢いは以前より増している」

「バアルベクという都市の太守《アミール》も統一を？」

ファイエル侯が今度は、はっきりと笑みを浮かべた。

「夢見がちな少女であったな。あの頃のままであるならば、そうよな。史上類を見ない危機に、自ら立ち上がろうと決意してもおかしくはない。だが、な」

茜色の髪が揺れ、その笑みに苦みが差した。

「我にも諸侯《スルタン》たる矜持《きょうじ》がある」

「僕を――」

貴女の下で戦わせてほしい。勢い込んでそう言おうとしたタメルランを、ファイエル侯の人差し指が遮った。

「タメルラン。我はそなたの力を借りたいと思っておった。我の他の三人の諸侯《スルタン》も、未曾《みぞ》有《う》の事態を前についに動き出した。最南のカイクバード侯の気まぐれがどう動くは分からぬが、残る二人、アスラン侯とジャンス侯は手を結んだ」

ファイエル侯の指がタメルランの唇から離れた。

「タメルラン・シャール。そなたを千騎長《アルフーム》として我が軍に迎え入れたい」

驚くべき言葉に、咄嗟に反応できなかった。言葉の意味を理解し、ぎこちなく頷いたタメルランに、ファイエル侯が嬉しそうに笑った。

「優秀な将が多く必要だ。世界の中央《セントロ》は、かつてない動乱期を迎える。手を結んだ二人の諸侯《スルタン》か、カイクバード侯か、それともバアルベクの太守《アミール》か。我が系譜は、世界の中央《セントロ》の調停者として生まれたのだ。何者にも屈することなき力がいる」

ファイエル侯が砂にまみれるのもお構いなしに、タメルランの前に跪いた。外套を懐剣で裂くと、それを奴隷の刻印を隠すようにタメルランの足首に巻きつけた。

「タメルラン。世界の中央《セントロ》を、民を護るぞ」

顔を上げた先、ファイエル侯の瞳に映る己の姿を見て、タメルランは久しぶりに人に戻れたような気がした。

Ⅱ

雲一つない晴天だった。

肌を焼かれるような日差しと、押し潰されそうな暑さの中で、樽《たる》から柄杓《ひしゃく》ですくった水に口をつけると、それだけで生き返ったようにも思う。右腕に巻き付けた黒い布を外すか迷い、カイエン・フルースィーヤは短く息を吐き出した。

もう少しで決着する。それまでは——。

息を整え、本陣に張られた天幕から出たカイエンは、城壁を見上げ、自然と顔が綻《ほころ》ぶのを感じた。

「ラダキア、陥落！」

叫びながら駆け寄ってくる伝令の遥か後方、そびえ立つラダキアの城壁には、次々と新たな旗が立ち上がっていた。隼《はやぶさ》を象ったバアルベクの紋章旗。カイエンの鋭い瞳に映るのは、バアルベク騎士《ファーレス》として手にした大きな戦果であった。

駆け出したくなる気持ちを抑え、カイエンは副官として従軍しているバイリークを呼んだ。戦場でも生真面目《きまじめ》さを失わない男は、すぐに現れた。

カイエンがバアルベクの騎士《ファーレス》に任命されて一年と半年。バイリークもまた千騎長《アルフーム》の地位に上っている。出会いの時にバイリークが口にした言葉が、奇《く》しくも本当になったのは喜ぶべきことなのか。

得難い友になりつつある男は、初めて出会った二年前のみすぼらしい身なりではなく、軍師として文官が身に着けるような漆黒の礼服を着ている。策でカイエンを支えるという決意だと本人は言うが、剣をとっても一流であることをカイエンは知っていた。

「投降した兵に危害を加えぬよう、手綱《たづな》は握り締めておけよ」

部下に命じるというよりも、友に語りかけるような響きが強い言葉を口にすると、バイリークの頬に苦笑が滲んだ。

「先のクコレ村での裁きを知るバアルベク兵に、そんな無謀な者がいるとは思えませんが」

「どうかな。戦は魔物だ。勝ちに乗じた兵の野性は理屈では語れない。それに、俺たちはまだ若造だ」

口にした言葉は、騎士《ファーレス》として軍を率いるようになって痛感していることだった。

バアルベクの北に位置するラダキアへの侵攻は、クコレ村の戦いから始まった。二万のラダキア軍に対して、カイエンの指揮するバアルベク軍は五千の騎兵と、バイリーク率いる二万の歩兵。

戦そのものは一度のぶつかり合いでバアルベク軍が勝利を手にしたが、暴走した一部のバアルベク兵がラダキアの投降兵五十人を皆殺しにしたのだ。

殺された投降兵の中には身体を八つ裂きにされている者もおり、思わず目を背《そむ》けてしまうほどの有様だった。しかし、それ以上にカイエンを苦しめたのは、軍規を犯した者も普段は飢える者に食料を分け与えるような男たちだったことだ。

敵を殺すのが戦場の正義であることを思えば、仕方ないとも言える。だが、カイエンが脳裏に浮かべたのは、マイ・バアルベクという理想の化身のような女性だった。

世界の中央統一《セントロ》を目論《もくろ》む新たなバアルベクの太守《アミール》は、戦場の非道を悲しむだろう。砂糖水よりも甘ったるい理想だが、彼女の下で剣を振るうと決めた以上、その意志を穢《けが》すつもりはなかった。

いまだ二十歳を超えぬ自分の命令を徹底するためにも、軍規違反を主導した二十人の十騎長《セリーム》を磔刑《たつけい》にした。見知った者も多くいた。だが、厳しすぎるという反論は、一切聞かなかった。

「バイリーク、お前はいくつになった？」

「もうすぐ二十三歳になります。カイエン殿は、もうすぐ二十歳ですか」

頷き、カイエンは城壁の前に展開する五千の騎兵へと視線を向けた。

「二千騎を中央政庁に駆けさせろ。ラダキアの太守《アミール》一族を警護。無傷でバアルベクに届けるところまでが使命だ」

「承知しました。北部のラグナ砦《とりで》で抵抗を続けるクザはどうしますか？」

「バアルベクの軍門に降れば、ラダキアの太守《アミール》、民の命は保証すると使者を送れ。ラダキア随一の戦巧者だ。なるべくならば戦いたくない」

「戦えば苦戦しますか？」

カイエンが敗けるとは思っていない、というよりも自分の上官として立つ男が敗けることは許さぬという脅しにも近いのだが、不快には感じなかった。

「苦戦するかは分からぬが、戦わずとも降る相手に使うほど、俺たちに時間はないだろう」

「バアルベクの騎士《ファーレス》の本気を見たかったなとも思いますが」

「もうすぐ、見飽きるほど御覧に入れるさ」

遥か東方、雄敵《ゆうてき》の待つシャルージを一瞥したカイエンに、バイリークが目を細めた。

「シャルージの騎士《ファーレス》は来ますか」

炎の女神と渾名される女性を思い浮かべ、カイエンは小さく頷いた。

「ダッカの陥落も間近になっている」

「シェハーヴとサンジャルは上手くやったのですね？」

頷き、カイエンは従者に馬を命じた。

「ダッカが落ちれば、三方向からシャルージへ攻め込むことができるようになる。俺がエフテラームであれば、そうなる前にバアルベクを急襲し、太守《アミール》の首を獲る」

彼女には、それを現実にしてしまうだけの力がある。

心の奥底で揺らぐ怯えを無視するように、カイエンは歩き出した。

「バイリーク。俺たちも入城するぞ。クザが投降してくれば、一万を残してバアルベクに帰還する」

従者が曳《ひ》いてきた馬に飛び乗ると、カイエンは隼の刺繍《ししゅう》された白の外套を身にまとった。

バアルベクは二つの大勝利に沸いていた。

宮城広場《バイナル・カスライン》の噴水を起点とする中央通りには四千の人々が立ち並び、むせ返るような熱気で溢れている。色とりどりの紙吹雪が舞い、竪琴《たてごと》の音色は柔らかな風に乗り空まで届くようでもある。

凱旋式《ナスル》の軍列の先頭で、カイエンはバアルベクの住人たちの称賛にかえって身を引き締めた。

歴史的な日だった。

ガラリヤ地方は、長きにわたって四つの都市が争ってきた。

バアルベク、ラダキア、ダッカ、シャルージ。交易による富を背景とする強大な軍事力を持ち、〈憤怒《ふんぬ》の背教者〉である先代の騎士《ファーレス》ラージンが君臨したバアルベクとその他三都市の対立であることが常であったが、シャルージに〈炎の守護者〉エフテラーム・フレイバルツが現れて以降は、離合集散を繰り返し、複雑な敵対関係を生み出していた。

潮目が変わったのは一年半前――。

シャルージを巻き込んだバアルベクの内紛によってだった。

その内紛で、バアルベクは騎士《ファーレス》ラージンと有能な千騎長《アルフーム》たちを失い、政務補佐官として政《まつりごと》を統括してきたハーイルは、陰謀を先導したとしてカイエンたちが討ち果たした。対するシャルージは太守《アミール》を暗殺に失い、長年にわたって軍を統率してきた老練な千騎長《アルフーム》イドリースは、戦場でカイエンの剣によって討たれた。

失ったものの大きさで言えば、バアルベクの方が大きかったようにも見える。だが、戦場に勝利をもたらしたマイ・バアルベクが指揮した復興は、失ったものを取り戻すだけではなく、バアルベクを以前よりもさらに強力な都市へと変えた。

頂《いただき》に立つ者が覚悟するからこそ、人は動く。勢いに乗るバアルベクと、いまだ傷の癒《い》えぬシャルージを見れば、それは明白だった。

街中の熱気と笑い合う市民の姿に、カイエンは馬上で息を吸い込んだ。

戦は、まだ始まったばかりだ。今は戦勝を喜んでいる市民も、長引けば戦に倦《う》み、太守《アミール》を非難するようになる。だが、マイが始めた戦は、そう簡単に終わらない。

シャルージの立て直しに追われるエフテラームを後目《しりめ》に、マイを太守《アミール》に戴くバアルベクは南北のラダキアとダッカへの圧力を強め、ついに両都市を陥落させることに成功した。

侵攻を戒《いまし》めてきた先代太守《アミール》アイダキーン、先代騎士《ファーレス》ラージンと違い、マイ・バアルベクとカイエン・フルースィーヤは明確な意図をもって軍備を進めてきたのだ。

世界の中央《セントロ》の統一——。

この二百年、誰もなしえなかった大業を、少女と青年は心に秘めていた。多くの血が流れることは、互いに分かっている。だが、それでも成し遂げなければ、東方世界《オリエント》の覇者《ハーン》という空前絶後の災厄によって民が滅び去ることを、二人は知っていた。

残るはガラリヤ地方最大の敵であるシャルージだけ。

エフテラームの黄玉色の瞳は、カイエンの瞼《まぶた》の裏に今も焼き付いている。

騎士《クラックドシュバリエ》たちの城とも呼ばれるベリア砦で見たのは、人ならざる力によって人を裁く非情な女神の姿だった。空中から滲み出す巨大な炎を自在に操り、暗殺教団《ハシャーシン》やバアルベク兵を焼き尽くしたエフテラームは、先代騎士《ファーレス》ラージンを討ち果たした。

俺は、人ならざる者に勝てるのか。

七人の〈守護者〉と三人の〈背教者〉。世界の覇権を争う人ならざる者のうち、かつてカイエンの故郷を滅ぼしたのは〈人類の守護者〉たるエルジャムカ・オルダという覇者《ハーン》だった。

ラージンから受け継いだ〈憤怒の背教者〉の力があるとはいえ、自分の中に根差した怯えを消すことはまだできていない。エルジャムカは、三万のカイエンの同胞をたった一人の力によって殺戮《さつりく》したのだ。未だに夢を見る。エルジャムカが生み出した、赤黒い血を滴《したた》らせた異形の兵が、同胞を一人、また一人と殺しては嚙み砕いていく。

抗いようのない圧倒的な力だった。

エフテラームは、覇者《ハーン》と同列の力を持っている。それを思えば、彼女の力に心の奥底で怯えるのは当然だとも思った。ただ、乗り越えなければならない壁だ。

凱旋式《ナスル》の終着点となっている噴水が見えてきた。

赤い絨毯《じゆうたん》が敷かれている。その手前で馬を止め、カイエンは静かに下馬した。鳴り響いていた竪琴の音色が溶けるように消える。

四千の住民が息を詰めている。

街路樹の葉の音さえ聞こえるような静寂の中、カイエンは一人、彼女の待つ祭壇へと進んだ。

亜麻《あま》色《いろ》の髪が、風に揺れた。黄金の剣を腰に吊るし、まっすぐにカイエンを見つめている。一年半前、同じ場所で太守《アミール》と騎士《ファーレス》の座を継ぎ、互いに約したことだった。マイ・バアルベクという少女は、世界の中央《セントロ》を護る盾となり、カイエンはその剣となる。

ようやく、一歩踏み出せた。

彼女の目の前で、跪いた。

「姫」

「姫ではありません」

二月ぶりに聞く不満げな声に、帰ってきたのだという感覚に包まれ、カイエンは思わず苦笑していた。故郷を失い、自棄《やけ》になっていた頃からは予想もできない感覚だった。

顔を上げた先に、困ったものだと言わんばかりのマイの顔があった。

「太守《アミール》、ただいま帰還しました」

言い直したカイエンに、マイが肩を竦《すく》め、大きく頷いた。主従の様子を見て、民が笑いを堪《こら》えているのが分かる。太守《アミール》と民の距離が近いバアルベクならではの光景だ。

いい街だな。

遠巻きに見守る民を一瞥したカイエンに、マイが微笑んだ。

「騎士《ファーレス》カイエン・フルースィーヤ。ラダキア攻略、大儀《たいぎ》でした」

「有難く」

頭《こうべ》を垂れた時、背後に一つの足音が響き、跪いた。

「千騎長《アルフーム》シェハーヴ」

「はっ」

「ダッカ攻略、大儀でした」

かつてバアルベクに弓引いた狼騎《ろうき》を率いる男は、この一年半で罪を赦され千騎長《アルフーム》筆頭まで上り詰めている。だが、本人はカイエンの麾下《きか》であると言い張っており、マイに対しては最低限の返答しかしない。

普通の太守《アミール》であれば、シェハーヴのような不遜《ふそん》な態度は許さない。しかし、目的のためであれば全てを力にすると誓ったマイにとっては些末《さまつ》なことだったのだろう。笑って力を貸してほしいとシェハーヴに願った。

それこそが、彼女を太守《アミール》の器たらしめていた。

独り、民を護るためには全てを懸けるその姿に、いつの頃からかシェハーヴも心の底では彼女を認めている。

「両名、立ちなさい」

マイの言葉のままに立ち上がり、カイエンは身体を翻《ひるがえ》した。四千の民が、手に葡萄酒《ぶどうしゅ》の入ったグラスを握り締め、マイの言葉を待っている。隊列の先頭では、バイリークとサンジャルが胸に拳を当てている。

バアルベクの民の視線を、カイエンは正面から受け止めた。

「平和への第一歩です」

マイの声と共に黄金の剣が風を切った瞬間、地を揺るがすような盛大な歓声がバアルベクの街に響き渡った。

いたるところで葡萄酒が舞い、民の笑い顔がみるみる赤く染まっていく。内乱の傷を癒やすため、この一年半、街をあげての宴《うたげ》を禁止してきた。ラダキア、ダッカの併合は、バアルベクの傷が完全に癒えたことの証でもあった。

足音が、すぐ後ろで響いた。

「新たな戦への、入口でもあるわ」

カイエンの背後から聞こえてきたのは、肺腑を衝《つ》くような言葉だった。

マイは微塵《みじん》も浮かれていない。民への笑顔を崩さずにそう囁《ささや》く彼女に、カイエンもまた気取《けど》られぬよう背筋を伸ばした。

Ⅲ

酷く息苦しかった。

目覚めた時、視界に入ったのは自分を覆うように広がる天蓋《てんがい》だった。額に滲む脂汗を拭《ぬぐ》いマイが窓の外へ視線を向けると、まだ夜は深く、無数の星が輝いていた。

上半身を起こし、ずれた絹のキルトを肩まで引き上げる。

「私は、バアルベクの太守《アミール》だから……」

だから、寝つけぬ不安に任せて、あの目つきの悪い男を呼び出しても咎《とが》められないとでも言いたいのか。独り闇の中に放り出されたような不安を認めたくなくて、マイはゆっくりと寝台から立ち上がった。

窓際に置かれた大理石の机には、ザンジバル産の硝子《ガラス》の水差しが蒼く光っている。傍に置かれたグラスに水を注ぐと、しかし摑んだ手を外した。

思い出したのは、髭面《ひげづら》の護衛シャキルだった。一年半前の内乱で死んだ男は、どんなに安全だと思うものでも必ず毒見をさせるようにと、口癖のように言っていた。

太守《アミール》である自分が誰かに弱さを見せることがあってはいけない。だが、たった一人、手を取り合って前に進むと決めた者であれば、それも許されるのではないか。

〝言ったでしょう。助けると〟

今も耳に残る言葉だった。信じていた従兄モルテザに裏切られ、シャルージの騎士《ファーレス》エフテラームと暗殺教団《ハシャーシン》に囚われた自分を救い出し、青年は鋭く、だが優しさに満ちた瞳でそう言った。

「言ったからには……」

自らを言い聞かせるように頷いたマイは、夜更けの古城にバアルベク騎士《ファーレス》を呼び出すことを決めた。


「寝つきの苦しさを助けるとは、言った記憶がありませんが」

このそっけない口ぶりは出会った時から何も変わっていない。城塔のバルコニーで夜空を見上げていたマイは、かすかな罪悪感をごまかすように、視線だけを背後に向けた。

息切れを堪えるようにして、カイエンはバルコニーの入口に立っている。呼び出してから、まだ二十分も経っていなかった。

目つきの悪さも、態度も、出会った頃と何も変わっていない。だが、その瞳に滲む虚しさだけは消えたように思う。

「水を飲みたかったのです」

「太守《アミール》よ。水を飲みたいがためだけに、寝ていた臣下を叩き起こし、地上十階もある尖塔まで走らせる者を何というかご存じですか？」

「何というの？」

「……暴君というのですよ」

そう言いながらも、木筒に入った水をカイエンは手渡してきた。

「毒味はしました」

その手は、黒鉛で汚れている。

「こんな夜更けまで、仕事をしていたのね」

マイの言葉に、カイエンが見抜かれましたかと苦笑した。寝ていたというのは、カイエンなりの気遣いだったのだろう。そういう男だった。

「ラダキア軍とダッカ軍を、バアルベクの軍制に編成し直しているのです。二都市を落とした以上、バアルベクの防衛策も策定し直す必要がありますからね」

「貴方が騎士《ファーレス》になって最初に整備したのが、バアルベク防衛策でしたね」

カイエンが頷いた。

「守備に徹したアイダキーン様と違い、新たな太守《アミール》は戦《いくさ》の民の統一を望まれていますから。他の都市を攻めるならば、バアルベクもまた攻められることを覚悟する必要があります」

騎士《ファーレス》となったその瞬間から、カイエンは、マイの理想を実現しようとしている。東方世界《オリエント》の覇者《ハーン》から民を護るため、戦《いくさ》の民を統一する。マイがそう願ったがゆえに、カイエンはバアルベクの守りを固め、軍が他都市へ遠征しても安全な街へと造り替えたのだ。

民の避難経路をこと細かに取り決め、少数で守り切れる拠点をいくつも造り上げた。バアルベクが包囲された時、援軍との間で交わされる狼煙《のろし》の合図も決められた。

長い籠城《ろうじょう》に耐えるため、城内には棗《なつめ》や葡萄《ぶどう》、梨など多くの果樹が植えられ、心なしか街の空気が爽やかになったと言う者もいる。

「果樹の種類が、誰かの好みに偏りすぎているという意見もあるようだけれど」

「新しき太守《アミール》が、棗が好物と言うからでしょう」

「千騎長《アルフーム》の一人が、私の名を騙《かた》ったとも聞いたわ」

肩を竦めたマイに、カイエンがこめかみを搔《か》いて笑った。つられるように、マイも微笑みを浮かべていた。

やはり、この男と話していると、自然と気持ちが和《やわ》らいでゆく。闇の中でマイを苛《さいな》んでいた不安も、今この瞬間だけは遠くに消え去っているようだった。

「また、背負われすぎていますね」

呆れるような、それでいて温《ぬく》もりを感じさせる声音だった。

「そんなつもりはないけど――」

そう口ごもり、マイは視線を夜空に向けた。星が、いくつか流れて消えた。視界を遮る亜麻色の髪を耳にかけ、身体をカイエンへと戻した。

「……覚悟を決めていないわけではないの」

こぼした言葉に、カイエンが小さく頷いた。

「けれど、凱旋式《ナスル》で楽しそうに笑う民を見ていて、私は胸が苦しくなった。バアルベクの街で笑う民を、兵として戦場に送る。戦場では血涙を流しながら、敵を殺し、殺されていく。それを分かっていながら、私はこの街の中では民を笑顔にしようと声をあげなければならない」

決して、彼らの死を願っているわけではない。しかし、ここで戦わなければ、いつか来る確実な滅びに抗うことができない。そう確信しているからこそ、自分は声をあげ続けている。

分かってはいるが、それでも自分の声が、兵たちの背中を戦場へと押していることを思えば、自分こそが彼らの幸せを奪っているように思えるのだ。

「こんなことを言えば、責められて楽になろうとするなと、貴方は言うのでしょうけど」

「いつまで根に持つのですか」

カイエンが肩を竦める。この男の感情表現はあまりにもわずかで、バアルベクの廷臣《ていしん》たちの中には、カイエン・フルースィーヤは感情を持たぬと信じている者もいる。だが、マイにははっきりと伝わってくる。

「確かに、ベリア砦では姫に向かってそう言いました」

「姫ではなく――」

「あの時は姫でした」

にべもなくそう言い、カイエンが腕を組んだ。

「あの時とは立場も背負うものも違います。今、太守《アミール》が背負っているものはバアルベクだけではなく、世界《セントロ》の中央全ての民の命です。彼らを救うために、ガラリヤ地方を統一し、そして四人の諸侯《スルタン》に挑むことを決められた」

そのための犠牲であることは分かっている――。そう口にしようとしたマイを、カイエンの視線が制した。

「小さな犠牲を嘆かぬ者に、何かを護る資格はないと、俺は思っています。大事《だいじ》の前の小《しょう》事《じ》だと、一人の死を見て見ぬふりをする者は、やがて万余《ばんよ》の死を小さなことと言うようになるでしょう」

カイエンの瞳の光が鋭くなり、ふっと和らいだ。

「太守《アミール》のその苦しみは、正しいものです。それを聞いて、俺はかえって安堵しました。ただ、やはり背負いすぎてもいる」

「私は安全な城壁の中にいるだけだから」

「そんなことはありません」

そう言うと、黒い布が巻き付けられたカイエンの右腕が、すっと伸びてきた。マイの頬のすぐ傍まで近づき、そして触れることなく離れていった。

「戦場に赴《おもむ》く俺たちは、太守《アミール》がバアルベクにあるからこそ、戦えるのです。過酷な戦場では敵に情けをかけることなどできません。殺さねば、殺される。ですが、我らがなすべきは殺しつくすことではなく、敗れた者の手を取り、共に戦う隣人とすることなのです」

マイを見上げる騎士《ファーレス》の瞳に、優しげなものが浮かんでいる。

「そんなことは俺にはできません。ましてシェハーヴやバイリークにも。しかし、バアルベク太守《アミール》である貴女であれば、敵味方を問わず人の犠牲を嘆くことのできる貴女であれば、それができる。そう信じているからこそ、俺たちは戦えるのです」

聞き分けのない子供をあやすような声だった。

「次の戦では、これまで以上の犠牲が出るのでしょう？」

問いかけた言葉に、カイエンが目を細め立ち上がった。

「……出るでしょうね」

自分と目の前の青年が共有する記憶は、同じもののはずだ。そこにある絶対的とも思える者への恐れも。

「太守《アミール》を失ったシャルージは、騎士《ファーレス》エフテラームの下、軍制改革を進めてきました。時間はかかりましたが、軍備も整い一年半前よりも強力な軍隊になっていると聞きます」

「エフテラームとの戦は避けられないの？」

「太守《アミール》と師であるイドリースを討たれた恨みが彼女にはある。それに、俺が〈背教者〉としてある限り、手を取り合うことは難しいでしょうね」

世界に散在する〈守護者〉と〈背教者〉は、互いを討つことが運命づけられているという。おとぎ話のようだが、実際に目の前の青年は人ならざる力を行使し、シャルージの騎《ファー》士《レス》もまた神のごとき力を操る。

眠りを妨げる不安は、民の犠牲だけではないのだろう。

かつて目《ま》の当たりにした人ならざる力と、正面から戦う必要があることに、自分は怯えているのだ。そして、それは目の前の不遜な青年にしても同じらしい。

「東方世界《オリエント》の覇者《ハーン》エルジャムカ・オルダもまた、〈人類の守護者〉と呼ばれる者です。いずれ彼《か》の者と戦うためにも、俺たちはここで過去と決別する必要があります」

エフテラーム率いるシャルージと戦うということは、まさしく過去との決別だった。過去を乗り越え、さらに強大な敵に向かうための試練――。

重苦しくなった空気を紛らわすかのように、カイエンがこめかみを搔いた。

「明日も早いので、もう帰りますが……」

歩き出したカイエンが、五歩離れた場所で止まった。

「戦場は俺に任せてください。その後のことを、俺は太守《アミール》に任せます。戦場で命を懸けるよりも難しい役目を、俺たちは姫に期待しているのです。だから、笑って送り出してくれれば、それでいい」

姫と太守《アミール》という言葉の使い分けが、日々上手くなっていく青年の背中に、マイはゆっくりと息を吐き出した。話したことで、いくぶん楽になっていた。怯えているのは、自分ばかりではない。それを知ることができたからなのだろうか。

共に戦うと決めた者もまた、過去に怯え、それでも前に進もうとしている。星降る空を見上げたマイは、小さく声を出して頷いた。

カーヒラ暦一〇九六年の春。バアルベクの騎士《ファーレス》と太守《アミール》が人知れず、互いの弱さと向き合い、ガラリヤ地方最大の敵との戦を覚悟した夜――。

世界の中央《セントロ》を取り巻く戦乱の嵐は、かつてないほどに荒々しく彼らを抱擁しようとしていた。

あまねく太守《アミール》を統べる四人の諸侯《スルタン》のうちの二人、アスラン侯とジャンス侯の間に結ばれた盟約によって、二十万の大軍がひたひたと荒野を進んでいる。二人の諸侯《スルタン》が放った使者によって動き出したのは、ガラリヤ地方に隣接する七つの都市の太守《アミール》たちである。

彼らが狙うのは、ガラリヤ地方の一太守《アミール》でありながら、諸侯《スルタン》に牙を剝《む》かんとするマイ・バアルベク。

それは、絶対の秩序を乱す者の頭上へ振り上げられた、裁きの剣であった。

Ⅳ

抜けるような青空に、大鷲が弧を描いている。滑るように降下した空の王者は、そのまま稜線《りょうせん》上に翻る炎の旗に舞い降りた。

視界には、草一つ生えていない土漠が広がっている。世界の中央《セントロ》にはありふれた光景と言ってしまえばそれまでだ。しかし、かつてパルミラ平原と呼ばれたこの地は、一年半前まではくるぶしほどの草に覆われた緑の大地だったという。

変わり果てた姿は、人ならざる者の炎の力によるものだった。今まさに向かい合っているシャルージの騎士《ファーレス》。バアルベク軍にとって、それは一年半ぶりの敵影だった。

先のパルミラ戦争でバアルベク軍を率いていたのは、万夫不当《ばんぷふとう》の勇者である騎士《ファーレス》ラージンであり、その左右にはモルテザ、レナ、ムルガという歴戦の千騎長《アルフーム》が揃っていた。

彼らが縦横に軍を動かし、ようやく互角の戦を繰り広げていた――。

「あの時に、勝るとも劣るまい」

カイエンの不安を見抜いたかのように声をかけてきたのは、灰色の甲冑《かっちゅう》を身にまとい、首元に純白のスカーフを巻くシェハーヴだった。歳は三十を超えたばかりだが、喋り方と、厳しく己を律する哲学者のような見た目からは、年齢以上の落ち着きを感じさせる。

どこから取り出したのか、棗の実をかじるシェハーヴが顔をしかめた。

「熟《う》れておらぬ」

「その余裕はどこから来るんだ」

「余裕ではない。これは平常心という」

問答のような返しはいつものことだった。ラージンも、この男に苛立つことはあったのだろうか。太守《アミール》の命を守り、希望の力を残して死んでいったバアルベクの先代騎士《ファーレス》を脳裏に浮かべ、カイエンは遥か丘陵へと視線を向けた。

「シャルージ軍は新兵の割合が多いな」

「ここから見て取れる七万の中で、実戦を経験している兵は一万ほどだろうか」

シェハーヴの言葉に、カイエンは頷いた。

向かい合えば、軍の放つ気配で分かるものがある。五万のバアルベク軍は、隙なく陣地を構築し、敵を前にしてなお落ち着きを保っている。それに比べて、シャルージ軍からは勝負をはやる性急なものだけが伝わってきていた。

「イドリースを失ったシャルージ軍は、多くが傭兵となって都市を捨てたという。一から軍を立て直したエフテラームは称賛されてしかるべきだと思うが、ここまでは騎士《ファーレス》の思惑通りではないか」

目を細めたシェハーヴを一瞥し、カイエンは鼻を鳴らした。

ラダキア、ダッカを併合したバアルベクにシャルージが勝つ方法は、先手を打って太守《アミール》マイ・バアルベクを強襲することだけだった。〈炎の守護者〉であるエフテラームがシャルージの守りを捨てて攻勢に出てくれれば、それを防ぐことは難しい。

そう判断したカイエンは、バアルベクの方からシャルージへと攻め込むことを決断した。軍を立て直したといえど、エフテラームの率いる軍は急造であり、新兵主体になることは分かっていた。だからこそ、カイエンは歴戦の兵を選《え》りすぐって連れてきていた。

「シャルージの犠牲は多くなるだろうな」

「分かった上で、騎士《ファーレス》は決めたのであろう」

「……そうだな」

呟きの中に、かすかな慚愧《ざんき》が混じったことに気づき、それが偽善の類《たぐい》であることにカイエンは舌打ちした。

「この一年で、サンジャルの指揮は恐るべきほどに鋭くなっておる」

「それは俺も認めるが……。本来であれば、バイリークを連れてきたかった。あんたとサンジャルでは、あまりに攻め一辺倒《いっぺんとう》になりすぎる」

「速戦で勝負を決めるには、いい布陣《ふじん》だと思うが」

苦笑したシェハーヴがもう一つ棗を口に入れ、南へと視線を流した。

「それに守備に長《た》けたバイリークを、ダッカから外すことはできまい」

「まあ、それはな」

ガラリヤ地方を制しかけているとはいえ、世界の中央《セントロ》全体で見れば七分の一にも満たない。ダッカの南西に隣接する諸都市の太守《アミール》たちは、敵とも味方とも言えぬ者たちであり、併合したばかりのダッカを統治しながら守ることのできる人材は、バイリークをおいて他にはいなかった。

ダッカの二万の兵は徴発《ちょうはつ》したばかりの新兵が多いが、南西の諸都市が連合でもしない限り、今のバイリークであれば守りきれるだろう。

「シェハーヴ、サンジャルに伝えてくれ。敵をあまり追い詰めすぎるなと」

「それは騎士《ファーレス》にかかっていると思うが」

「それが分かっているから、俺はあんたに頼んでいる。上手くサンジャルの手綱を握っていてくれ」

長く深い息を吐き出し、カイエンは翻る炎の旗を見据えた。カイエンがエフテラームに苦戦すればするほど、シェハーヴやサンジャルの指揮は厳しいものにならざるをえない。

「一つくれ」

「酸《す》っぱいぞ」

「いいから」

惜しそうにするシェハーヴの手から棗を一つもぎ取り、カイエンはみずみずしい果実を口に放り込んだ。甘さの中から酸っぱさが飛び出してくるような味だった。

あの時とは違う。今の自分には、ラージンから継いだ力がある。〈背教者〉の力は、〈守護者〉を討つことを定められた力だという。今の自分であれば、彼女とも互角に戦えるだろう。

エフテラームを倒せないようでは、エルジャムカを倒すなど叶わぬ夢だ。そう思ってみても、ラージンを滅ぼした敵を前に、澱《おり》のように溜まる不安は拭えなかった。

吐き出した種が風によって転がり、土にまみれた。

「シェハーヴ。難しいことは十分承知しているが――」

「別に構わぬ」

カイエンの言葉を遮るように、シェハーヴがにやりとした。

「いつも言っているであろう。拙僧は〈憤怒の背教者〉たる騎士《ファーレス》の麾下だ。戦理に合わぬことであろうと、その命であれば黙して従う。まあ、楽にしたことはないが、困難な戦場というものも拙僧の得意なところ。ま、敵を殺すなどというふざけた命令を受けるのは初めてだが」

傲岸《ごうがん》な言葉遣いで誤解されることの多い男だが、一年半前ベリア砦で共闘して以来、カイエンにはどこまでも従順だった。バイリークやサンジャルと共に、歴戦のシェハーヴが僚友としてあることが、今のバアルベク軍の強さだった。

肩から力を抜き、カイエンは小さく笑った。

「敵の犠牲は、最小限に抑えろ」

「承知」

シェハーヴの短い返答に、不満の色はなかった。

V

掌から砂がこぼれていくような感覚だった。

戦場の中央で指揮を執るエフテラームは、ともすれば崩れそうになる左右両翼に伝令を送りながら、注意深く敵の本陣を見据えていた。

右翼からひときわ大きな喊声が聞こえてきた。バアルベク軍のものだ。指揮はシェハーヴという灰色の甲冑を身にまとう男。助けに行くか。そう迷った時、凄まじい勢いで突撃してきたシェハーヴの半月刀《シャムシール》が、味方の千騎長《アルフーム》の首を飛ばしていた。

「予備兵三千を送りなさい」

それで右翼はなんとか膠着《こうちゃく》するだろう。食いしばった歯の奥から、自然と呻き声がこぼれていた。

全ての戦線でシャルージ軍は押し込まれていた。

新たなバアルベクの騎士《ファーレス》が巧みな指揮を執ることは、ラダキア、ダッカ両都市を短期間で攻略した手腕からも分かっていた。だが、これほどまでとは。

「カイエン・フルースィーヤ……」

正面にあって、自分を見つめて離さない黒髪の青年に、エフテラームは背に負った深紅の鉄剣を引き抜いた。

ここで自分が指揮を放棄し単身カイエンを討ちに出れば、途端にシャルージ軍は窮地に立たされるだろう。そもそも敵味方がこれほど入り乱れた状態では、〈炎の守護者〉としての力は行使できない。行使すれば、味方もろとも焼き尽くすことになる。

エフテラームがそうしないからなのか、カイエンもまた力を行使する気配はなかった。共に血を代償とする力だ。抑制を外し、大きすぎる力を使えば、その場で死に至るかもしれない。こちらが行使しない以上、カイエンにもそのつもりはないのだろう。

ただ、だからこそ、嚙みしめた口元から血が出るほどに悔しいのだ。

左手で手綱を握り、馬を一歩進めた。

戦場で猛《たけ》り狂う兵の数は、二日前とほとんど変わっていない。

五万のバアルベク軍に対して、シャルージ軍は七万を数えていた。シャルージ軍を構成する兵の多くは初陣《ういじん》だが、この一年半、死人が出るほどの調練を繰り返してきた。バアルベク軍が熟練の精鋭を引き連れてきたのは分かっていたが、二万の兵力差は経験の差を十分に埋めうるものだと思っていた。

開戦から二日経った今、兵の犠牲は両軍共に千を超えていない。

これは驚くべきほどの少なさだ。戦巧者に率いられた精鋭同士の戦であれば頷けるが、今この状況がそんな生易しいものではないことをエフテラームは気づいていた。

全ては、バアルベクの騎士《ファーレス》によって演出されたものだった。

エフテラームの指揮を全て読み切り、常にその一歩先の手を打ってくる。見出したバアルベク軍の隙を衝《つ》くべく兵を動かした途端、その隙は作り出されたまやかしであったことに気づく。その繰り返しだった。

いたずらに兵を動かした挙句《あげく》、経験の少ない兵たちは体力だけが奪われていき、多勢であるにもかかわらず、いたるところで押し込まれている。

目の前の戦場に広がる敗勢は、カイエンとエフテラームの純粋な戦術能力の差だった。

手綱を握る掌に、血が滲んだ。

この一年半、太守《アミール》を失い、軍の精神的支柱であった老将イドリースを失ったシャルージを、必死の思いで支えてきた。

断崖の上の居館《サライ》で太守代《アルアミール》として政を司り、騎士《ファーレス》として軍の立て直しを図ってきた。艶《つや》のあった黒髪も気づけばくすみ、頬もずいぶんとこけたように思う。寝食を忘れ、身命を投げうってまでそうしたのは、親しき者全てを失っていたエフテラームにとって、世界の中央《セントロ》に辿りついて四年半で、シャルージが故郷と呼べるものになっていたからだった。

私から、全てを奪うつもりなのか——。

金切り声のような心の叫びは、だがこちらを見据える青年の瞳を波立てることはなかった。身体の奥底で澱のように溜まる疲れが、全身の動きを鈍くしているようだった。

今度は左翼が崩れようとしていた。サンジャルという隻眼《せきがん》の千騎長《アルフーム》。初めて相まみえるが、憎らしいほどの良い指揮官だった。

シェハーヴもサンジャルも、規模の小さな都市であれば、各々《おのおの》が軍を司る騎士《ファーレス》として通用する。それほどの将が二人も揃いながら、その二人すら霞《かす》むほどに卓越した指揮を執るカイエンという騎士《ファーレス》の存在が、バアルベク軍の強さだった。

「本陣から五千騎を、敵右翼に突撃。その間に、こちらの左翼を百歩下げなさい」

五千の騎兵が動き出した。土煙が舞い上がり、束《つか》の間戦場の視界が遮られる。風が吹き抜け土煙を洗い流した次の瞬間、エフテラームは思わず息を呑み込んだ。

「総指揮官自ら……」

シャルージ騎士《ファーレス》の黄玉色の瞳に映ったのは、この二日間、本陣を一歩たりとも動かなかったバアルベクの騎士《ファーレス》が、狼騎と呼ばれる最精鋭の騎兵団の先頭で駆ける姿だった。黒曜《こくよう》石《せき》のような瞳が、まっすぐにエフテラームへと向けられている。

知らず知らずのうちに、喉が鳴っていた。

「騎乗。楔《くさび》の陣」

臙脂《えんじ》の外套を羽織ることを許された親衛隊五百騎にそう命じると、エフテラームはシャルージ軍を撥《は》ね飛ばしながら近づいてくるカイエンを見据えた。

私が力を使えなければ、討ち取れるとでも思っているのか。

いかなる感情も見せずに近づいてくるカイエンの表情に、エフテラームは身体の血が熱くなった。物心がついた時から、魔女と畏《おそ》れられ戦の中で育ってきた。西方世界《オクシデント》の辺境の村に送り込まれた魔女討伐軍を数えきれないほど殺し続け、故郷を失ってからはさらなる戦乱に身を投じてきた。

世界の中央《セントロ》に現れてたった二年、ただ戦っているだけの貴方とは違う。耐えられないほどの怒りが身体の奥底から膨れ上がり、エフテラームの感情を塗りつぶしたその時――。

〝――お主の敵を前にして、人の命など塵芥《じんかい》に等しかろう〟

聞こえてきた声は、記憶の中の奥底から響いてくるようだった。

視界の端が、いきなり黒く滲んだ。

世界が暗転し、身体が急速に冷たくなる。宙に放り出されたような感覚だった。気味の悪い浮遊感の中で、身体から汗が滴り落ちていることだけが分かる。

響いたのは、誰の声なのか。浮遊する暗闇の中で拳を握り締め――。

「……ラーム様！」

聞こえてきた無数の悲鳴に、闇が晴れ渡った。

握り締める手綱は変わらず、そこに滲む血も先ほどと何も変わっていない。今のは何だ。バアルベクの騎士《ファーレス》は――。焦りと共に、弾かれたように視線を上げたエフテラームの瞳に映ったのは、紅蓮《ぐれん》に染まる空だった。

「エフテラーム様！」

炎の雲が重く垂れこめ、巨大な火柱を地上に吐き出している。地面を穿つ劫火《ごうか》が、数百の兵を炭へ変えた。悲鳴が湧き起こり、兵たちが逃げ惑う。敵だけではない。味方までもが自分ただ一人を見上げ、慈悲を乞うように絶叫していた。

「これは、私の……」

わずかにさえ動かない指先は、血の代償の結果であることを示していた。

呑み込めない唾を吐き出し、なんとか絞り出したのは、逃げろという呟きだった。親衛隊によって撤退の鉦《かね》が打ち鳴らされる。戦いどころではない。敵味方の意思が一つに揃った瞬間だった。動けぬ身体が親衛隊の二人によって支えられた。

蜘蛛《くも》の子を散らしたように、戦場の兵士たちが必死の形相で逃げていく。

「……間に合って」

だが、エフテラームの祈りを嘲笑《あざわら》うかのように、炎の雲海の一部が雪崩《なだれ》のように崩れ、そこから逃げ出そうとしていたシャルージ兵を焼き尽くす。

絶望的な状況の中で、エフテラームの目に信じられない光景が飛びこんできた。

「カイエン・フルースィーヤ……！」

逃げ出すバアルベク兵、シャルージ兵が作り出した円形の空隙の中心で、たった一人、バアルベクの騎士《ファーレス》が歯を食い縛っている。その黒髪が逆立ったようにも見えた。

「――まさか」

若き騎士《ファーレス》の祈るような姿に目を見開いた時、視界が歪んでいくのを感じた。空間が横へと歪み、得体の知れぬ無形の腕に手繰り寄せられた瞬間――。

宙に浮く身体が、地面に激突した。

受け身も取れぬまま、口の中に入り込んできた土を吐き出し、仰向けになったエフテラームがようやくの思いで半身を起こすと、そこは戦場から遠く離れた丘の上だった。

炎の雲海は変わらず先ほどまでの戦場を覆いつくしている。だが、その下にいたはずの兵士たちは、その全てが炎の腕《かいな》から逃れていた。

これは、時を進める〈憤怒の背教者〉の力だ——。

「……私たちを、助けたの？」

信じられない思いの中で、エフテラームはふらふらと立ち上がった。

広く円形に散ったシャルージ兵、バアルベク兵の全てが、固唾《かたず》を呑んで炎の雲海を凝視している。彼らが見ているのは、空に広がる劫火と、その下に一人取り残されたバアルベクの騎士《ファーレス》——自分たちを救ったであろう男の姿だ。

刹那《せつな》、炎が淵から崩れていき、カイエンの姿が紅蓮の中に消えた。

バアルベク兵から悲鳴が上がった。シャルージ兵はただ息を呑んでいる。

わずかばかりの抵抗に過ぎない。だが、あの男に借りを作るわけにはいかなかった。師であるイドリースを討ったあの男は、戦場に討たねばならない。

「渦《ドウール》」

エフテラームの身体の中から、血が失われた。呟きと共に膝から崩れ落ち、親衛隊に両脇を支えられる。

大地を焼く紅蓮の炎の中に、カイエンを守るように渦を巻いて燃える炎の柱が、新たに出現した。平原を燃やす炎が消えるまで、渦はカイエンを守り続ける。

カイエンがシャルージ軍を助けた理由は分からない。だから、自分があの男を助けた理由も分からないままでいい。力が戻れば、そこで殺せばいい。

だが、聞こえたあの声は何だったのか。声を聞いた時、エフテラームの力は、暴走した。頭を働かせようと顔を上げたが、上手くはいかなかった。一つ確かなことは、憎きバアルベクの騎士《ファーレス》によって、大切なものを失わずに済んだということだった。

重くなった瞼の下で、エフテラームは考えることをやめた。

第二章　諸侯《スルタン》大乱

Ⅰ

八角形の城壁と、その内側に広がるどこまでも無機質な街並みを眺め、バイリークはこめかみを掻きむしった。

ガラリヤ地方南部の街ダッカは、内陸の城塞都市である。面する海を持たず、交易路からも大きく外れている。それでもこれまでバアルベクやシャルージに併合されてこなかった理由は、ダッカという都市の歴史にあった。

街の中心部——もっとも背の高い教会を本営にすると決めたのは、ダッカに到着した一月前のことである。それ以来、激務の合間を縫って屋上で熱い紅茶を飲むのがバイリークの息抜きになっていた。

「諸侯《スルタン》によって造られた街、か……」

守りづらいことこの上ない。そう吐き出すか迷い、バイリークはあえて一度、言葉を呑み込んだ。城塞内部の仕掛けが敵に筒抜けだとしても、食料の自給自足が不可能でバアルベクからの輸送を止められれば途端に飢えてしまうとしても、その程度で嘆くわけにはいかなかった。

「しかし、いくら何でも難題がすぎる」

紅茶を一度飲み込みよく考えたうえで、バイリークは深く溜息を吐いた。

猫舌にはつらい熱さの紅茶に息を吹きかけ、どうすべきかダッカの歴史を思い起こした。

ダッカの歴史は、約百七十年前に遡《さかのぼ》る。当時のガラリヤ地方で覇を競っていたのは、バアルベク、シャルージ、ラダキアの三都市。彼らによる三つ巴《どもえ》の戦が続いていたが、ラダキアに名君ムラントが現れたことによって三都市の勢力図は大きく変わった。太守《アミール》ムラントの治世は豊かで、率いる精強な軍は瞬く間に他の二都市を圧倒した。

〝このままでは、四人の諸侯《スルタン》に並びうる者が生まれるかもしれない――〟

そう恐れたムスタジードとアルバラ、二人の諸侯《スルタン》によって、ムラント牽制のために造られたダッカ要塞が都市の始まりだという。ムラントは生涯をかけて諸侯《スルタン》と争ったが、ついにダッカを落とすことはできず、ダッカ北部に広がるソボ平原で非業の死を遂げた。

この二年、バアルベクの書庫で読み漁った万にも及ぶかび臭い書物の中身が、全て頭の中に入っている。貴重な砂糖の塊を紅茶に落とし、バイリークは頬を緩めた。

ムラントの死後、ダッカの太守《アミール》は諸侯《スルタン》の血筋に連なる者が任命されてきた。しかし、諸侯《スルタン》の力が弱まるにつれて、ダッカはガラリヤ地方に隣接する七都市の太守《アミール》たちによって支配されるようになった。今では、その七都市がダッカの統治権を巡って争っている。

三月前のダッカ攻略戦は、七都市の牽制の隙を衝いたカイエンの戦略勝ちだった。去年の暮れ、世界《セントロ》の中央南部を襲った蝗害《こうがい》が引き起こした飢饉《ききん》によって、七都市は誰が敵か味方かも分からぬほどの混乱に陥っている。

時の猶予はあるのだ。今は、時間をかけてなんとかするしかなかった。

激しく干戈を交える七都市が、すぐにダッカへ北上してくることはないだろう。彼らの目がこちらに向く前に、なんとか城塞としての防御機能を造り変える必要があった。今のままでは、どこに隠し通路があるかも分からず、朝起きたら城内に敵が溢れているということにもなりかねない。

それに、マイ・バアルベクは、第二のムラントに、いや、それ以上の存在になることを目論んでいるのだ。

七都市が飢饉の影響で動けない今が、ガラリヤ地方を完全に掌握する唯一の機会だった。

それは分かっている。分かっているのだが、それにしても、とは思う。

「シェハーヴとサンジャルめ」

本音を言えば、自分もカイエンの傍で戦いたかった。

一年半前、当時バアルベクの後継者候補でしかなかったマイ・バアルベクが暗殺教団《ハシャーシン》に攫《さら》われた時のことを、バイリークは今でも覚えている。

当時の政務補佐官ハーイルによってもたらされた叛乱の火種は、瞬く間にバアルベクを火だるまにした。

炎を切り裂いたのは、カイエン・フルースィーヤ。たった一人の軍人奴隷だった。

叛乱に加担した千騎長《アルフーム》モルテザはカイエンに討たれ、政務を司っていたハーイルはバイリークが誅した。ハーイルの死で、市場に落ちる金が大幅に減少するとも予想していたが、そこは大商人でもあったハーイルの手腕なのだろう。彼によって作られた強靭な市場は、彼の死後もバアルベクを潤し続けていた。

バアルベクを乗っ取ろうとした男の有能さに助けられているのは皮肉だったが、カイエンにそう言った時、任せた者の有能さだと返された。その時のカイエンの脳裏には、ハーイルを信任した前太守《アミール》アイダキーン・バアルベクの姿があったはずだ。

つまり——。

「任せた者の有能さを証明するのも、私にしかできないことか」

半年あれば、ダッカを堅牢な要塞に変えてみせる。七都市の戦がその前に終わるとは思えなかったし、二、三の都市が連合して攻めてきたとしても、それを追い返すだけの自信が今のバイリークにはあった。

ダッカに籠もるのは三万の兵だ。戦いようによっては倍の敵でも撥ね返すことができる。季節外れの冷たい風によって、いつの間にか舌で転がしやすい温度まで下がった紅茶を一息に飲み、バイリークは従者に後始末を任せた。

娼館《しょうかん》の視察に行く予定だった。

視察というのが名目であることは、麾下も承知のことだ。

人肌が恋しくなる時がある。故郷をエルジャムカに滅ぼされて以降その傾向が強くなり、この二年で頻度は二日おきになっている。寝台の上で聞く自分一人の呼吸が、強い孤独を感じさせるからだろう。誰かの寝息を聞きながら眠りたかった。

常に折り目正しい服を身に着け、哲学者のような真面目な顔をするバイリークが、女狂いだとはまさか誰も思っていないだろう。人は、見た目によらないものなのだ。僚友が誰もいないからこそ、寂しさに拍車がかかっている。

そう言い訳し、バイリークが教会の階段を下ろうとした時だった。石段を駆け上る音が響いてきた。その律動《りつどう》は足音の主の苛立ちを表しているようで、耳障りなほどだ。

ダッカにおけるバイリークの地位は太守代《アルアミール》である。軍事的な戦略だけではなく、政にも気を配る必要がある。出鼻を挫かれたような気持ちになったバイリークは、シェハーヴやサンジャルには確かに無理な任務だったなと自分を慰めた。

ものの数秒で姿を現したのは、予想した文官ではなく、ラダキア攻略戦で最後まで抗ったクザという名の男だった。幅の狭い階段から今にも落ちそうな巨軀だが、巧みに一段とばしに駆け上ってくる。

牛をも絞《し》め殺せそうな元ラダキア将の突進を躱すように屋上へと戻ったバイリークは、従者に紅茶を二杯命じた。

息一つ乱さぬクザが、湯気の立つ陶磁器を一瞥し舌打ちした。

「悠長《ゆうちょう》な」

「クザ殿。何があった」

ラダキア太守《アミール》を人質にして降伏させたクザに対して、バイリークは敬称を欠かしたことがない。クザ自身、戦えば負けぬと思っているのだろう。彫りの深い顔は不撓不屈《ふとうふくつ》の誇りに満ちている。

また殺傷事件でも起きたのか。ダッカに入城して以来悩まされているバアルベク兵とダッカ住民の衝突を思い浮かべたバイリークを横目に、クザがじろりと南に顔を向けた。

「何も糞もあるものか。バイリーク殿。百騎長《ミアーム》三人が死んだぞ」

「……同士討ちか、それとも――」

「さような話ではない！」

もどかしげに叫んだクザが、両腕を大きく広げた。七歳年長の千騎長《アルフーム》は、蔑《さげす》みを目に光らせている。

「南の七都市が軍を興《おこ》した。北上する二十万余の大軍は、すでにダッカの目と鼻の先。三人は調練に出た先で包囲されて死んだ」

クザの言葉を理解するよりも早く、背中に冷たいものが流れた。急速に頭が回り始める。

南の七都市への偵察は万全だったはずだ。蜘蛛の巣状に配置した狼煙台からは、危機を伝える報告は入っていない。そもそも、つい先日まで争っていた七都市が結ぶなど――。

「暗殺教団《ハシャーシン》だ」

思考を遮ったのは、クザの言葉だった。

「狼煙台の兵は、全て奴らに殺されたのだろう。宣教師《ダーイー》と呼ばれる暗殺教団《ハシャーシン》の精鋭は、自在に顔を変え、一人で百の兵を殺す」

先代騎士《ファーレス》ラージンによって仲間が殺されたことへの報復のつもりなのか。口を開きかけたが、今はそんな疑惑を口にしている場合ではなかった。七都市の連合が本当だとすれば、ダッカにある兵力だけで抗うことは不可能だ。自分が今なすべきことは――。

「調練に出ている全ての部隊を城内へ」

「もう命じた」

「見つかっている外への抜け道の封鎖は、まだ終わっていません。クザ殿、四か所の抜け道には二千ずつ兵を。それから、まだ見つかっていない抜け道の捜索に一万の兵を」

溢れ出てくる言葉に、間違いはない。自分の命令を心中で復唱したバイリークに、クザが地面を踏み鳴らした。思わず肩を竦める。

「バイリーク殿、落ち着かれよ。貴殿の目的は、バアルベクにガラリヤ地方を統一させることであろう」

腹の底に響くような声だった。喉を鳴らしたバイリークに、クザの口調がゆっくりになった。

「俺の主は、今まさにバアルベクに囚われの身となっている。大恩ある太守《アミール》がお前たちに囚われている以上、俺にできることはバアルベク軍を勝利させることだけだ」

「ラダキアの太守《アミール》のことを言っているのならば、バアルベクでマイ様以上に豪奢《ごうしゃ》な暮らしをしているでしょう」

「今はそんなことを話しているのではない！」

先に持ち出したのはあんただろうとは言わず、バイリークは息を吐いた。怒りに任せて喋るところなど、サンジャルとそっくりだった。カイエンが自分の副官としてクザをつけた意味が分かったような気がした。周りに暴走する者がいれば、バイリークはかえって冷静さを保つことができる。

もっとも、大虎のようなクザに比べれば、サンジャルは戯《たわむ》れる子犬に等しい。しかし、自分の役割が何かというクザの言葉は、バイリークに落ち着きを取り戻させた。唇を湿らせる。

「クザ殿、城壁に走りましょう」

ようやくかといった風にクザが頷き、二人は駆け出した。


七色の旗が、延々と東西に延びていた。

正確な数は分からないが、クザの言葉にあった二十万という数字は決して誇張されたものではないだろう。東西に林立する七色の旗は、間違いなく七都市の軍のものだった。

飢餓に苦しむ七都市の太守《アミール》たちが、なぜこれほどの大軍を動員しえたのか。現実離れした光景だと、悠長なことを考えている暇もなかった。

――考えるまでもなかった。

「マイ様に、ムラントの姿を見たか……」

こぼした呟きに、クザが鼻を鳴らした。

「であろうな。ガラリヤ地方を統一しようとするバアルベク太守《アミール》の動きが、諸侯《スルタン》の逆鱗《げきりん》に触れたというわけだ。七都市の連合軍の兵站《へいたん》は、アスラン侯か、ジャンス侯か。はたまたその両方が担っておるのか」

「笑えない想像です」

「ふん。俺は笑えるがな」

言葉通り不敵な笑みを浮かべ、クザが青天を背にして腕を組んでいた。

「俺がバアルベクへ降ったのは、バアルベクの太守《アミール》と騎士《ファーレス》の二人に、戦《いくさ》の民統一の可能性を見たからだ」

「先ほどと言っていることが違います」

「やかましい。人がたった一つの理由で動いていると思っているのであれば、とんだうつけだぞ、バイリーク殿。ラダキア太守《アミール》の命も大事だが、同じくらい俺はマイ・バアルベクと、カイエン・フルースィーヤという青年を認めている」

クザが腕組みを解いた。

「ラダキアは西方世界《オクシデント》と鐵《てつ》の民に北面し、侵略をいかに防ぐか、常にそればかりを考えてきた都市だ。ゆえに、新たに現れた東方世界《オリエント》の脅威は、バイリーク殿以上に案じておる。戰《いくさ》の民を統べる英雄がいる。そう思い、俺は一年半前、モルテザ・バアルベクの提案に乗った」

かつてバアルベクを裏切った男との同盟をさらりと口にした男は、だがバイリークの驚きを気にした様子もなく続けた。

「モルテザが名もなき軍人奴隷に討たれたことには驚いたが、ラダキア、ダッカを雷光の速さで侵略したその男の才には舌を巻いた。それを命じたマイ・バアルベクの器にもな。二人であれば、英雄たりえるかもしれぬ。そう思ったからこそ、俺は素直に降ったのだ」

ゆえにな、とクザの瞳がバイリークへと向いた。

「アスランとジャンス、諸侯《スルタン》二人が本腰を上げてバアルベクを襲おうとすることは、俺にとって当然のこと。むしろバアルベクは、彼らに恐怖を抱かせるほどの存在であって然《しか》るべきなのだ。実際、飢饉の中でも備蓄した兵糧をばらまいてまで兵を集め、諸侯《スルタン》はバアルベクに剣を振り上げた。俺はこの現実が嬉しい」

「クザ殿は、この侵攻を予想していたと?」

「そんなわけなかろう」

クザが呟き、蒼い瞳を細めた。

「そんなものを予想できるとすれば、それは神だけだ。俺は神ではないし、カイエン殿にしてもそれは同じだろう。だが、これは起きてしまった現実だ。現実を変えることは神にはできぬ。できるのは、俺たち人だけだ」

「ダッカに籠もるバアルベク軍は三万。敵は見えるだけでも二十万を超え、諸侯《スルタン》二人が操っているとするならば後続もあるかもしれない。変えられない現実もあるでしょう」

「情けないことを言うではない。戦《いくさ》の民を統べるということは、アスランとジャンスのみならず、ファイエル、そしてカイクバードといった四人の強大な諸侯《スルタン》を倒すということだ。誰も成し遂げたことのない御業《みわざ》。倒してなお、さらに強大な敵が待ち受けている。これは世界の中央《セントロ》を統べる者の副官に相応《ふさわ》しいか、バイリーク殿に与えられた試練でもある。現実を変えてみせろ」

　冗談で言っているわけではないことは、まっすぐな瞳から伝わってきた。

「もしもできないと言えば？」

「簡単なことだ。今すぐバイリーク殿とそこの従者の首を飛ばす。ダッカで貴殿の次に高位なのは俺だからな。有難く指揮は引き継ぐ。俺が現実を変えるだけさ」

　恐れ知らずの言葉を堂々と吐き出すクザに、バイリークは肩を竦めた。

　これからカイエンという青年は、間違いなく大きくなっていくだろう。その時、クザのように癖のある者も多く集まってくるに違いない。副官として、それらを束ねるのは自分の役目だ。クザごときに好き放題言われたままにするわけにはいかなかった。

地平線に林立する七色の旗に、バイリークは背を向けた。

「ダッカを捨てましょう」

「ほう？」

クザの声に、面白がるような響きが滲んだ。

「バアルベク討滅という点で、七都市連合とシャルージは利害が一致します。今、私たちがすべきは、連合軍の北上を足止めし、シャルージとの戦に赴かせないことです。そのためには籠城するよりも、三万の兵で連合軍の兵站線を狙ったほうが良い」

ダッカに籠城すれば、二十万のうち十万ほどしか足止めできないだろう。残る十万が北上し、パルミラ平原でカイエンを襲えば、その瞬間バアルベクの命運は決まる。だが、敵の兵站線を切ることができれば、二十万全ての足を止めることが可能になるのだ。

満足げにクザが頷いたその日、三万のバアルベク軍は夜陰に紛れてダッカを脱出した。

嘶きを上げぬよう騎馬の口を荒縄で縛り、声を殺して進むバアルベク兵たち。

その様子を見て、人気《ひとけ》の消えたダッカの城壁の上に立つ〈怠惰の背教者〉は妖艶な笑みを浮かべた。腰まで垂れた紫紺の長い髪が、夜風に揺れた。

少しばかり骨が折れるが、三万程度であれば問題ないだろう。

隣に佇《たたず》む黒衣の兄もまた、〈背教者〉としての力を備えている。いつもの砂色の鎧は脱ぎ、妹と同じような綾絹の上衣に身を包んでいる。

彼らの使命はただ一つ、主の快楽を満足させることにあった。

「侯の愉しみは、邪魔させられないの」

そう呟いた女の瞳が妖しく光った時、動き出したバアルベク兵は人ならざる力によって、その動きを止められた。男は倒れ込む妹の背を抱きとめると、自らもまた広げた掌をバアルベク兵へと向けた。

西から東に吹いていた風が、東から西へと吹き抜けた。


茜色の朝日が、ダッカの街並みを照らし出す。

最初に自由を取り戻したのは、バイリークだった。城壁の上、前日と全く同じ場所で腕を組み、目の前ではクザが南を見つめている。

自分は、いまだ夢を見ているのか。

「これは一体……」

　バイリークが目にしたのは、二十万を超える大軍勢に一分の隙もなく包囲されたダッカの街並みと、脱出したはずのバアルベク兵三万が、城壁内で茫然と空を見上げている光景だった。

〝神は現実を変えられぬ〟

　城壁の上に絶望を孕《はら》んだ風が吹き抜けた時、クザの言葉がバイリークの脳裏でばらばらと崩れていった。

II

　地面を穿つ滝のような雨は、パルミラ平原を瞬く間に覆い隠し、味方の位置さえ分からないほどになった。

「全軍に撤退の合図を」

　カイエンがそう口にした時、エフテラームもまた同様の判断をしたようだった。戦場に響き合う鉦の音に、目つきの鋭い青年は、傾きかけた身体をすんでのところで踏みとどめた。血を失いすぎていた。

「全く、俺はお守《も》りじゃないんだが」

　その言葉と共に、背中に力強い掌を感じる。ちらりと振り返ると、呆れたような表情で戦場を睨みつける隻眼の男がいた。

「決着は明日か、明後日か」

「サンジャル。いつもであれば、お前の野性を信じる気にはなれないが。今日ばかりは俺もそう思うよ」

「そりゃあどうも。だが、これは野性というよりも目の前の戦場を見れば、誰でもそう思うだろ。エフテラームの悪いところが前面に出ている」

「……優しさか」

呟いた言葉は、カイエンも見抜いたエフテラームの弱点だった。シャルージの騎士《ファーレス》は小勢を救うために大勢を犠牲にする指揮を執ることがある。それも、自分自身で動こうとする。ゆえに、騎士《ファーレス》を守ろうとシャルージ軍の犠牲も大きくなっていた。

本陣の天幕に入ったカイエンは、サンジャルに渡された麻布で顔を拭いた。雨に濡れたからか、サンジャルの癖毛がややうねりを増している。

「癒えそうか？」

短い言葉に、カイエンは首を左右に振った。

「完全には無理だ。それほど、馬鹿げた力だった」

「俺は二度、死を覚悟したよ」

そう言って笑うサンジャルに、カイエンは首を傾げた。

「二度？」

「ああ。エフテラームの炎が頭上を覆った時に一度。もう一度は、カイエンがバアルベク、シャルージ両軍を逃して、たった一人、炎の下に残った時だ。俺だけが生き延びてあんたが死ねば、俺はシェハーヴに殺されただろうな」

「……やりかねないな」

冗談ともつかぬ声で返すと、サンジャルが小さく呻いた。

「救われたことには感謝しているが、二度としないでくれ。あんたが死ねば、誰があの天災のような東方世界《オリエント》の覇者《ハーン》と戦うんだ。バアルベク騎士《ファーレス》の命は、もはやあんただけのものではない」

部下がいる前では敬語を使うが、二人だけの時は砕けた喋り方になる。初対面でカイエンに突っかかってきた男とは思えぬ言葉に、カイエンは苦笑を大きくした。

サンジャルとバイリークもまた、東方世界《オリエント》の出身だ。エルジャムカに故郷を滅ぼされ、奴隷として世界の中央《セントロ》に売られてきた。覇者《ハーン》へ抱く恐怖は同じだろうが、だが、決定的な違いが一つだけある。

「俺は、エルジャムカその人の力によって、全てを失った」

「〈人類の守護者〉というやつだな。エフテラームの〈炎〉というのは分かりやすいが、〈人類〉というのは想像がつかない」

「……悍ましい力だった。三万の兵が、たった一人の力によって、全員死んだのだからな」

　二年前の草原での戦、南の村《アスルム》から出陣した三万の兵は、カイエン一人を除いて誰も生き延びることはなかった。まだ十五で成人を迎えていなかったタメルランを、南の村《アスルム》に残したことは正解だったのだろう。

　生きていれば十七歳になっているはずだ。銀髪の少年がどうなっているのか。草原の星空を思い浮かべ、カイエンは俯いた。

「両断しても殺せぬ深紅の兵に、俺は何もできなかった。ただ友が死んでいくのを横目に見て、声が枯れるほどに叫ぶことしか」

「……悪夢だな」

　首肯して、カイエンは天幕の外、エフテラームが布陣している東の丘陵地帯へ視線を向けた。雨足はやや弱まっているのか、丘陵に蠢《うごめ》くシャルージ兵の影がどうにか見える。

「あの時のエフテラームの力に、俺はエルジャムカを重ねてしまった」

「それで負けられぬと？」

　横目に見てきたサンジャルに、カイエンは肩を竦めた。

「いや、味方を殺させぬ、とさ」

「ならばなぜ、シャルージ兵まで助けた？　あの時バアルベク兵だけを救っていれば、カイエンも立てぬほどに消耗することなく、戦も終わっていた」

当然の疑問であろう。おそらく、それはサンジャルだけではなく、バアルベク兵も、そしてエフテラームも抱いているであろうものだ。

「なぜだろうな」

そう言葉にはしたが、答えはすでに分かっていた。

寂しげな瞳で別れを告げた銀髪の乙女もまた、〈守護者〉の一人だった。

戦場を焼き尽くすほどのエフテラームの巨大な炎は、おそらく力の暴走だったのだろう。エフテラームが、味方を巻き添えにするような形で力を行使するとは思えなかったし、もしそれができるのであれば、この戦場は両軍の壊滅という形で、もっと早くに決着していたはずだ。

自分は、〈守護者〉として力を持ってしまったエフテラームを、救いたかったのだ。

綺麗事に過ぎないことは分かっている。あの場でシャルージ軍が壊滅していれば、それ以後のバアルベク軍の犠牲はなかっただろうし、戦も勝利で終わっていた。

それでも、シャルージ軍を救う形で力を行使したのは、〈守護者〉であるというだけで罪を背負ってほしくなかったからだった。そうしなければ、自分の心の底に響いている銀色の髪の乙女の〝さようなら〟という言葉が二度と聞こえなくなるような、二度と手を握れなくなるような気がしたのだ。

「まあ、いいさ。あれほどの力を使ったんだ。血の代償にエフテラームも衰弱しているはずだ。互いに力を持つ者が動けぬ今、指揮の巧拙《こうせつ》で勝敗は決まる。サンジャルとシェハーヴ、お前たち二人が揃うバアルベクに対して、シャルージはエフテラーム以外にまともな指揮官がいない」

明日か明後日。先ほどの言葉は、シャルージ軍が潰走するであろう未来だった。

「シャルージ軍を崩せば、サンジャル、お前は騎兵一万を率いて、シャルージまで駆け抜けろ。断崖の狭間に広がる絶景の街だ」

「カイエンはどうする？」

「エフテラームの足止めがいるだろう。役割を換えてもいいが」

「遠慮しておく。俺は自分の力を超えた相手と戦うほど、命を粗末にしたいとは思っていないくちでね」

眉を上げて嘯くサンジャルが、立ち上がった。

「シェハーヴと明日の作戦を詰めてくる」

バアルベク軍四人の千騎長《アルフーム》の一人に相応しい自信を漲らせ、サンジャルが天幕を後にした。

戦端が開かれたのは、肌寒さを感じる東雲《しののめ》の中だった。澄んだ空気をかき乱すように、朝焼けの光が氾濫《はんらん》している。

左右両翼に展開する四万のバアルベク軍。その先頭で、二人の千騎長《アルフーム》が一人は悠然と、もう一人は颯爽と剣を抜き放った。シェハーヴとサンジャル、それぞれ二万の兵を率いる二人の千騎長《アルフーム》が剣を振り切った。

喊声が響き、地面が揺れる。大地を侵食するように進むバアルベク兵の先では、この十日で一万ほど数を減らしたシャルージ兵が固唾を呑んでいる。

「そのまま、ぶつかれ」

カイエンがそう呟いた時、まるで聞こえていたかのようにシェハーヴとサンジャルが敵中に突っ込んだ。策も何もない。だが、今はそれが最も有効な戦い方だった。エフテラームは未だ力を使えるほどには回復しておらず、新兵主体のシャルージ軍の体力は底を尽いている。

敵の瞳に怯えが滲んだ時、カイエンは勝利を確信し、黒い布を巻いた右腕を左手で握り締めた。

見る間に六万の敵を押し込んでいくバアルベク軍に、止めていた息を吐き出す。

ここで勝てば、マイ・バアルベクの意志は、一歩先へと進む。

小さな一歩だが、戰《いくさ》の民にとっては大きな一歩だ。戰《いくさ》の民を統一し、来《きた》る東方世界《オリエント》の覇《ハー》者《ン》から民を護る。マイの野望は、途方もない壮大なものだと思う。ガラリヤ地方を制したとしても、バアルベクの力は四人の諸侯《スルタン》の一人にすら及ばないのだ。

時もそれほど残されてはいない。一年前に始まった鐵《てつ》の民と東方世界《オリエント》の覇者《ハーン》の戦も、すでに均衡は崩れ始めている。銃という圧倒的な軍事技術を持つ鐵《てつ》の民だが、彼らを率いる三人の諸侯《スルタン》のうちの一人はすでに戦死し、残る二人も分断され、各個撃破の的になっている。

あと一年――。もしかすると一年もないかもしれない。瞬きほどの時間の中で、四人の諸侯《スルタン》と対峙し、彼らをバアルベクの旗の下に従わせなければならないのだ。

「息を吐く暇がないな」

微苦笑をこぼし、カイエンは南の空へ視線を向けた。

戰《いくさ》の民の最高権力者である四人の諸侯《スルタン》、アスラン侯、カイクバード侯、ジャンス侯、ファイエル侯。最南部に盤踞《ばんきょ》するカイクバード侯は、二人の〈背教者〉を傍に仕えさせ、彼自身も軍神と称されるほどの戦人《いくさびと》だ。まともに戦えば勝ち目は薄い。だが、残る三人の諸《スル》侯《タン》のうち、二人までを降すことができればとカイエンは思っていた。

バアルベク太守《アミール》であるマイへ慕情を抱いているというファイエル侯とは、戦わずして手を取り合うことができるかもしれない。狙うべきは、アスラン侯かジャンス侯か。昨年の飢饉と、南に広がるカイクバード侯への警戒とで、二人がすぐに大きく動いてくることはないだろう。ガラリヤ地方を平定し、ファイエル侯と結ぶことができれば、残るアスラン侯とジャンス侯もまた、交渉によって手を取り合うことができるかもしれない。

ひときわ大きな喊声が戦場を揺るがした。

大きく敵を崩すサンジャルに負けじと、シェハーヴ率いる灰色の騎馬隊五百が猛然と敵を切り裂いた。狼騎と呼ばれたバアルベク騎士《ファーレス》の直下兵であり、シェハーヴが千騎長《アルファーム》に任じられて以来、軍の必殺の鉞《まさかり》となっている。

敵の指揮官を次々に討ち取っていく五百の騎兵団と、それを食い止めようと動くシャルージ軍が、さらに崩れた。あと一突きで、シャルージ軍は潰走する。

「サンジャルに伝令。一万騎で戦場を離脱。シャルージへ急進」

軽量の鎖帷子《くさりかたびら》を身にまとった伝令が駆け出していく後ろ姿を見送り、カイエンは軽く身体を跳ねさせた。かすかに眩暈《めまい》はするが、騎乗に耐えるほどの体力は戻っている。

「全軍、戦備え」

曳かれてきた黒馬に騎乗した瞬間、本陣に待機していた一万の士気が跳ね上がるのを感じた。彼らにとってカイエン・フルースィーヤという青年は、万夫不当の騎士《ファーレス》ラージンよりその力を継ぎ、バアルベクを裏切ったモルテザを討ち取った英雄である。戦場で見せた奇跡は、マイ・バアルベクと共に彼らが信ずるに値する神話だった。

将とは、兵に神話を抱かせ続ける者だ。

剣を引き抜く。

「全軍……」

なぜか言葉が止まった。死神の鎌を首筋に添えられたような息苦しさがある。

息を呑み込んだ時、吹きつける南からの風に混じるかすかな鉄の匂いが、カイエンの鼻腔をくすぐった。

視線を南へと向けた瞬間、全身から血の気が引いた。

地平線が、黒く滲んでいる。数瞬前までは大地の茶色と、空の青色の二色だけだった景色の中に、黒い線が延々と続いている。

「……シェハーヴとサンジャルを撤退させろ」

叫びそうになる気持ちを抑え、カイエンは呟いた。

指揮官が冷静さを失えば、軍は機能を失う。戦場へ瞳を向けた。バアルベク軍の圧倒的優勢は変わっていない。六万のシャルージ軍を縦横に引き裂き、エフテラームの本陣を陥落させるのも時間の問題に思える。

撤退を厳命する鉦に、シェハーヴとサンジャルが困惑するのも伝わってきた。

だが、戦況が大きく変わったことを、カイエンは握り締めた拳の痛みと共に気づいていた。

南から急進してくるのが、どこの軍勢かは分からない。一つ確かなことは、ダッカの護りに充《あ》てたバイリークが生きてその才を十全に発揮していれば、この戦場に未知の新手が現れることはありえないということだ。

最悪の状況だとしても、バイリークであれば敵の足止めを図り、カイエンに急使を送ってくるはずだ。それがないということは、すでにダッカが落とされ、バイリークもまた戦死しているかもしれない。

似合わない漆黒の礼服をまとうバイリークを思い浮かべ、カイエンは視線を落とした。

自分がダッカを落とした何者かであれば、その次の手は二つ。一つは、シャルージ軍と対峙するバアルベク騎士《ファーレス》を挟撃すること。もう一つは、バアルベクの本拠地を襲い太守《アミール》の首を取ることだ。

今取りうる最善の策は――。

「ダッカへ斥候《せっこう》を送れ。百騎を五組。正確な情報を集めろ。同じく五組をバアルベクへ送れ」

急げ。南に現れた大軍に困惑する味方を叱咤《しった》し、カイエンは抜身の剣を鞘《さや》に戻した。

Ⅲ

身を焦がすようなもどかしさの中で、カイエンは平原の西に広がる礫《つぶて》の森を駆けている。月のない夜だった。

機は一度きり。背後には、シェハーヴ率いる狼騎五百がついている。

遥か前を進む十騎ほどの敵の伝令兵をようやく視界に捉え、カイエンは剣を振り上げた。力を使うほどの体調は戻っている。呼吸を止めた時、〈憤怒の背教者〉の力が、カイエンの血を身体から奪い去った。

空気が歪み、徐々に周囲の景色が横に引き延ばされていく。内臓からひっくり返されるような感覚は一瞬だった。

刹那、カイエンは一騎、敵中に現出した。驚愕の表情を浮かべる左右の敵を馬上から斬り落とし、さらに馬足を上げる。一人として逃さない。声にならぬ雄叫びをあげ、残る八騎を討った時、シェハーヴが追いついてきた。

「お見事」

「行くぞ」

短く返すと、シェハーヴは馬腹を蹴り上げた。

五百騎の狼騎の動きは敵に知れ渡っているだろう。だが、それを本陣に報《しら》せる敵の伝令兵よりも、狼騎の方が速いという確信があった。

鬱蒼《うっそう》とした森は、もうすぐ終わりだ。その先に広がっているであろう大地から、赤い光が差し込んできている。当たりだ。隣を進むシェハーヴに目配せし、カイエンは手に革袋を握った。

視界いっぱいに広がったのは、積み上げられた無数の兵糧《ひょうろう》の山だった。すぐ先で、こちらを見上げる歩哨が、目の前を駆けるものが敵であることに気づき、口を開いた。だが、彼が声をあげる前に、シェハーヴの放った槍がその胸に突き立った。

柵で囲まれた敵陣の中に、深く切り込んでいく。一ルース（五百メートル）ほど駆けたあたりから、遮る敵の数が増えてきた。鉦が響き始め、一気に空気が刺すような気配に満ちる。

正面に百ほどの敵が現れた時、カイエンは後衛を確かめると、狼騎を左右に分けた。

「今だ」

二つに分かれた狼騎の前衛が、手にする革袋を次々に兵糧の山に投げ入れていく。ぶつかった革袋の紐がほどけ、中身の透明な液体が飛び散ると、強い酒の匂いが漂ってきた。

敵が訝しげな表情をした次の瞬間、少し遅れて駆けていた後衛が燃え盛る松明《たいまつ》を掲げた。敵兵の顔が歪み、やめろと口にした瞬間、投げ込まれた松明の炎が一気に巨大な炎となって敵陣を燃やし始めた。

慌てた時、人の本性はあらわになる。

混乱する敵の中で、カイエンは半数の狼騎を率いて、じっくりと敵を見極めていた。シェハーヴもまたそうしているだろう。

パルミラ平原に十万を超える新たな大軍が現れてから、二日が経っていた。その大軍は、シャルージ軍との雌雄が決まる瞬間に現れ、戦場を振り出しに戻した。いや、振り出しというのはかなり都合の良い表現であり、現実は覆《くつがえ》し難い劣勢といったところだ。

パルミラ平原での衝突は、カイエンの命令によって回避できた。バアルベク兵五万に対して、六万のシャルージ軍と、十万を超える新手を敵に回して、視界の開けた平原で戦うことは難しい。ゆえに、カイエンは一つの都市ほどの大きさの森が十七点在する礫の森を目指して撤退を命じた。

急進してきた二万ほどの騎馬軍団の追撃を躱しながら、礫の森に逃げ込んだのが昨日の明け方。それから一昼夜、バアルベク軍は点在する森を移動しながら息を潜めていた。

その間に、敵を探る斥候を送ったが、情報は何一つ得られなかった。どこからの軍なのか。何を目的としているのか。少数での兵站基地奇襲は、敵を見定めるためでもあった。

縦横に敵陣を駆けるカイエンは、右往左往する敵兵の手甲が赤く統一されていることに気がついた。さらに二ルース（一キロメートル）駆けたところで槍衾《やりぶすま》を作る百ほどの兵のそれは青い。

叫び声にも、どこか違和感があった。それは、世界各地の商人が集まる場所でよく聞くものだった。記憶を辿れば、思い出したくもないサマルカンドや、バアルベクの商館《カイサリーヤ》が脳裏に浮かぶ。喧騒の中で、誰もが拙《つたな》い世界標準語《リンガフランカ》を話していた。

組織された大軍が近づいてくる気配を感じた。あらかじめ決まっていたかのような動きで、夜襲への動きとしては上出来と言ってもいいだろう。

「厄介だな」

敵の輪郭は見えた。ここの兵站基地は小規模のものであり、固執する必要もなかった。

シェハーヴに撤退を命じたカイエンが敵の包囲を突破し、礫の森に逃げ込むと、すでに東の空は明るくなり始めていた。

敵陣からは遠く離れた湖畔、翠玉《エメラルド》を思わせる水面《みなも》のほとりで、カイエンは休息を命じた。

一人一人が武の達人であり、気合いを入れるべき時と抜くべき時を知っている。上官の突然の指令にも戸惑うことなく、思い思いに木陰を見つけて休み始めた。食事の用意を命じた十人ほどは、手際よく囲いを作り上げ、火を熾《おこ》している。

裸足になり、静かな水面に足を踏み入れたカイエンは、夏の暑さが溶け出していくようにも感じた。

「二騎、欠けた」

背後からの声は、シェハーヴのものだった。

「誰だ？」

「フラムとシャイフ」

「……石切り職人の次男坊と、花屋の長男か」

そう返したカイエンに、シェハーヴが驚くように眉を上げた。二人とも末端の兵だ。名前ならばいざ知らず、その出自までカイエンが知っているとも思わなかったのだろう。

「俺の、数少ない取り柄だよ」

「なるほど」

妙に納得した表情が何を意味するのか、釈然《しゃくぜん》としないものを感じながら、カイエンは近づくように手を招いた。

「いや、結構。拙僧の主義でな。綺麗な湖には入らぬようにしておる。魂を抜かれるように思えるのだよ」

口元を隠す男の返事に、カイエンは溜息を吐き、湖から出た。水を含んだ下衣が重かった。

「それで、シェハーヴ。あんたが感じたことを教えてほしい」

「ふむ。騎士《ファーレス》とそうは変わらぬと思うが」

「同じなら、相当厄介だぞ」

舌打ちと共に、カイエンは顔を掌で覆った。

「俺の見立てでは、敵はダッカ以南の太守《アミール》たちの連合軍だ。言葉の訛《なま》りが微妙に違う。装備も、統一されているようで細部が違った」

指の隙間に見えるシェハーヴが、心苦しそうに首肯した。

「対立していた七都市が連合して、ダッカを越えたパルミラ平原まで姿を現したのならば、考えられることは一つだけだな。騎士《ファーレス》よ、ダッカはすでに陥落している」

「十万を超える大軍に攻められて守り切れるほど、ダッカの守りは堅くない。バイリークもそれを十分に承知しているはずだ。あの男であれば包囲される前に脱出し、敵の兵站線を乱す——」

「もしそうであれば、先にバイリークからの伝令が届いて然るべきだろう？」

カイエンの言葉を遮ったシェハーヴが、それは分かっているであろうと目を背けた。そして、その言葉から予想しうる最悪の事態も。

震える息をこぼし、カイエンは空を見上げた。白む空が、忌々《いまいま》しかった。

「敵はおそらく太守《アミール》たちの連合軍だけではない。それを動かした諸侯《スルタン》がいる。位置を考えればアスラン侯だろうが……パルミラ平原に現れた兵が敵の一部だとすれば、残りは間違いなくバアルベクへ向かう」

自分であれば間違いなくそうするし、諸侯《スルタン》として太守《アミール》たちを統べる者が、二十歳手前の若造よりも愚かであるとは思えなかった。

「どうする？」

シェハーヴの言葉は短い。なぜを考えるよりも、どうすべきかが大事であることを、この男は知っている。

兵が持ってきた鶏肉のスープを、時をかけて飲んだ。鶏の脂が、口の中に甘く広がった。判断を誤れば、即座にバアルベクは滅ぶ。敵の姿が巨大すぎて、やや現実味がないことは否定しきれなかったが、しかし現状は滅びの淵に立っている。

打てる手は、限りなく少なかった。唯一と言ってもいい。

「バアルベクへ戻る」

「敵もそれを警戒してくる」

「それでも戻る。バアルベク軍は、マイ・バアルベクの意志によって士気を保っている。彼女が敵の手に落ちれば、二度と立てない」

シェハーヴも十分に理解していることだろう。だが、かつてバアルベクに弓引いた男の目には、妖しい光が輝いていた。

「太守《アミール》と、騎士《ファーレス》。バアルベク軍の士気の源はその二人だと思うが」

「何が言いたい」

「バアルベクに戻り、太守《アミール》を救うという策には拙僧も大いに賛成だ。もしもまだ、バアルベクが敵の手に落ちていないのならばだが」

「落ちていない」

「なぜそう言い切れる。敵は恐るべき大軍であり、情報封鎖も完璧だ。拙僧たちも、すぐ傍に近づかれるまで気づかなかったのだ。すでにバアルベクが落とされていたとしても、おかしくはない」

言われなくとも分かっていることだった。そして、シェハーヴの冷静さは、マイが死んでいるならば、カイエンが頂点に立つべきだと言外に告げている。

だが——。

「兵は、俺がいれば一時は立てるかもしれない。だがな、シェハーヴ。俺はマイ・バアルベクその人がいなければ、立ち続けることができない」

本心からの言葉だった。支え合う友がいるからこそ、前へ進める。強大な敵へと立ち向かうことができる。マイ・バアルベクという乙女は、自分にとって半身にも近い存在だった。

シェハーヴの瞳から、ふっと光が消えた。

「全滅するかもしれぬぞ」

自分の覚悟を試したのだろうことは分かっていた。不遜な男だが、シェハーヴはカイエンが一度決めたことには疑義を挟まない。

静かな水面に、カイエンは頷いた。

「承知した」

バアルベク騎士《ファーレス》の決断に、シェハーヴからいつも通りの短い返答が返ってきた。

崩れかけたサンジャル隊一万を援護するように、カイエンは二千の騎兵を敵にぶつけた。潰走に近い形でサンジャルが西へ駆け始める。あらかじめ決めていたことで、紙一重《かみひとえ》の撤退戦が続いていた。

西進するサンジャルから目を離すと、シェハーヴが大きく敵に突撃していた。そのまま向かい合う三万の敵本陣に到達する。そう思うほどの苛烈さだ。退け。カイエンの心の声と見事に同調し、シェハーヴ隊が急激に反転する。

「弓、放て」

シェハーヴの撤退を援護する意味で命じたが、放たれた七千の矢は、崩されながらも大盾を構えた敵に防がれた。舌打ちを堪え、即座にカイエンは率いる七千の兵に後退を命じた。

砂埃がいたるところで立ち上り、正確に戦況を把握することも難しい。だが、ここで戦況を見失ってしまえば、その瞬間バアルベク軍は五倍の敵に包囲され、壊滅するだろう。四ルース（二キロメートル）ほど離れた丘の上に、カイエンを見下ろすエフテラームの姿を認めた。

「この先のクヨル砦へまで駆けろ」

そう命じ、カイエンは全軍の殿《しんがり》についた。

世界の中央《セントロ》を二分するフォラート川の支流の中州に、クヨル砦はある。かつて、シャルージとの七度にわたる争奪戦を経て、バアルベクが手にした難攻不落の砦だ。バアルベク側からは七本、シャルージ側からは三本の石橋が架けられている。中州まで辿りつけば、仕掛け一つでシャルージ側の三本の橋は崩れるように作られていた。

砦に渡り石橋を落とせば、時を稼げるはずだ。

背後から巨大な馬蹄が響いていた。

ちらりと振り返ると、二万の軽騎兵が、まっすぐカイエン目掛けて進んできている。左右には、大きく弧を描いてさらに五千ずつの軽騎兵が砂煙を上げている。

厄介な敵だった。

戦況に合わせて、一万単位で現場の将が動いてくる。新たに現れた十万の七都市連合は、常に戦争を続けていたためか、シャルージ軍と比べて動きが鋭い。

「仲良くはないようだが」

呟いた瞬間、カイエンは二千騎を率いて唐突に反転した。息を合わせたように、サンジャル隊とシェハーヴ隊からそれぞれ三千騎ずつが反転した。狙いは——。

左右から伝わる合図に、カイエンは駆けてくる二万の軽騎兵へ狙いを定めた。

二万騎の中心で、猛然とかけてくる水牛のごとき大鎧の男がいた。左右に大きく膨らむ軽騎兵は別の都市の兵なのか、三方から挟撃されつつある大鎧の男を助けようともしていない。

力を使えるのは、一度きりだろう。騎乗できるほどには体調が回復したといえ、エフテラームの力を防ぐために犠牲にしたものは大きい。

大鎧の男が禍々《まがまが》しく光る槍斧《ハルバート》を掲げ、雄叫びをあげた。

躊躇している時ではなかった。喉を鳴らし、剣を構えた。

「……さらばだ」

刹那、弾けるように肉を穿つ音が響き、次の瞬間、胸に長剣を突き立てた大鎧の男が、馬蹄の中に落ちて消えた。敵の中から男の名を呼ぶ声が聞こえてきた。

血の代償が全身を襲うようだった。不規則に乱れ打つ心臓の痛みに歯を食い縛り、カイエンは混乱する敵中に先頭で突っ込んだ。

津波のように襲いくる敵の中で、斬り上げ、斬り下げる。耐えきれない。そう思った時、シェハーヴとサンジャルの挟撃が敵を崩した。二万騎の足が止まるのを見計らい、カイエンは反転の指示を出す。

手間取っている暇はない。大きく弧を描いて駆ける左右五千の騎兵は、すでに西進するバアルベク歩兵の背に嚙みついている。サンジャルとシェハーヴそれぞれに自隊の救援を任せると、カイエンは二万騎を牽制しながら徐々に後退した。

ふと丘の上を見上げた時、カイエンは自分の過ちに気づいた。力を使ったほんの一瞬、エフテラームを視界から外してしまった——。

「エフテラーム……！」

そこにいるはずのシャルージの女騎士《ファーレス》の姿がどこにもなかった。炎の旗だけが風を孕み、大きくはためいている。カイエンの意識が外れたことを見計らって、エフテラームは動き出したのだろう。

どこで来る——。

エフテラームが力を使えるのも、一度か二度程度。最も効果的な場面を狙うはずだ。戦場を注意深く見渡し、カイエンは手綱を握り締める。

見れば見るほど、絶望的な戦場だった。

五万いた味方は、すでに三万ほどまで減っている。対するシャルージと七都市連合は十五万に迫るだろう。正面でこちらの様子を窺う二万騎の奥には、七万の歩兵が威圧するような鼓笛《こてき》と共に進み、その左右には二万五千ずつの重装歩兵が大地を揺るがしている。

バアルベク軍の優位は騎兵の練度の高さにあるが、軍の熟練で敵を躱し続けることにも限界があった。

すでに十日以上にわたって戦い続けている。バアルベク軍の兵のほとんどは頬がこけ、瀕死《ひんし》の獣のように目をぎらつかせていた。対する敵は一日ごとに休息をとっているためか、英気に満ちている。

サンジャルとシェハーヴが、それぞれ敵の騎兵をなんとか追い払い、撤退する味方の前に整列していた。

「駆けるぞ」

そう呟き、カイエンは戦場に背を向けた。

そこから一昼夜、敵の攻撃はなかった。

クヨル砦まで残り二ルース（一キロメートル）に迫った時、カイエンは己の迂闊《うかつ》さに思わず地面に剣を叩きつけた。

「……やってくれたな」

消えた五百ほどのエフテラーム隊のことは、常に意識していた。その力を使えばクヨル砦を落とすことも可能だろうが、それはないと踏んでいたのだ。彼女が何度も力を使えない以上、攻め取った砦に籠城しても三万のバアルベク軍には抗いようがないと。

だが、これは――。

燃え盛る石造りの橋を遠目に、カイエンは歯を食いしばった。

どこかで、あの黄玉色の瞳を持つ女騎士《ファーレス》はカイエンたちを見つめているのだろう。〈炎の守護者〉が操る炎が、滾《たぎ》る溶岩のように石橋の上を這いずり回っている。

砦までの道を確保することが必要だが、〈憤怒の背教者〉の力で時を進めたとしても、炎が消える保証はなかった。

「サンジャル。橋を背に円陣を組め。シェハーヴ。五千騎を連れて敵の包囲を突破」

「承知」

考える間もなく下した命令に、二人の千騎長《アルフーム》が弾けるように飛び出していく。優秀な二人だ。命令の意図は分かっているだろう。水を背にすることで、兵は窮鼠となり敵へ挑む。だが、それだけで勝てるほど、戦場の殺し合いは甘くない。この策には、敵の外から包囲を破る友軍が必須だった。

だが、時が許すか。

視界のあらゆる場所で立ち上り、巨大な壁のようにすら見える砂煙を前に、カイエンが拳を握った時だった。南へ馬首を向けたシェハーヴが止まった。

その先に颯爽と騎乗しているのは、エフテラームだった。黒髪が風に揺れ、一都市の太守代《アミール・アル》と思えぬほど簡素な麻の上衣は、かえって女に高貴な空気をまとわせている。エフテラームが右手に構える飾り一つない鉄剣は、歴戦のシェハーヴたちの身体を竦ませていた。

エフテラームの黄玉色の瞳が、静かにカイエンを見据えている。

「シェハーヴを戻せ。全騎、下馬し橋の炎を消すことに尽力しろ」

消火する間、なんとか耐えきる。できるか。視線を投げかけると、サンジャルが疲労にまみれた顔で頷いた。

ひたひたと近づく大軍を前に、喉が鳴った。総勢十五万の敵の姿は、唸りたくなるほど壮観だった。南北に連なる七色の旗は、どれほどの数かも分からない。

半円形の敵の包囲の外には、敵騎兵が逃げる者を殺すために手ぐすね引いている。逃げ場は後ろだけ。だが、今のところは通ることのできる見込みはなかった。

このどうしようもなさは、あの時に近いかもしれない。

二年前の草原。騎兵を指揮し、東方世界《オリエント》の覇者《ハーン》の軍に挑んだ時だ。あの時も、率いる兵は三万だった。違うのは敵の数。味方は、人ならざる五千の邪兵《エルリク》に殺しつくされた。斬っても、突き貫いても死なない血の兵だ。

あれと比べれば、目の前に展開する敵は数が多いだけだ。斬れば死ぬ。そう言い聞かせた。

拾い上げた剣を後手に構えた時――。

不意に感じたのは、戦場を支配し始めた不気味な空気だった。

時の流れが遅くなり、止まっていくかのような感覚だ。細くなった視界の中で、カイエンは確かに自分と同種の何者かの気配を感じ取った。しかし、その者たちは南にいるはずではないのか。

だが、この感覚はそうとしか思えなかった。

自分とエフテラームの他に、間違いなく人ならざる力を持つ者がいる。

「……〈怠惰〉か」

伝承に聞く他の〈背教者〉の名を口にした瞬間、戦場が完全に静止した。

にわかには信じられぬ光景だった。天高く舞う砂埃が空中に静止し、風を孕んだ軍旗もまた、うねりをそのままに動きを止めている。明らかに異様な光景の中で、カイエンは不意に耳朶を打つ馬蹄に気づいた。

静止した戦場にただ一騎、悠然と馬を進める男がある。

常人の二倍ほどにも見える見事な巨軀を、目が眩むほどに陽光を撥ね返す黄金の鎧で包んでいる。その背には幅広の大剣を背負い、天下に己一人しかいないと、そう言うかのように進む男は、竜の仮面越しに世界を睥睨《へいげい》している。

男が、大きく頬を吊り上げた。

その瞬間、止まっていた時が流れ始めた。

異様な光景だった。包囲する連合軍十五万の兵と、決死の形相で槍を握り締める二万五千のバアルベク兵の狭間で、竜仮面の男は一騎、空を見上げている。

あれが〈怠惰の背教者〉なのだろうか。いや――。

どうしようもない違和感に包まれた時、竜仮面の男の左右に一組の男女が、忽然《こつぜん》と現れた。どこから現れたのかも分からなかった。

包囲する十五万の兵に、言い知れぬ恐怖が滲み出した。歴戦を思わせる傷だらけの戦士《ムハリ》が、恐怖で身体を震わせている。竜仮面の男への恐れなのか、包囲が二歩分、広がった。

竜仮面の男が、背に負った大剣の柄を握り、ゆっくりと水平に構えた。

「余は、問う！」

耳を塞ぎたくなるほどの声量だった。そこに邪《よこしま》なものはなく、玩具を前にした幼子の無邪気さだけがある。

「英雄とは人か、否か」

殺気立つ戦場、しかも逃げ場のない場所で叫ぶ言葉としては、あまりに不可解だ。だが、それを不可解と思わせないだけの強烈な覇気が男にはあった。

「この問いに答えられぬ者は、決して英雄とはなれぬ」

竜仮面の男がこちらを見たような気がした。そして、その視線は南のエフテラームへも向けられる。

「お主らの結末は、あの馬鹿な諸侯《スルタン》どもを肥え太らすためだけにあるのではなかろう」

焼けた鉛を呑み込んだような衝撃が、カイエンの全身を貫いた。

竜仮面の男が水平に構える大剣が、勢いよく地面に突き立った。男の視線が、こちらに向けられていた。

「バアルベクの騎士《ファーレス》よ、行け！　お主の死に場所は、ここではない」

突如、背後で何かが根こそぎ消失する音が聞こえた。振り返ると、燃えていたはずの石橋が、わずかな黒ずみすらなく、中州のクヨル砦への道を開いていた。

「騎士《ファーレス》」

サンジャルの声だった。隻眼を光らせ、切羽詰まった表情を向けている。頷き、カイエンは剣を振り上げた。

「全軍、クヨル砦へ退け！」

カイエンの言葉と共に、バアルベク兵が雪崩を打って三本の石橋を渡り始めた。その誰もが、九死に一生を得た安堵に身を任せ、砦まで辿りつけば束の間の眠りを貪れると期待している。

「動くな！」

竜仮面の男の叫びに、バアルベク軍を追撃しようとした十五万の連合軍兵が射竦められたように固まった。

わき目も降らず逃げる味方の中、石橋の手前で輪乗りしたカイエンは、戦場へと馬首を向けた。

竜仮面の男が、興味深そうにこちらを見つめている。

あの男は何者なのか。浮かんだ疑問には、あまりにも馬鹿げた答えしか思いつかなかった。だが、それ以外に考えられる者がいないことも確かだった。そして、竜仮面の左右に佇む男女は、間違いなくカイエンと運命を同じくする者たちだ。

二百年にわたって続く諸侯《スルタン》たちの大乱が、大きな転機を迎えたことを、カイエンは竜仮面の男の姿に知った。そして、自分が超えなければならない者の強大さを――。

〝与《くみ》するのは、今だけだ――〟

そう聞こえたような気がした。竜仮面の男が背を向けた時、カイエンもまたクヨル砦へと駆け出した。

Ⅳ

ガラリヤ地方のとば口であり、南北にフォラート川が流れるアクロム平原は、風のざわめきとはかけ離れた喧騒によって埋め尽くされていた。

東側を北進する十八万の軍勢は銀獅子の紋章旗を掲げ、西側を進む二十四万の軍勢は蒼《あお》蜥蜴《とかげ》の紋章旗を風にはためかせている。

無数の軍馬の嘶きが天を衝き、兵士たちの軍靴が地を揺らしている。

「アスラン侯。寄せ集めの太守《アミール》どもでも、ダッカを落とすことはできたようですな」

口元の髭をねじり上げながら鷹揚に話すのは、四十を超えたばかりのジャンス侯である。侍医から止められているが、三食の間に必要以上の甘味を取ることを止《や》められぬジャンス侯の身体は年々横に肥大化し、騎乗する馬も荒い息をあげている。

ジャンス侯の赤子のようにふっくらとした肌を横目に、銀の甲冑を隙なくまとうアスラン侯が、小さく首肯した。この春に三十七となったアスラン侯は、幼い時から戦場を駆けまわってきた戦人であり、引き締まった体軀とその口から発せられる言葉は、敵味方の区別なく背筋を伸ばさせる。

暗殺で斃れた父の後を継いだアスラン侯だが、実は暗殺の糸を操っていたのは彼自身という黒い噂の絶えぬ男でもある。輝かしい軍歴と、強い意志の滲む表情。二人が並んでみれば、誰しもがアスラン侯こそ全軍の総帥《そうすい》であると認めた。

銀獅子が刺繡された外套を風にたなびかせ、アスラン侯は広がるガラリヤ地方へと視線を向けた。

「ジャンス侯よ。油断はするまい。ダッカを落としたとはいえ、肝心のバアルベク攻略には手間取っている」

「ダッカの太守代《アルアミール》はそこそこ有能な男であったようですな。名は何でしたか」

「バイリーク。バアルベク騎士《ファーレス》の右腕と目される男だ」

その程度のことも把握しておらぬのか。同盟者の能天気さに舌打ちしそうになるのを堪え、アスラン侯は顔を背けた。

七都市二十万の大軍が攻略を始めてから十日間にわたって、バイリークは三万の兵で抜け道だらけのダッカを守ってみせた。それだけでも将としての力量は警戒すべきものだ。

バアルベク軍には、バイリークの上にさらに千騎長《アルファーム》筆頭シェハーヴがおり、騎士《ファーレス》カイエン・フルースィーヤが君臨している。侮るべからざる陣容と言える。

激しい攻囲戦の後、バイリークは一万ほどでの脱出を成功させ、七都市連合軍のうち五万を足止めしている。十万とシャルージ軍によるバアルベク騎士《ファーレス》挟撃は予定通りだが、残る十万の兵によるバアルベク攻撃は、バイリークの機転によってその力を半減させていた。

「じき、バアルベク騎士《ファーレス》を捕らえたという報告は届くだろうが、我らの目的はガラリヤ地方を制することだけではないのだ。わずかな綻《ほころ》びが、全てを狂わせる」

「出ましたな。アスランの重箱《ドウーク》」

そう言ってジャンス侯が苦笑した。

新年を祝う宴で、重ねられた宝石箱がわずかにずれていたため、アスラン侯は家宰の老人を処刑したことがある。それ以来、アスラン侯の狂気的なまでの几帳面《きちようめん》さは〝アスランの重箱《ドウーク》〟と呼ばれるようになった。

にこりと人の良い顔で笑うジャンス侯へ、ことさら感情を押し殺してアスラン侯は頬を吊り上げた。

「ガラリヤ地方を制すれば、シャルージ騎士《ファーレス》エフテラームを屈服させ、その東方に根を張るファイエル侯を滅ぼさねばならん。敵は強大。南のカイクバードが不在の今が、我らにとっては唯一の機会なのだ」

「それも分かっておりますよ。耳鳴りするほどに、我が家臣どもからも言われておりますゆえな。しかし、カイクバードもどこを放浪していることやら」

「あの男の気まぐれなど知らぬ。極東の大王アテラと東方世界《オリエント》の覇者《ハーン》エルジャムカの戦を見物に行ったとも、長い病に臥《ふ》せっているとも言われているが」

「死んでいてくれれば儲けものですがねえ。ま、そこまであの男は甘くないでしょうな」

分かっているならば、その能天気な表情を隠せと言いたくなるのをなんとか堪え、アスランは戦《いくさ》の民統一へ向けた戦略を頭に思い浮かべた。何度も何度も想定したことだ。

二人の〈背教者〉を擁するカイクバードの力は、四人の諸侯《スルタン》の中でも圧倒的なものだ。離間《りかん》の策を弄したこともあるが、カイクバードを父とする二人の〈背教者〉は、その忠誠心でも父を強力に支えている。人ならざる力を持つ者がいるというだけでも厄介だ。しかし、それ以上の難題はカイクバード自身だった。

たった一騎で向かい合った千騎の軍団を皆殺しにしたなどという逸話は、まだ信頼に値する方で、雲ほどの大きさの翼竜《ナーガ》を食い殺したなどという伝説も、戦《いくさ》の民の間ではまことしやかに語られている。

「カイクバードを倒すためにも、バアルベク騎士《ファーレス》カイエン・フルースィーヤを殺し、〈背教者〉の力を手にする必要がある」

「神授の力である〈守護者〉の力は唯一無二のものであり、神奪の力である〈背教者〉の力は奪い取ることができる……でしたかな」

「諸侯《スルタン》の家に伝わる古い伝承だ。だが、先代騎士《ファーレス》ラージンの力をカイエンという男が継いだことを見れば、真実なのであろう。どうやったかは知らぬが、拷問にかければ吐くであろう。暗殺教団《ハシャーシン》には拷問に長けた者も多い」

拷問という単語に顔をしかめたジャンス侯が、口髭を撫で二度頷いた。

「誰に〈背教者〉の力を引き継がせるつもりです？」

人ならざる力は、それを擁する勢力の力を圧倒的なものにする。窺うようなジャンス侯の視線は当然のものだ。威圧するように鼻を鳴らし、アスラン侯は肩を大きく回した。

「暗殺教団《ハシャーシン》の宣教師《ダーイー》の一人であろう」

二人の諸侯《スルタン》と暗殺教団《ハシャーシン》は、名目上、対等な同盟を結んでいる形だ。だが、実際には教団が根城とするテシ山のアラムート城はアスラン侯の領土に隣接しており、長老と呼ばれる教団を仕切る宣教師《ダーイー》は、代々アスラン侯に忠誠を誓っている。

当然のように言い切ったアスラン侯に、ジャンス侯が下唇を突き出して首を左右に振った。

「野犬に力を持たせるのも恐ろしい気がしますがねえ」

「野犬であれば、殺しても惜しくなかろう」

「さて、それはあまりにも冷酷ですな」

「人殺しを仕事にする業《ごう》を背負った者たちだ。その程度の覚悟はしておる」

「はて、それは我らと何が違うのか」

とぼけるようにジャンス侯が呟いた。どこか煮え切らないところがこの男にはある。二人の諸侯《スルタン》、ファイエルとカイクバードとの戦いにおいては、致命的な弱点になるかもしれないとアスラン侯は思った。

バアルベク攻略戦の中で華々しい戦死を遂げ、戰《いくさ》の民統一戦の嚆矢《こうし》となる。それが、ジャンス侯の最期としては似合うかもしれない。

「余計な問答をする気はない」

冷え冷えとした視線を向けたアスラン侯に、ジャンス侯が肩を竦めた。

「左様ですか。アスラン侯は無駄がお嫌いのようだ」

「侯は違うと？」

「ええ。私は好きですな。時間を無為に過ごすことは、力を持つ者の特権だと思いますからね。学問も暇がなければ生まれなかったわけですし」

黙れと言うか迷い、アスラン侯は辛うじて自制した。

「もういい。人ならざる者の力は圧倒的だが、殺す術はある。裏切れば、新たな者に継がせればいいだけの話だ」

〈憤怒の背教者〉となった宣教師《ダーイー》を討つにはかなりの犠牲を伴うだろうが、死兵となる奴隷は溢れるほどにいるのだ。

ジャンス侯を意識の外に置き、アスラン侯は息を静かに吐き出した。

背後に整列する四十二万もの大軍は、この二十年ほどの戦《いくさ》の民同士の戦では最大規模のものだ。先遣隊として送り込んだ七都市連合軍を加えれば、六十万を超える。

今、歴史という鉄の書物に、自分の名を刻み込もうとしている。

ガラリヤ地方を制圧し、返す刀で東のファイエル侯を討ち取る。戦《いくさ》の民の過半を押さえ、〈炎の守護者〉と〈憤怒の背教者〉を手中にすれば、最強と謳われるカイクバードとも十分に渡り合えるだろう。

カイクバードに勝てば、残る二つの〈悲哀〉と〈怠惰〉の力も手に入る。東方世界《オリエント》から迫る暴風を打ち砕くのは、他の誰でもなく自分だ。

背後、四十万余の大軍が、一斉に息を呑む音が聞こえる。かすかな武者震いと共に、アスラン侯は剣を振り上げた。

我らに倒せぬ敵などいない。己の剣が、歴史を変えるきっかけとなる――。

柄を握る拳に力を込めた時、アスラン侯の瞳に映ったのは、ひとひらの蜃気楼《しんきろう》だった。

「……余の、怒りに触れたな」

アスラン侯の耳朶を打った言葉は、あまりに鋭く、禍々しい殺気を帯びていた。

蜃気楼の中から現れたのは、黒馬に騎乗する、黄金鎧の巨大な戦士だった。その背には、人の背丈ほどもある幅広の大剣が負われている。鉄鎧など容易《たやす》く断ち割るだろう。だが、それ以上にアスラン侯の目を引いたのは、男が顔につけた竜の仮面であった。

また一人、また一人と騎乗の戦士が現れた。

左右に現れた男女と、その狭間にあって四十二万の大軍を睥睨する男が一人。

なぜ、ここにいる。

なぜ、たった三人でこんな場所に――。

男が、ゆっくりと竜仮面を取り去った。一筋の白髪が交じる黒髪が、風に揺れる。

「……カイクバード！」

自分の口から、聴いたことのないような感情の滲む言葉がこぼれた。

その瞬間、遥か後方から巨大な衝撃が戦場を貫いた。

咄嗟に、後ろを振り向いたアスラン侯の視界に広がっていたのは、地平線の端から端まで途切れることなく立ち上る、巨大な砂煙の壁だった。

身体の奥底から込み上げる震えは何なのか。恐怖という単語が輪郭をはっきりさせる前に、アスラン侯は雄叫びをあげた。

何のことはない。少し後に予定されていた勝負が早まっただけだ。

「全軍、構え！」

領地では二百万の民を率いる諸侯《スルタン》の一人である。その声は雷鳴のように鋭く、全軍の心に火を灯した。不敗という言葉は、何もカイクバードにばかり与えられた称号ではない。

歴戦の戦人であるアスラン侯が吼《ほ》えた時、正面に大剣を構えるカイクバードが傲然と笑った。

波打つ四十万余のアスラン・ジャンス同盟軍を前に、スィーリーンは胸の内に静かな波紋が広がるのを感じていた。

彼らでは、父に勝つことはできない。

彼らの前には父と、そして時を操る力を持った自分と兄がいる。同盟軍の背後に立ち上る砂煙は、父の命によって北上してきた三十二万のカイクバード軍のものだ。アスラン侯たちは、まさに逃げ場のない羊の群れに等しかった。

父カイクバードは、国庫を傾けるほど豪奢な生活で無数の叛乱を引き起こしたにもかかわらず、圧倒的な戦の強さで全てを黙らせてきた。初陣から二十余年、不敗の神話を重ね続けた父は、いつの頃からか軍神の異名で呼ばれるようになった。

死が定まった二人の諸侯《スルタン》へ憐れみを向けた時、スィーリーンの耳に低い笑い声が聞こえた。

「ほう、少しは余を楽しませてくれるのか？」

父の声が弾んでいる。スィーリーンの視線に気づいたのか、カイクバードが彼女を一瞥し苦笑した。

「案ずるな。勝敗は決まっておる。アスランの気概が楽しみなだけだ」

「……侯はお下がりください」

カイクバードの声を遮るように響いたのは、兄リドワーンの声だった。カイクバードがまたかというように鼻を鳴らす。

「リドワーン。戦場だ。構うな」

「スィーリーン、出ろ。俺とお前で侯を護る」

兄と父が睨み合うような形になった。〈背教者〉の力を持つ兄に父が勝つことはできない。しかし、スィーリーンも、今まさにカイクバードと向かい合うリドワーンにしても、父に勝つ姿を想像できたことはない。

徐々に視線を下げるリドワーンから、不意にカイクバードが視線を外した。リドワーンが喘ぐように息をする。

「お主らの気持ちも分かるがな。案ずるな。余はこんなところでは死なぬ。余を殺しうる者はここにはいない」

「殺しうる者？」

不吉な言葉に、スィーリーンは思わず聞き返した。

「エルジャムカ・オルダ。今の余では、あの者には勝てぬであろうな」

驚いて見上げた父の向こうで、リドワーンもまた目を見開いていた。無敗を誇る父が、誰かに後《おく》れを取る姿など想像もできなかったし、何より、父の口から弱気な言葉を聞いたのは生まれて初めてだった。

二人の驚愕を無視するように、カイクバードが鋼鉄の大剣を右手に構えた。

「ゆえに、余は強くならねばならぬ。誰よりも強く。あの紅眼の覇者《ハーン》を屠《ほふ》る力を手にするためにも英雄にならねばならぬ」

「侯は、英雄であられます」

リドワーンの言葉に、カイクバードが首を振った。

「英雄とは、無数の戦を駆け、民を殺し尽くし、それでも民から諸手《もろて》を挙げて求められる者のことだ。世界の中央《セントロ》には、いまだ真の英雄は現れておらぬ」

戦場に見たファイエル侯には、その可能性を感じないでもなかったが、実戦経験の不足は否めない。

「アスランとジャンスを屠れば、そうなりましょう」

思わず口にした言葉だったが、やはりカイクバードは首を振った。

「よいか、リドワーン、スィーリーン。英雄たる資格を持った者が、英雄になるべき試練を乗り越えた時、初めて民はその者を英雄と認める。アスランごときは、その資格すらない」

「……その資格とは何です」

スィーリーンの問いかけに、カイクバードの瞳が鋭く光った。

「絶望との抱擁」

あまりに短い返答にさらに言葉を重ねようとした時、カイクバードが遮るように大剣を天へ向けた。

「絶望など、余は知らぬ。知らぬが、資格を持つ者を屠れば、すなわち余が英雄であろう。一人、その可能性を抱く者を、余は見た」

笑い、父が大剣を水平に構えた。

「余は、カイエン・フルースィーヤを殺すぞ」

言い放ち、二人の〈背教者〉を置き去りにするように、戦《いくさ》の民最強の諸侯《スルタン》が駆け出した。

敵を殺せ――。

三人の諸侯《スルタン》の声が重なった時、後にアクロムの三侯会戦と呼ばれることになった大戦の火蓋が切られた。

第三章　千里の友

I

曇天の下、カムイシン高原に響く、最後の銃声が消えた。

戦が終わったのだと、アルディエル・オルグゥは思った。いや、はたして戦と言っていいのか。殺し合うことが戦だというのであれば、この戦場は一方的な殺戮の場でしかない。

麾下五千騎を連れて高台に登ったアルディエルは、徐々に開けていく視界に口を結んだ。思わず拳に力が入る。

「少なくとも、まともな戦ではないな」

今朝まで遮るもののなかった大地は、いたるところで不自然に隆起し、巨大な迷路のようにも見える。〈大地の守護者〉エラクによって造り変えられた戦場は、鐵《てつ》の民から逃げ場を奪い、彼らは至るところで殲滅《せんめつ》されていた。

戦場から吹き上がってきた風が、強い死臭を運んできた。

今日の戦で、二十万を超える鐵《てつ》の民の兵が死んだ。死屍《しし》累々《るいるい》たる戦場を駆けまわり、息のある敵を見つけては止《とど》めを刺している兵団が、いくつもある。その全てが、牙の民の将軍旗《ガラード》を掲げていた。

この戦で、鐵《てつ》の民三人の諸侯《スルタン》のうち、二人までを討ち取ったことになる。ルカーシュ、ルジェク。残る一人は、世界の中央《セントロ》最大の勢力たる戦《いくさ》の民と隣接するルーラン侯だけだ。三人の中で最も戦巧者と知られており、保有する銃の数も最大と言われている。ルーラン侯との戦が、目の前に広がる戦場よりも、凄惨な戦いになることは想像に難くなかった。

勝ったとしても、その先には戦《いくさ》の民が待ち受けている。東方世界《オリエント》の覇者《ハーン》は、この世界にどれほどの血を望むというのか。

不意に、背後から馬蹄が響いた。蠍《さそり》の文様が刺繍された旗を背負う伝令兵が、アルディエルの元まで近づき、飛び降りるように地面に跪いた。

「覇者《ハーン》がお呼びです」

味方でも敵でもない者に向けられた言葉に、アルディエルは小さく頷いた。

連れていかれた天幕の中は、驚くほどに簡素な造りだった。

　天頂部分から広がる絹の白さは、吸い込まれそうなほど滑らかだ。何の飾りつけもなく、虚無にも感じる天幕の下、二十人の将軍《ガル》が左右に列を作り、その先頭には左翼代将軍《ジャウンガル》と右翼代将軍《バルウンガル》が跪いている。牙の民の将軍《ガル》は、千の敵を己の手で殺して初めて名乗ることを許される地位であり、それぞれが目を背けたくなるほどの殺気を放っていた。

　だが、彼らの放つ禍々しい気配すら、たった一人、玉座に頬杖をつく男と比べれば随分と可愛げがあった。

　東方世界《オリエント》の覇者《ハーン》エルジャムカ・オルダ。

　長い歴史の中で初めて東方世界《オリエント》を統一した英雄であり、アルディエルの運命を引き裂いた、憎むべき男だった。

「客将軍《イーガル》よ、剣を地に」

　拳を握り締め、将軍《ガル》の列の間を進んだアルディエルを、老いた声が止める。

　エルジャムカの隣に立つ全軍総帥《コールガル》ダラウト。恰幅《かっぷく》の良い体格と招福神のような顔つきは老人を好々爺《こうこうや》に見せるが、白髪を返り血で染める様は、赤鬼と呼ばれるほどに恐れられる戦人だ。エルジャムカの師であり、唯一覇者《ハーン》が心を許している相手。

　小さく頭を垂れると、アルディエルは腰の剣を払うように抜き、地面に突き立てた。

「客将軍《イーガル》アルディエル・オルグゥ。帰陣いたしました」

左右の将軍《ガル》たちが、忌々しげに舌打ちした。本来であれば、牙の民と異郷の民が同列に扱われることなどない。投降した異郷の民は最前線で戦わされ、死んでいく駒でしかないのだ。

しかし、アルディエルは無数の死地を生き抜いた。草原からサマルカンドに至る荒野の道、万余の兵を討ち、数十万の民を滅ぼした。その剣で、その軍才で、最前線を戦い抜き、客将軍《イーガル》の地位まで上り詰めた。そのような者は、かつて一人もいない。

覇者《ハーン》を討ち、〈守り人〉として幼い頃から守ってきたフラン・シャールを平穏な地に逃す力を身に付けるまでは、何人《なんびと》にも負けない。それを彼女が望んでいるのかは、もはや分からないが、唯一の友に決別を告げたあの日、アルディエルはそれだけを心に誓ったのだ。

「お主らがその瞳を客将軍《イーガル》に向けるのは構わぬが、アルディエルに挑むならば、八位以上の者にしておけ。儂《わし》としても優秀な将が減るのは看過しがたい」

ダラウトの言葉に、将軍《ガル》たちがさらに苛立つのが分かった。総勢百名いる牙の民の将軍《ガル》は、その功績、才能によって序列を与えられる。上位二十人に選ばれた者は隷下《れいか》二十将と呼ばれ、エルジャムカの天幕に列する資格を得る。さらにその中でもエルジャムカによって選りすぐられた八名は四駿四狗《ナムバートル》と呼ばれ、広大な領土を治める王として家国《ウルス》を与えられる。ダラウトの言葉は、アルディエルの才能を覇者《ハーン》の最側近に並ぶと言っているようなものだった。

殺気立つ天幕の空気は、だが、束の間で弱々しいものになった。頬杖をついていたエルジャムカが、顔を上げ、一座を見据えていた。

猛虎に睨まれた獲物のように、将軍《ガル》たちが息を止める。

「アルディエル・オルグゥ。此度《こたび》の大功、褒めて遣わす」

腹の底が震えるようなエルジャムカの声が響いた。

「鐵《てつ》の民諸侯《スルタン》ルジェクを討ち、右翼代将軍《バルウンガル》ボオルの窮地を救った功績は、此度の戦における功第一等だ」

エルジャムカの幼少期から、ボオルという赤髭の男は傍に仕えていたという。恩を売るつもりはなかった。ただ、ボオルが討たれれば全軍の形勢が不利になり、エルジャムカはフランに人の心を操る〈鋼の守護者〉としての力を行使させただろう。

それを止めたかっただけだ。

フランの力が行使された戦は、目も当てられないほどの惨状となる。人らしい感情を失った兵は、己が傷つくことを恐れず、討った敵の亡骸が人の形を失うまで斬り刻む。

己の力がもたらす結末を知ったフランは、草原の神子《みこ》として神颪《かみおろし》の森に隔離されていた頃よりも、その瞳には何も映していないように思える。

戦争に綺麗も汚いもないことは分かっている。いかなる戦であろうと、人を殺す以上、背負う罪の重さは変わらない。フラン自身、自分を孤独に追いやってきた人を、ことさら救おうとも思っていないだろう。ただそれでも、これ以上彼女に罪を背負わせたくはなかった。

「望みを述べよ」

「……草原の民の解放を」

この一年半、幾度となく繰り返されてきた問答だった。エルジャムカの返答は聞かずとも分かっている。

〝牙の民の臣下となった以上、解放などはない。敵として、死ぬか否か。それだけだ〟

無言で頭を垂れるアルディエルに、エルジャムカは無数の宝物を与えてきた。しかし、アルディエルはそれら全てを、サラトフ山脈の断崖から投げ捨てた。自分に何かを与えられるのは、フランだけだという意思表示だった。

今回もいつも通りの問答が繰り返される。そう思って顔を上げたアルディエルは、だがいつもと違うエルジャムカの微苦笑を見つけた。

「強情だな」

麾下の前でエルジャムカは滅多《めった》に感情をあらわにしない。微笑みと呼べるものを見たのも、初めてのことだった。

エルジャムカが首を振り、そしてダラウトへと視線を向けた。白髪の老人が頷き、跪くアルディエルの前に、羊皮紙を広げる。それは東方世界《オリエント》、世界の中央《セントロ》、西方世界《オクシデント》の詳細な地図だった。

エルジャムカの強さは、戦の才、〈人類の守護者〉としての力、百万の兵を束ねる神格などいくつも挙げられる。だが、その中でも際立っているのは、敵の力を見抜く能力だとアルディエルは思っていた。

攻めるべき敵地に数年前から密偵を忍ばせ、内情を丸裸にする。そして勝利の確信を得た時、一気《いっき》呵成《かせい》に攻めかかるのだ。草原にも、かつてイスイという女がエルジャムカの密偵として潜んでいた。思い出すだけでも忌々しい女だが、アルディエルが牙の民に降って半年ほどで姿を消したことを思えば、新たな地に潜んでいるのかもしれない。

この世で最も正確であろう世界地図を前に、アルディエルは目を閉じた。

「余の望みは、世界の統一だ。アルディエルよ。汝が覇者《ハーン》であれば、いかにする」

背中に汗が伝い、苦しくなった息を深く吐き出した。

草原の民が生きながらえているのは、アルディエルの才が覇者《ハーン》にとって有用なものだからだ。自身の才を証明し続けなければならない。そして、その才がエルジャムカの想像を超えるほど、フランは力を使わずに済む。

目を開き、地図の一点に人差し指をあてた。

「このままでは、百年かかります」

「ほう？」

エルジャムカの深紅の瞳が鋭く光った。

「鐵《てつ》の民との戦は、残る諸侯《スルタン》ルーランを討てば片がつきます。しかし、ルーランは鐵《てつ》の民最大の勢力。三十万を超える正規軍と十万の軍人奴隷。保有する銃の量は八万を超えるとも言われています」

「倒したルカーシュ、ルジェクの二人は、ルーランに比べれば青二才であったな」

「はい。老練なルーランは間違いなく戦場にレザモニア峡谷《きょうこく》を選ぶでしょう」

エルジャムカの隣に立つダラウトが顔をしかめ、そして左右に並ぶ将軍《ガル》たちもまた唸りをあげた。この男たちの厄介なところは、戦にかけてはどこまでも冷静で狡猾。敵を甘く見ず現実的な思考をするところだった。

「レザモニア峡谷は南北二百ファルス（千キロメートル）に延び、その谷底には二ファルスごとに堅牢な城塞が道を塞いでいます。歴代の鐵《てつ》の民諸侯《スルタン》によって築かれた城塞は、奥へ行けば行くほど新しくなり、力押しで抜くには数年はかかる」

「左様な時は、ありはせぬ」

アルディエルの言葉へそう返したのは、全軍総帥《コールガル》ダラウトだった。

「鐵《てつ》の民を越えた先に広がる、戦《いくさ》の民の話だ。四人の諸侯《スルタン》による二百年にわたる覇権争いが、一つの結末を迎えつつある」

ダラウトが一座を見回し、続ける。

「ファイエル、アスラン、ジャンス、カイクバード。四人の諸侯《スルタン》が総力戦を始めたと沈む者から報告があった。すでにカイクバードとやらはアスラン、ジャンスの二人を屠り、残るファイエル領へと北進しておる」

「というと、そのカイクバードが戦《いくさ》の民をまとめ上げるのも時間の問題ですか」

アルディエルの言葉にダラウトが小さく唸り、エルジャムカへと視線を送った。

「アルディエル。戦《いくさ》の民は、じきに勢力をまとめ上げるであろう。その総兵力は四百万を超えるとも言われておる。ルーラン攻略に数年も時間をかければ、戦《いくさ》の民との戦は巨大な犠牲を強《し》いられるな」

苦しげに呻くダラウトに、アルディエルは肩を竦めた。

「ならば、手は一つしかありません。西方世界《オクシデント》と結ぶことです」

こともなげにそう呟いたアルディエルに、天幕の中が静まり返った。

「西方世界《オクシデント》は、十二の国が信じる拝火教によって、緩やかな、しかし強力な連合を結んでいます。国王や皇帝ですら、拝火教教皇の権威には逆らえない」

続けろと言うように、エルジャムカが瞼を閉じた。

「彼らの悲願は、戰《いくさ》の民の領域にある聖地バルスベイの奪還にあります。過去、七度に及ぶ聖地回復軍《クルセーダー》派遣もその表れでしょう」

「バルスベイと引き換えに、西方世界《オクシデント》に聖地回復軍《クルセーダー》を興させようと？」

ダラウトの言葉に、アルディエルは頷いた。

「ルーランを破るには時が要る。これは確かなことです。牙の民にできることは、その間、戰《いくさ》の民の力を少しでも削ぐことです」

戰《いくさ》の民が強大であればあるほど、フランの力は酷使されることになる。言い切ったアルディエルに、諸将が唾を呑み込むのが分かった。

同格の味方は認めない。降るか、死すか。それこそが牙の民の不文律であり、その強さの根源となっている。かつてエルジャムカ同盟を提言した極東の遊説家《ゆうぜいか》は、車裂きにされ殺された。将軍《ガル》たちが恐る恐るエルジャムカへと視線を向けた。

そこには、笑うこともなく天を見上げるエルジャムカの姿があった。

「アルディエル」

しばらくの沈黙が流れた。押し潰すような気配だった。

「……汝の才は、それほど安くはなかろう」

抗いがたいほど強烈な視線が、こちらに向けられていた。深紅の、アルディエルの心を鷲摑みにするような視線だ。

「アルディエル」

喉が絡まって、上手く声を出せなかった。

「汝の力であれば、西方世界《オクシデント》を滅ぼすことも容易い」

咄嗟には理解できなかった。その反応を愉しむように、エルジャムカが目を細めた。

「西へ征《ゆ》け。アルディエル」

「覇者《ハーン》よ――」

「フランとエラクをつける。北原の道《アイスロード》を越え、ウラジヴォーク帝国を操れ。よいか、アルディエル。時は、二年だ。二年のうちに聖地回復軍《クルセーダー》を率いて、世界の中央《セントロ》へと侵攻せよ」

エルジャムカの考えは手に取るように分かった。

〈鋼の守護者〉フランと〈大地の守護者〉エラク。フランの力があれば、一つの帝国を裏から操ることもできるだろう。だが一国を操ろうとも、残る十一の国を納得させるだけの軍事力がいる。

〈鋼の守護者〉の力があれば、ウラジヴォーク帝国の軍を率い、西方世界《オクシデント》をまとめ上げることは、決して不可能なことではない。

裏切れば、草原の民は殺しつくされる——。

エルジャムカは躊躇しないだろう。そしてその時、アルディエルへ裁きを加えるのは、覇者《ハーン》の末弟であり第二後継順位に列する〈大地の守護者〉エラクの役目になる。

深紅の瞳から微笑みと呼べる感情が消え、覇者《ハーン》としての冷徹さだけが残った。

否という選択肢は、どこにもない。

頭を垂れたアルディエルの視界の端で、覇者《ハーン》が頷いたようだった。

隷下二十将とアルディエルが天幕から姿を消し、軍を動かすための銅の龍符《りゅうふ》を受け取った右翼代将軍《バルウンガル》ボオル、左翼代将軍《ジャウンガル》ジャライルが退出した。エルジャムカの前には、全軍総帥《コールガル》ダラウトだけが残っている。

虚無さえ感じる天幕を見上げ、エルジャムカは頰の強張りに気づいた。ダラウトが残ったのは、このためか——。

「何を、懼《おそ》れておられます」

心を覆う分厚い殼を貫くかのような言葉だった。かすかな喜色が滲んでいる。瞼を閉じ、闇の中でエルジャムカは首を横に振った。

「そのように映るか？」

問いかけに返答はなかった。

覇者《ハーン》たる自分が何かを懼れるなど、あるはずがない。牙の民の将軍《ガル》たちは、主への絶対の憧憬《しょうけい》の下にそう信じている。だが、目の前の老人はエルジャムカの望む未来を知っているがゆえに、エルジャムカが懼れを抱くことなどないと諦めていた。諦めていたがゆえに、その声には喜色が滲んでいるのだ。

もし本当にエルジャムカが何かを懼れているならば、たった一人の弟子を、我が子のように育ててきた男を、人を救いし英雄の道へと引き返させることができるのではないかと。人を滅ぼす魔王への道から、引き戻せるのではないかと——。

無理なことだ。瞼を上げると、そこには悲しげな老将の姿があった。

「汝には、赤鬼など似合わぬな」

笑うことなく言ったエルジャムカに、ダラウトが大きく息を吐き出し、肩を竦めた。

「我が君には、覇者《ハーン》の名がよく似合っております」

老人の心の底からの言葉だろう。頷き、エルジャムカは頬杖で表情を隠した。

「余は懼れているわけでない。ただ、アルディエルを超える者がおらぬ。それだけのことだ」

「ボオルやジャライルでも可能でした。この老骨でも――」

「二人には敵を降すことはできようが、敵を束ねることは望めぬ。それに、ダラウト。お主は余の傍にあってもらわねばならぬ」

ダラウトが目を細めた。

アルディエルを西方世界《オクシデント》へ送る決断を下したのは、戦《いくさ》の民に放った密偵からもたらされた報せのせいではないかと疑っている。戦《いくさ》の民の中で台頭してきたカイエンという名の男から、アルディエルとフランを遠ざけようとしているのではないかと。

それは半ば正解で、半ば間違いだった。

「お主も覚えておるか」

「我が君が、力を使ってなお生き残った、唯一の男にございます」

脳裏に浮かぶのは、目つきの鋭い草原の民の青年だった。五千の邪兵《エルリク》に囲まれながら、血塗れの身体で咆哮し、エルジャムカの待つ丘へと駆ける姿はまさに不屈の獣だった。

あの時、カイエン・フルースィーヤという男は真っ向から戦いを挑んできた。その姿に不思議な感動を覚えたのを、昨日のように覚えている。

取るに足りない小石に過ぎない男が、もしかすると何かを起こすかもしれない。そう思ったのは確かだった。だが、なぜそのように思ったのかは、思い出せなかった。日に日に、昔のことを思い出せなくなっている。

残された時は、少ないのかもしれない。

人を滅ぼすことを宿命づけられた瞬間から、自分の命が弥終《いやはて》へと向かい始めたことを、エルジャムカは知っていた。

口を開こうとした時、鋭い痛みと共に脳裏をよぎったのは、血に染まった少女の姿だった。雷鳴の中、何かを言い残そうとしている。深く深く胸に突き立った鋼の剣を握り締めるのは、深紅の目をした自分だ。

「我が君――」

「……案ずるな」

息を吐き出すと、エルジャムカは顔を右手で覆った。

自分がやらねば、誰がやるというのだ。人が生きてある限り、あのものたちは決して人を摑んで離さない。自分と同じ苦しみを、次の世代にも強いることは、覇者《ハーン》と呼ばれた者がすべきことではないであろう。

螺旋のような苦しみから人を解き放つことができるのは、自分しかいないのだ。

荒い息を吐き出し、エルジャムカは拳を握った。

「ダラウト。ゲンサイを瀛《うみ》の民へ送れ」

牙の民の傘下に入った〈樹の守護者〉の名を口にし、エルジャムカは右手を顔から外した。

「瀛《うみ》の民を率いるボードワンに、服従か抵抗か、選ばせよ。五万の兵と共に、将軍《ガル》イルサをつける」

「抵抗を選べば？」

「……知れたことだ」

老将は頷き、そしてわずかに視線を下げたようだった。

II

喊声が城塔のすぐ近くで轟いた。

梯子から這い上がり続ける敵に、マイは即座に傍にいた百騎長《ミアーム》へ救援を命じた。弩《いしゆみ》を持つ民を押しのけるように、純白の甲冑に身を包む五十ほどの兵が進み、敵と梯子を城壁の下に叩き落していく。

城壁の上に残されたのは、三十ほどの敵の骸《むくろ》と、その倍のバアルベク民の亡骸だった。

握り締めた拳の痛みの中で、マイは息を漏らした。

「第二波が来ます。第二陣と入れ替わりなさい」

肩で息をする兵たちが、力を振り絞って雄叫びをあげた。籠城戦が始まって六日、各所で押し込まれ始めていたが、まだぎりぎりのところで踏みとどまっている。

ダッカにいるバイリークからの急使が駆け込んできたのは、六日前の夕暮れだった。

『七都市連合軍が北上。兵站を担っているのは、諸侯《スルタン》アスランかジャンス、もしくは双方の可能性あり』

中央政庁の執務室で、襤褸《ぼろ》をまとい今にも息絶えそうな男の言葉を聞き終えると、マイはバアルベクの全城門の封鎖を命じた。駆け出していく側近たちの背中が消えた後、マイは自分の両足が震えていることに気づいた。

レド海に西面するバアルベクは、正方形の城壁に囲まれ、大小九つの城門がある。その全ての閂《かんぬき》を鋲《びょう》で止め、衝車《しょうしゃ》で破られぬよう夜を徹して岩石を積み上げさせた。戦えぬ女子供を船で北のラダキアへと送り出す作業は、隠居していた父アイダキーンに任せ、マイはバアルベクに残留している軍の再編を行った。

七千の歩兵と、民から募った一万の男に武器を取らせ、配置を命じ終えた時、東の空は紫と茜がやわらかく交じり合っていた。

太守《アミール》である自分が、指揮を執るしかない。

騎士《ファーレス》も千騎長《アルファーム》もいない以上、マイの判断は当然のものだった。一年半前、パルミラ平原の戦いを勝利に導いた者としての名もある。

満ち潮のようにじわりと近づいてくる敵は、太陽が中天に昇った頃、バアルベクを三方向から包囲した。包囲した敵を見て、マイは歯を噛み締め、ここで戦うしかないと覚悟を決めた。

敵の数は五万ほど。

だが、バイリークからもたらされた急使の報告では、南の都市ダッカは二十万近い敵に襲われたとあったのだ。九日間にわたる攻防の果てにダッカは陥落したが、バイリークは六千ほどを率いて巧みに敵を突破し、ダッカから北東に十ファルス（五十キロメートル）離れたクランス峠の砦に逃れていったという。

バイリークを封じたとしても、十五万の大軍は不要だ。五万もあれば十分すぎるほどだろう。目の前の五万と合わせても十万。ならば、残る十万の大軍はどこへ消えたのか。

戦を知らぬ町娘でも答えられるような問題だった。

パルミラ平原でシャルージと戦うカイエンを、背後から襲う。シャルージ軍七万と、バアルベク軍五万で始まった戦だ。十万の新手に不意を衝かれれば、カイエンがいかに戦巧者であろうと、勝ち目はない。

血の気の引いたマイをたしなめたのは、先代太守《アミール》アイダキーンだった。

『バアルベク騎士《ファーレス》は、不意打ちごときに後れを取る男ではない。必ず、戦場で勝つ。そうお主に約束したのであろう？』

決然とした、それでいて優しさの滲む父の問いかけに、マイは唇を結んだ。

カイエンを戦場に送り出したのは、ガラリヤ地方の覇権を手にするためだった。なぜそうする必要があったのか。考えるまでもない。四人の諸侯《スルタン》に並ぶ力を身に付け、彼らをバアルベクの旗の下に統一することを願ったからだ。

統一し、世界を呑み込もうとする東方世界《オリエント》の覇者《ハーン》から、民を救うために——。

自分の願いから始まった戦だった。

目の前の犠牲に怯える時ではなかった。バアルベクに現れた五万を引き付け、決してカイエンのいる戦場へは向かわせない。絶望的なカイエンの勝利を信じて、戦い抜く。それが、自分にできる全てだった。

民の離反は起きていない。女子供をラダキアへと逃したことが大きく、バアルベクに残り戦うと声をあげてくれた民は、マイが幼少の頃から親しんできた者たちだった。

だが、それがいつまでも続くとは思うべきでもないだろう。

人は弱い生き物なのだ。苦しみから逃れられる道があれば縋《すが》りつく。自分を信じる民と共に戦うということは、護ると決めた彼らを死なせることであり、戦場に耐えられなくなった彼らを殺すことでもある。

敵の攻勢が弱まった。その一瞬を見計らって、マイは全軍の入れ替えを命じた。城壁の下で、束の間の休息をとっていた者たちが、駆け上がり、血塗れの者と交代していく。

「あともう少しです。必ず、バアルベクの騎士《ファーレス》が凱旋してきます」

張り上げた声に、兵たちが震える拳を突き上げた。

III

横殴りの雨が土を弾き、流れる水面を瞬く間に濁流へと変えていく。この雨は、バアルベクにとって天祐《てんゆう》となるのか。対岸に広がる軍影を見据え、カイエンは馬首を反転させた。クヨル砦の放棄は、雨によって増水した一瞬を狙った。シャルージ軍と七都市連合軍を合わせた十五万の兵は、崩れた橋の代わりにかき集められるだけの船を集めていたが、荒れ狂う水流を前に、船が四散しないようにつなぐだけで精一杯のようだった。

「シェハーヴ。五千で先行。ベリア砦へ物資を運び込め」

隣を進む千騎長《アルフーム》にそう告げた。シェハーヴの首元に巻かれるスカーフは、もとは輝くほどに白かったが、泥土と返り血によって酷く黒ずんでいる。

「一年半ぶりか。少数で守るには適しているが、敵に勝つための城ではないぞ」

「囮《おとり》だ。籠城すると見せかけて、敵を強襲する。千を残してお前はこちらに合流しろ」

一年半前、マイに弓引いたモルテザ・バアルベクを討った地だった。

騎士《クラックドシュバリエ》たちの城とも呼ばれるベリア砦は、百七年前、西方世界《オクシデント》の聖地回復軍《クルセーダー》によって築かれたものだ。三方に急峻な断崖を持ち、砦までの道は南側にしかない。少数の兵で孤立することの多かった聖地回復軍《クルセーダー》が、大軍を引き付けることだけを目的とした城塞だった。

堅牢な城であることは確かだが、二万の兵を収容できるほどの広さはない。バアルベクまでの道を迂回《うかい》して向かう目的は、ベリア砦を攻めさせ、隙を作ることだった。

「暗殺教団《ハシャーシン》には気をつけろ」

「言われずとも」

苦笑と共に駆け去っていくシェハーヴの後ろ姿に、カイエンは周囲を駆ける二万の兵を見回した。

皆、疲れ切っている。パルミラ平原でシャルージ軍と剣を交えた日から数えれば、すでに十八日間、休むことなく戦い続けている。当然だった。領内の各所に隠した食料が潤沢《じゅんたく》であることだけが、不幸中の幸いだが、勝利への道筋が見えぬ戦場ほど苛酷なものはない。

雨で口をゆすぎ、吐き出した。

五日前、ダッカとバアルベクへ向けて放った斥候部隊が帰還し、カイエンはバアルベクが置かれた窮地を正確に摑んでいた。

東から迫る、シャルージ軍五万と七都市連合十万。南からはダッカを攻め落とした七都市連合十万が二手に分かれ、一方はバイリークをクランス峠に追い詰め、もう一方はバアルベクを包囲している。

それだけでも手に余る状況だが、さらに二人の諸侯《スルタン》による連合軍が、南から迫っているという。その数、四十二万。実感が湧かないほど巨大な数だった。先年から続く飢饉によって、彼らの出兵はないと踏んでいたカイエンの見通しの甘さだった。

この劣勢を覆せるのか。

戦の全容は、シェハーヴとサンジャルのみに伝えていた。戻った斥候部隊は、そのまま全てをラダキアへと走らせた。微々たるものにはなるだろうが、ラダキアからの援軍を期待したのと、麾下の兵たちに絶望的な情報が広まるのを防ぐためである。

兵は盲目のままに戦わせよ。先代騎士《ファーレス》ラージンから教わったことだった。窮地と感じる場所で、兵は初めて覚悟を決める。兵力と指揮官の数が致命的に不足している以上、期待すべきは兵を死地へと導き、窮鼠となすことなのだ。

今すぐにでもバアルベクへと駆けたいという思いがある。

二年前、全てを奪われ絶望の沼に浸かっていた。そんな自分をまっすぐに見つめる鳶色《とび》の瞳が、カイエン・フルースィーヤという青年に生きる理由をくれた。友と戦えなかったカイエンと共に戦うと手を握ってくれた彼女を、この手で救い出したい。だが、それは叶わない。

短く息を吐き出し、カイエンは馬腹を蹴り上げた。

追撃軍を破らねば、バアルベクに新たな十五万の敵を加えることになるだろう。下手をすればそこに四十万余の諸侯《スルタン》の大軍が殺到してくる。なんとしてでもシャルージ軍を含めた十五万の敵だけでも、潰走させる必要があった。

どうすれば、状況を変えられる。

思考の渦がまとまらぬもどかしさに、カイエンは鞍上へ身をかがめた。そのまま先鋒《せんぽう》軍を率いるサンジャルの元まで駆ける。

隻眼の青年は、眠たげな目をなかば閉じ、馬上で大きく頭を揺らしていた。

この状況で、よくも鼾《いびき》をかける。不敵というか、鈍いというか。この一年半、千騎長《アルフーム》として驚くべき成長を見せた友に馬を寄せ、カイエンはサンジャルの上腕を掴み、勢いよく押した。微動だにしない。

「……何をしやがる」

聞こえてきたのは、呆れたようなサンジャルの声だった。その隻眼が、まだまだあんたも年若いなと笑ったように見えた。サンジャルが左右を見渡し、欠伸《あくび》を嚙み殺す。

「これも戦の知恵です。休める時に休んでおかねば、ここぞという場面で力を発揮できません」

周囲に兵がいるのを思い出したのか、口調が敬語に変わった。

「それで、目途は？」

「ついていれば、お前にちょっかいなど出さん」

「まあ、そうですね」

サンジャルが目を大きく瞬かせ、腕を空へと伸ばした。

「シェハーヴをベリア砦へと向かわせたようですが？」

「囮だ。五千で籠城したように見せかけて、敵の一部を釘付けにする」

「そう上手くいきますか？　七都市連合の首脳がどの程度の知恵を持っているかは分かりませんが、エフテラームがそれを見抜けないとは考えにくい」

「連合の足並みが揃っていないことに期待するしかないな」

「……どうやら、まだもう少し時間がかかるようですね。俺はもう少し寝ます」

訳の分からないことを呟く隻眼の将に舌打ちし、カイエンは全軍の速度を上げた。

今は可能性があることは全てやりきるしかなかった。百の可能性のうち、一つでも嵌《は》まれば好転するきっかけになる。シェハーヴの動きもその一つであったし、前線地帯に放った斥候兵に、疫病《えきびょう》の噂を流させているのもその一つだった。

子供だましの手であることは分かっているが、それにすら縋らざるをえないほど、カイエンは追い詰められていた。十八日に及ぶ圧倒的な大軍との戦は、兵たちの体力だけではなく、自分の冷静な思考力すらも奪っているようだった。

クヨル砦から四ファルス（二十キロメートル）西進した場所で、カイエンは夜営を命じた。

濁流によって稼いだ時は三日ほどだろう。

星明かりは、敵の歩みを速くする。憎たらしいほど満天の星空の下、独り言を繰り返しながら本陣を歩き回るカイエンのもとに、南から斥候が駆け込んできた。

もたらされた報せを聞くにつれて、カイエンは愁眉《しゅうび》が開いていくようにも感じた。

何かが解決したわけではなく、状況はほとんど変わっていない。だが、これは間違いなくきっかけの一つだ。呼び寄せたサンジャルは、すぐに飛んできた。周囲に兵はいない。

「なんだこんな夜更けに」

「――陣を払うぞ」

眉をひそめたサンジャルに、カイエンは南へ視線を流した。

「カイクバードが軍を興し、アスラン、ジャンス、二人の諸侯《スルタン》とアクロム平原で衝突した」

「事実なのか？」

葡萄酒を味見するような表情のサンジャルに頷き、カイエンは息を吐き出した。

絶体絶命の状況であることに変わりはない。二人の諸侯《スルタン》の北進が止まったといっても、カイクバード侯との戦が決着するまでの間だ。カイクバード侯が勝てば、敗れた二人の勢力を吸収し、想像を絶する勢いになるだろう。

だが、それでもか細い希望への道が、カイエンの目には見えていた。

自分たちを追う七都市連合軍の太守《アミール》たちは、アスラン侯とジャンス侯の庇護と引き換えに、その命令に従っているはずだ。しかし、カイクバード侯が勝てば太守《アミール》たちは後ろ盾を失うことになる。それどころか、カイクバード侯の言葉一つで彼らは滅びかねない。この状況は、バアルベクだけではなく、連合軍の太守《アミール》たちにも判断を迫るものなのだ。

「勝機が、見えた」

そう呟いた時、サンジャルが声をあげて溜息を吐いた。両手で自らの頬をはたき、背筋を伸ばす。

「ようやくか」

「どういうことだ？」

驚いたカイエンに、隻眼の千騎長《アルフーム》がにやりとした。

「言ったろう、もう少し時間がかかるようだと。カイエンが勝機を見出すまでの間、俺は身体を休めるとも言った」

馬上での会話のことを言っているのか。都合の良い言葉のようにも感じたが、呑み込み、カイエンは頷いた。指揮官の最大の資質は、麾下から絶対の信頼を摑み取ることにある。

「太守《アミール》を救うぞ」

「俺は何をする？」

勝機が何かを聞いてこないところが、この男らしかった。

「敵に離間を仕掛ける。お前は、混乱した七都市連合軍を討て」

シャルージ・七都市連合には、指揮が統一されていないという致命的な弱点がある。勢いに乗ってバアルベクを追撃していた時はそれでよかったが、三諸侯《スルタン》の大戦によって、各都市の軍を率いる者の思惑は間違いなく錯綜する。

カイエンが取るべきは、彼らの思惑を後押しすることだった。

都市へと戻ろうとする者、アスラン侯・ジャンス侯へ合流しようとする者、カイクバード侯へ降伏しようとする者。八つの軍が、それぞれ違う動きをすれば、それはそのまま隙となる。

彼らをまとめうるとすれば、〈炎の守護者〉シャルージの騎士《ファーレス》エフテラームだけだろうが、彼女には無理だろうと思っていた。優しすぎるのだ。カイエンが暴走した炎の力からシャルージ兵を救って以来、エフテラームの指揮は明らかに鈍くなった。彼女には全てを犠牲にしてでも勝ちに徹する厳しさが足りない。七都市の連合軍を、力で押さえつけて支配することはしないだろう。

「五日で決める」

その夜、バアルベク軍の陣営から七人の使者が闇に紛れて消えた。

Ⅳ

クヨル砦のある中州に渡ったのは、バアルベク軍が退去して一昼夜経った頃だった。

　晴れ渡った夜空の中に、狩人《かりうど》を模した星座を見つけて、エフテラームは目を細めた。生まれ故郷の西方世界《オクシデント》では、同じ星座が吟遊詩人《ぎんゆうしじん》と呼ばれていた。見え方はその土地の歴史や文化によって変わってくるのだろうが、空を見上げて物語を紡ぐというのは、世界に共通するものらしい。

　天を見上げれば、みな同じものが見える。しかし、地上へと目を向ければ何もかも違って見える。それが争いを生む理由なのかもしれないと、シャルージの女騎士《ファーレス》は吐息をこぼした。

　そうだとするならば、天上から地上を見下ろす善なるもの《シュタマーユ》と悪なるもの《アラマーユ》は、同じ光景を見て、そして人を滅ぼそうと決めたのか――。

　日に日に強くなる囁きに、従うべきか、抗うべきか。エフテラームはいまだ葛藤の中にあった。世界にあと六人いるとされる〈守護者〉は、今何を目にしているのか。討つべき敵は、今頃どこにいるのか。

クヨル砦の城壁に遮られた西の空へ、エフテラームは視線を向けた。

シャルージを護るために始まった戦は、すでに意味合いを大きく異にしている。勝者は戦《いくさ》の民の覇権を手にするだろう。そして、迫りくる東方世界《オリエント》の覇者《ハーン》と正面からぶつかることになる。

故郷を失ってから五年、シャルージで生きてきた。砂の吹きすさぶ街の中心部には、多くの友と師が眠っている。失いたくない止まり木だった。シャルージを護るため、どうすべきか。カイエン・フルースィーヤという男をこのまま討つべきなのか、討ったとして、次に迫るのは、間違いなく戦《いくさ》の民最強のカイクバードだ。

「……私に、それができるか」

こんな時、イドリースが傍にいれば……。

戦場では鬼神も避ける猛将であり、街では童たちを愉しませようと進んで道化《どうけ》を演じていた老人の顔を思い浮かべ、エフテラームは拳を握った。

この一年半、太守代《アルアミール》として崩壊しかけたシャルージを立て直してきた。何度も、師の微笑みが浮かんだ。師を討ったカイエン・フルースィーヤという仇《かたき》が、すぐ目の前にいる。

「冷静になれ」

　カイエンの〈憤怒の背教者〉としての力は、受け継がれていく力だ。カイエンを討ち、味方にその力を受け継がせることができれば、何の問題もない。

　エフテラームは小さく頷いた。迷いは、ここで捨てるべきだった。

　その頷きは、バアルベク騎士《ファーレス》が見抜いたシャルージ騎士《ファーレス》の弱さとの決別であった。


　クヨル砦は、三つの円柱状の城塔を、分厚い城壁が結ぶ正三角形の砦である。河川交通の取り締まりも担うクヨル砦には、小型のガレー船が二十艘《そう》、繫留《けいりゅう》されていた。それぞれに松明を掲げる兵が乗り込んでいるが、予想通りどの船も舵を壊されているようだった。

　もとから期待していたわけではない。視線を外すと、エフテラームは七都市連合の諸将が待つ軍営へと足を向けた。

　砦の中二階は狭い部屋だった。中央には地図を広げられる長机が一つ置かれ、石造りの壁は厚い。高い天井は、屋根裏への間諜《かんちょう》の侵入を防ぐためだろう。吸い込まれそうな暗い天井から視線を下げると、そこには八つの人影があった。

「シャルージ騎士《ファーレス》エフテラーム・フレイバルツです」

　四隅の灯は細く、頼りないほどに揺れている。振り返った八人に、まとめて殺せるなとエフテラームは思った。力を持つ者への用心がなさすぎる。連合を組む七都市は大都市の緩衝地帯に位置し、そういった者と戦った経験がないゆえだろうが、この狭い部屋であれば、一瞬で決着をつけられる。

それとも、警戒するどころではないのか。

彼らの瞳に滲む怯えや焦りは、〈炎の守護者〉たるエフテラームではなく、それぞれのすぐ隣に立つ同盟者へと向けられているようにも感じる。すぐ先日まで、血を血で洗う戦を繰り広げていたことを思えば無理もないことなのだが——。

厄介なことになったと思いながら、エフテラームは諸将の前に立った。最前列には、鎖鎧に身を包む大柄な男が、無精髭を散らした赤ら顔で虚空を睨みつけていた。

「始めましょう」

エフテラームの言葉に、八人が視線をわずかに下げた。

七都市のうちタブクとアムダリアの軍を率いる騎士《ファーレス》が二人、残る五都市を代表する千騎長《アルフーム》が五人。残る一人は、暗殺教団《ハシャーシン》から送られてきた宣教師《ダーイー》である。立場上、シャルージ太守代《アルアミール》を兼ねるエフテラームが最も高位だった。

「戦況は決して良いものではありません」

口にした言葉に、諸将が苦い表情を浮かべた。連合軍が来るまで劣勢だったお前が言うなという心の声が漏れ聞こえる。だが、そんな話ではないのだ。

「南の戦況が大きく変貌したことは、すでにご承知でしょう」

八人の目がすっと細くなった。三人が頬を強張らせ、四人が苛立ちを滲ませる。残る一人の宣教師《ダーイー》は、顔を隠す布によってよく分からない。

「貴方たちは、諸侯《スルタン》であるアスラン侯とジャンス侯によって動員されたと聞きます。七都市の軍がガラリヤ地方へ侵攻し、その後詰《ごづめ》として二人の諸侯《スルタン》が北進してくる。当初の予定はそうだったはずです」

七都市連合軍の総兵力は十九万三千。バアルベクを包囲する五万。クランス峠でバアルベク千騎長《アルフーム》バイリーク、クザの二将と交戦する五万。そして、カイエンを挟撃した九万三千の本隊。それら二十万近くの連合軍をバアルベク攻略の先鋒軍として、アスラン、ジャンス二人の諸侯《スルタン》は、さらに四十万に達する大軍を自ら率いて北上していた。

それだけを見れば、バアルベクの滅びは動かしがたいものに思える。だが、一人の男の動きが、全てを覆していた。

「カイクバード侯の率いる軍は、三十二万。二人の諸侯《スルタン》に、勝ち目はありません」

断言したエフテラームに、赤ら顔の男が鼻を鳴らした。たしか、七都市の一つタブクの騎士《ファーレス》だ。男が首を横に振った。

「シャルージの騎士《ファーレス》は、助けられておきながら、随分と無礼なことを言われるものだ。この一年半、シャルージに引き籠もっていた貴女と違って、我らはずっと戦場を駆けてきた。アスラン侯の強さは、身に染みて知っています。カイクバードづれに敗けるような御仁ではない」

「自信に満ちたお言葉ですが……カイクバード侯と戦ったことはあるのですか？　ジャクマク殿」

「戦況が悪いなどという戯言はやめていただきたい。士気にかかわる」

「事実を言っているだけです」

にべもなく答えたエフテラームに、ジャクマクが長机を勢いよく叩いた。自分の思い通りに話が進まなければ激高する性質なのか。エフテラームの嫌いな質《たち》だった。

「根拠は二つあります」

「……根拠だと？」

ジャクマクの低い声に、エフテラームは肩を竦めた。

「貴方も薄々気づいてはいるからこそ、それほど猛っているのでしょう。私の前にいる八人の望むことは違う。すでに属する都市の太守《アミール》が、カイクバード侯への降伏を決めているという者もいるはずです」

「我らの中に、裏切り者がいるとでも？」

「それを裏切りと言うのは酷でしょうね」

睨み合いになった。先に顔を背けたのは、ジャクマクだった。エフテラームに気圧《けお》されたというよりも、その視線は残る七人へと向けられ、詰問するような光を帯びている。

「もう一つ」

息を吐き出し、エフテラームは腰の剣を抜いた。ぎょっとするように諸将が目を見開いた。血が滾り、髪が逆立つようにも感じる。剣の切っ先を、まっすぐ天井へと向けた。

壁を揺るがす轟きと共に、迸《ほとばし》る火炎が天井を吹き飛ばした。

紅蓮の炎が視界いっぱいに溢れ、肌を焦がすような熱が狭い軍営に充満する。呼吸を二つ数えたところで、エフテラームは炎を消滅させた。

天井は消え、頭上にはこぼれ落ちそうなほどの満天の星が広がっている。

呆けたように頭上を見上げる八人が、踏み鳴らしたエフテラームの足音に後ずさりした。

「力を持つ者に、持たざる者は決して勝てない。二人の〈背教者〉を擁するカイクバード侯に、アスラン侯とジャンス侯は敵わない」

火球を一つ、宙に生み出した。

茜色の炎に照らされた八人の顔は恐怖で引きつっている。ようやく気づいたようだ。自分たちが目の前にしているのは、窮地を救ってやったシャルージ太守代《アルアミール》などではなく、万余の軍を滅ぼす力を持った者だということに。

優しさなどいらない。握り締めた剣を諸将へと向け、エフテラームは口を開いた。

「この大戦に勝利する道はたった一つです。こちらの犠牲を最小に抑えて、バアルベクの騎士《ファーレス》カイエン・フルースィーヤを討つこと。〈背教者〉の力は奪うことができるとされています。手に入れた〈憤怒〉の力と、〈炎〉の私がいれば、カイクバード侯の擁する二人の〈背教者〉の力に拮抗《きっこう》します。二人を抑えれば、あとは純粋な軍と軍の勝負です」

おそらくこれはアスラン侯も思い描いていた絵図だろう。成功すれば、カイクバードにも十分勝ちうる策だ。だが、この策をエフテラームたちが成し遂げるには、致命的に足りないものがあった。

軍神とも称されるカイクバード侯に抗しうるだけの才を持つ者がここにはいない。可能性があるとすれば――。

瞬く間にラダキア、ダッカを制したバアルベクの騎士《ファーレス》が浮かんだが、その言葉をエフテラームは呑み込んだ。

イドリースの仇討ちだけは、譲れない――。

一歩前に出た。八人が壁際に下がり、それ以上動けなくなる。彼らの顔に死の恐怖が浮かぶと、エフテラームは火球を消滅させた。

パルミラ平原ではカイエンに後れを取ったが、迷いを捨てた今、もう二度とそうはさせない。敵が誰であろうと、自分が勝つ。

全ては、シャルージを護るためだ。

「今この時より、全軍の指揮は私が執ります」

喉を鳴らした八人に、エフテラームは微笑んだ。〈守護者〉と〈背教者〉は殺し合う敵なのだ。分かり合うことは、永遠にない。

「バアルベク騎士《ファーレス》の光を、消します」

友がいるからこそ、カイエン・フルースィーヤという青年はあれほど強烈な輝きを放っている。一年半前、戦場に現れた青年と少女は、劣勢だったバアルベク兵を、たった一声で立ち直らせて見せた。

勝つには、その心を折る必要がある。

微笑みを消し、エフテラームは宣教師《ダーイー》へと視線を向けた。

V

樹木を揺らす風が、不気味に哭《な》いている。

こちらの動きに、敵はまだ気づいていない。そのまま気づくな。願うように、バイリークは延びた坂下の戦場へ視線を落とした。

クランス峠の高低差を利用した逆落としも、ほぼ通用しなくなっていた。一万ほどの敵の中に突撃したクザが、二千の味方と共に敵中で包囲されていた。ひび割れた唇を舐め、バイリークは口に指を近づけた。

まっすぐ延びた坂道の左右には、深い森が広がり、腰ほどの高さのイラクサが群生している。鬱蒼とした木立の中に、バイリークは指笛を吹き鳴らした。指笛の音色に呼応するように、左右の木立の中から味方五百の小隊が飛び出してきた。そのままクザを包囲する敵を、外側から崩していく。

兵は疲弊しきっているが、クザの判断はまだ衰えていない。示し合わせたかのようにクザの軍が反転し、包囲の内外から敵を崩していく。

「構え」

古刹《こさつ》を改築した砦の城壁上で、五百二十の兵が弓を引き絞った。すぐ傍の兵が力尽き、膝から崩れ落ちた。それでも、矢は前に放たれ、クザを包囲する敵を貫いていく。

力尽きた兵の気迫が、乗り移ったようだった。放て。バイリークの言葉と共に、五百余の矢が唸りをあげて敵へと向かっていく。敵兵の断末魔の叫びと共に退路が開き、クザ率いる兵が峠を駆け上がり始めた。

「……二百、騎乗」

撤退するクザ隊の殿に嚙みつく一団があった。その姿には見覚えがある。挟撃と矢の雨に混乱する敵の中でも、唯一統制を保っている。全身を黒い布で覆い、決して顔を見せない。敵に捕らわれて全身を刻まれようと声をあげぬように訓練された者たちだ。美醜の判断を嫌い、生まれた赤子の顔を焼くという千の暗殺教団《ハシャーシン》。

両開きにされた古刹の門扉を駆け抜け、バイリークは背の直刀を抜き放った。駆け上がってくるクザと目が合った。余計なことを――。巨大な獣のような男の視線に、バイリークは関係ないと返した。

四千を切った味方が十倍以上の敵に勝つには、意表を衝《つ》き続けるしかないのだ。動揺という言葉と無縁の暗殺教団《ハシャーシン》の存在は、勝利のために邪魔だった。

クザとすれ違う。次の瞬間、周囲に黒い影が溢れていた。どんな身体能力をしているのか分からないが、馬上のバイリークの左右にまで、黒衣の暗殺者が浮かんでいる。

「残念だが……」

一年半前の私と同じだと思うな。

呟きと共に放たれた一閃を受け、空中に四人の暗殺者の亡骸が置き去りになった。剣の血を払い、姿勢を下げた。敵を薙ぎ倒しながら進む愛馬の首を撫でたその瞬間、バイリークは馬上で思い切り身体を後ろへ倒した。

三つの槍の穂先が、すぐ目の前で煌めく。穂先を斬り飛ばし、ただの棒となった槍を構える三人の暗殺者を撫で斬りにした。

三度、鞭のように敵を打ち払い、麾下の二百騎に撤退を命じた時、いきなり千ほどの暗殺者たちが、潮が引くように森の中に消えていった。

「バイリークだな」

聞こえてきた声は、一万ほどの敵の中央で、一人騎乗する男のものだった。

「我はレオルグの騎士《ファーレス》ワジュド。貴様の戦いぶりに敬意を表し、この手で直々に屠ってくれようぞ」

威風堂々たる佇まいは、胸に刻まれた騎士《ファーレス》を示す紋章を見れば当然だろう。槍斧《ハルバート》をひっ下げ、古風すぎる一騎打ちの名乗りをあげるワジュドには、それなりに自信があるようだった。あの男を討てば、少しは時を稼げるか。

握り締めた剣に迷いを伝え、バイリークは首の骨を鳴らした。

クザは砦に辿りついている。二百騎で峠を駆け上れば、追いつかれることはないだろう。自分の使命は、ここに敵を引き付けることではない。敵を破り、バアルベクを、そして主たるカイエン・フルースィーヤを援護することだ。

「間抜けな猪狩りをしているほど暇じゃない」

そう言うや否や、直刀を鞘に放り込み、バイリークは麾下に反転を命じた。背後、激したワジュドが矢を命じる大音声《だいおんじょう》が響く。振り返るな。振り返れば、その分だけ遅れる。ただ、前に進め。

駆け上る二百の麾下は、一騎も欠けることなく城門に飛び込んだ。閉じた門には、すぐさま門が通され、さらに土を入れた麻袋が積み上げられていく。下馬し、井戸の傍で兜を脱いだバイリークは、クザを呼び出した。

「兵は？」

「動ける奴をそう呼ぶなら、残り三千二百」

「動けない奴を含めると？」

「程度にもよるが――」

目の下に隈《くま》をはりつけたクザが、肩を竦めた。

「三千四百弱といったところか。だが、止めをさした方がいい奴も百は交じっている」

クザの言葉に滲む暗さは、自分の手で殺さねばならない味方の数でもあった。

もはや砦にはまともな兵糧は残っていない。わずかに備蓄されていた痛みを紛らわす薬も尽きている。苦しませるくらいであれば、上官の手で殺す。それがバアルベク軍の軍規だった。

「……行くか」

その儀式は朝まで続いた。痛みによる苦痛で泣き叫ぶ兵たちの肩を抱き、胸にまっすぐ短剣を突き立てる。何度も生唾を呑み込んだ。最期の瞬間、彼らが見せる安堵の微笑みが、バイリークの心を引き裂くようだった。

最後の一人は、よく知った男だった。二年前、奴隷としてバアルベクに辿り着いたバイリークの横で、所在なく当時の政務補佐官ハーイルの演説を聞いていた男だ。右足を失い、脇腹も臓器が見えるほどに損傷している。

喘ぐ男は、すでに何も見えていないようだった。暗闇の中、痛みに苦しみ続ける地獄を想像し、バイリークの背筋が凍った。東方世界《オリエント》の覇者《ハーン》によって、運命を捻じ曲げられ、死んでいく。ありふれた話だ。そう自分に言い聞かせ、血に塗れた短剣を握りなおす。

「……死にたくない」

不意に聞こえてしまった言葉に、腕が凍り付いた。

物語の中の戦場は、いつも華やかだ。無数の敵を討ち滅ぼす英雄を讃え、そして煌びやかな英雄同士が己の意地をぶつけて戦う。子供たちが目を輝かせて、老婆に話の続きをせがむ。そこに、死を恐れて泣く兵はいない。

歯を食いしばり、バイリークは男の頬に手を添えた。掌が、涙で薄まった血に濡れた。

次は、人に生まれてくるな――。

頭に浮かんだ言葉に、思わず血の気が引いていった。

カイエンは、人を救うために立ち上がったのだ。副官たる自分が、それを否定してどうする。世界に戦乱をもたらす東方世界《オリエント》の覇者《ハーン》を砕き、人の世に平穏をもたらすために、戦っている。今だけだ。この暗闇を抜ければ、必ず太陽は昇る。

お前の死は、決して無駄にはならない。

「……次に生まれてくる時は、カイエン・フルースィーヤが勝利した暁《あかつき》であれ」

言葉と共に短剣を差し込もうとした時、バイリークの腕はクザの屈強な手によって止められた。

「もう息絶えている」

短剣の切っ先が小刻みに震えていた。

最期、男は何を思って死んでいったのか。この世に残す未練は何だったのか。骸の並ぶ暗い軍営を出た二人は、東の空の茜色に目を細めた。

「バイリーク殿、あんたはまだバアルベクの騎士《ファーレス》が生きていると思うか？」

「――クザ殿は見ていませんでしたね」

こぼした言葉に、熊のような男が怪訝な表情をした。

「一年半前のバアルベク。カイエン殿は、百を超える暗殺教団《ハシャーシン》を前に、たった一人立ち向かった。四十人以上を斬り捨て、奪われたマイ・バアルベクを取り戻すために、当時バアルベクの筆頭千騎長《アルフーム》だったモルテザを討ち、そしてあのエフテラームを打ち払った」

「話は知っておる。が、今の状況とは関係あるまい」

にべもない言葉に、首を左右に振った。

「カイエン殿は、強大な敵に敗れない。そして、カイエン殿に勝てるのは、カイエン殿自身のみ」

「意味が分からぬ」

「諦めが誰よりも悪い。それがバアルベクの騎士《ファーレス》だということです。私は信じていますよ。この空の下で、勝利を手にするためにカイエン殿が戦っていると」

目を細め、クザが溜息を吐いた。

「まあ、そうでも思わんと戦ってられんな。もう一月、戦いっぱなしだ……しかし、それもはや限界だ」

ダッカ籠城戦を強いられたバイリークたちは、辛くも包囲を突破した。だが、追撃を躱しながらクランス峠に辿り着いた時には五千を切っており、そこからさらに千以上が死んだ。

「ダッカを包囲した敵はゆうに二〇万を超えていた。今、この峠を封鎖する敵が五万ほどだとすると、残る敵はどこに消えた」

「バアルベク、そしてパルミラ平原でしょうね。だからこそ、我らはこの戦場で勝たなければならない」

自分でも分かる、質の低い強がりだった。

疲労を滲ませ、クザが城壁に背中を預けて座り込んだ。傍には、こけた頬を空に向ける兵が一人。息はなかった。

「無茶を言うな。兵糧が尽きて二日。今日雨が降らなければ、水も尽きる。まともに戦えるのは、数時間ほどだ。戦ったとしても、三千程度では勝敗は目に見えているがな」

「見えているならどうする。降伏でもしますか?」

「馬鹿か。まともに戦うことさえできれば勝てる敵に降るなど、初めての接吻《せっぷん》を妹にせがむようなものだ」

「その喩《たと》えはよく分からないですが」

東西に広がる視界のあちこちから、敵の炊煙が上がり始めた。

「……クザ殿。味方の亡骸を城外へ棄ててきてください」

「貴重な肉だ。気にしている場合でないと思うが」

「なりふりかまわずと非道とは相容れないと私は思っています」

「そうかい」

疲れたように立ち上がったクザが、城内の枯れ井戸の傍で眠っていた百人ほどの兵を叩き起こし、軍営に姿を消した。

半日ごとに、五百の命が尽きていった。砦に兵糧がないことを、敵は見抜いているのだろう。四ルース(二キロメートル)も離れていた包囲は一ルースまで近づき、朝昼夕の三回、砦の中に見せつけるように豪勢な宴を開いていた。

敵は油断しきっている。だが、そこに付け込んで敵を突破するほどの気力も、体力ももはや失われていた。

砦に残る兵は、千五百と二十三人。五日、何も口にしていない。わずかに降った雨を砦内全ての壺に貯めさせたが、それも尽き、己の血を吸って渇きを癒やしている。極限まで体力を奪い、こちらが剣を握ることもできなくなった時、七都市連合は一気呵成に攻め寄せてくるのだろう。

それが今日だということに、バイリークは気づいていた。東の城塔で敵を睨むクザも気づいているはずだ。

カイエンは、〈炎の守護者〉エフテラームと対峙しながら、ダッカから北上していった十万近い七都市連合の急襲を受けたはずだ。

だがそれでも、自分が認めたあの眼光鋭い黒髪の騎士《ファーレス》が敗れるとは、思わなかった。カイエン・フルースィーヤという青年の瞳には、バアルベクに来た頃の絶望はない。マイ・バアルベクという支え合える友を得て、カイエンは変わった。

バアルベクの太守《アミール》を護る姿に、それを確信したからこそ、自分もここで戦っている。

「ここで死んでも、惜しくはない……」

カイエン・フルースィーヤであれば、あの絶望的なまでに強大な東方世界《オリエント》の覇者《ハーン》にも勝利すると信じているからこそ、戦える。

いつの間にか、敵の炊煙が途絶えていた。代わりに立ち上り始めた土煙に、バイリークは拳を握り締めた。

「生かしたところで騎士《ファーレス》の敵ではないだろうが……。ワジュドくらいは、ここで殺しておこうか」

まるで、巨人が立ち上がったかのようだった。

地面が小刻みに揺れ、すぐ足元では小石が震えている。木立そのものが動き出したかのような光景に、バイリークは全軍の出陣を命じた。

覚悟を決めた者たちだ。

軍人奴隷としてバアルベクへと連れてこられ、そしてカイエンという同じ境遇の男に救われた者たち。耐え難き籠城戦の中で、一人の内通者も出なかった事実は、ただ誇らしかった。

「別れの言葉は言わないぞ」

戦の前、鼓舞することはほとんどない。珍しいものを見るように、左右の兵が視線を向けてきた。津波のように押し寄せる敵軍は、もうすぐ目の前だ。敵の中央を進むワジュドは、不敵にこちらを見据えている。

方陣を組む千五百の麾下に、抜刀を命じた。

「どうせ行くところは同じだ。地の底にあるという国には、先に逝った者たちも待っている。そこでも、戦だ」

　怪訝な表情をする兵に、バイリークは苦笑した。

「すぐに大量の敵がやってくる。バアルベクの騎士《ファーレス》に敗れた者たちがな。諸侯《スルタン》の軍だけではない。我らの故郷を滅ぼした東方世界《オリエント》の覇者《ハーン》も、すぐにやってくる。一度は敗れた私たちだが、二度も同じ敵に敗れるのは嫌だろう？」

　兵たちが喉を鳴らした。もうわずかな体力も残っていないことは手に取るように分かる。だが、死を賭《と》してでも、お前たちにはワジュドまでの道を切り開いてもらう。

「次は、勝たせてやる」

　呟きと共に、馬腹を蹴った。視界がゆっくりと後ろへと流れ始める。クザが左についた。千五百の歩みが大地の震えとなり、唸りが空気を揺るがす喊声となった時、バイリークは疾駆した。

　疲弊しきったバアルベク千騎長《アルフーム》を自ら討ち、武功にしようとでもいうのか。ワジュドが雄叫びをあげ、そして大きく槍斧《ハルバート》を振りきった。敵が怒濤《どとう》のように駆け出した。

　駆け下っている味方よりも、英気に満ちた敵の駆け上ってくる勢いの方が強い。すれ違った三騎を斬り落とす。クザの槍も、二騎を撥ね上げた。だが、束の間も持たずに麾下の兵が呑み込まれていく。

　驚くことでもない。分かっていたことだ。戦場に奇跡などは起きない。強い者が勝ち、弱い者が敗れていく。

　奇跡は起こらない。だからこそ、お前の首だけはもらう――。

　味方の兵を撥ね飛ばしながら進むワジュドへ、バイリークは馬首を向けた。バアルベクでは千騎長《アルフーム》も務まらない程度の腕だと思った。

　ワジュドの哄笑《こうしょう》が耳朶を打った。殺されるとは微塵も思っていない声だ。銀の槍斧《ハルバート》を後背に振りかざし、駆けてくる。すれ違いざま、唸りをあげるワジュドの一撃を撥ね上げた。

　馬首を返し、再び剣を交える。激しい火花が散るたび、ワジュドが顔を歪める。なぜ、こんな貧相な男を討てないのかとでも思っているのか。四合目。殺せる。そう思った時、馬の右目に矢が突き立った。ワジュドの勝ち誇った笑みが見えた。

　愛馬が棹《さお》立ちになる瞬間、バイリークは跳び上がった。

　敵の海の中だ。眼下、屠るべき敵を見失ったワジュドがゆっくりと顔を上げ、頬を引きつらせて笑った。

「やはりお前では、千騎長《アルフーム》も無理だな」

　渾身の力で振り切った剣から手を放し、バイリークは地面に激突した。全身を貫く衝撃に歯を食いしばり、空から降る血飛沫《しぶき》に手をかざす。青空を遮るワジュドの身体は、首から上を失っていた。

これが、私の最期か。

人はできることだけをやれば、それでいい。カイエン・フルースィーヤの言葉だった。

視界の中に、蠢きが現れた。暗殺教団《ハシャーシン》か。一年半前、その名声を失墜させたバアルベクの者たちを目の敵にしているとも聞いた。

視界に煌めく、十余の銀剣。自分の命を終わらせるであろう輝きを前に、ちらついたのは、故郷の麦畑で微笑む、母と弟の姿だった。

サンジャル、あとは頼む──。

流れるように迫る銀剣の閃きに、友への別れを告げた、その時──。

思わず息を呑んだ。迫る短剣の軌道が急激に変わり、視界から暗殺者たちの黒い蠢きが弾け飛ぶように消えた。

一体何が──。上半身が動かず、確かめる術を持たないバイリークの視界に現れたのは、やはり銀の煌めきだった。

だが、そこには一欠片の殺意もない。

その煌めきは、風に揺れて──。

「間に合って良かった」

薄れゆく視界の中、眩《まばゆ》い太陽の下に現れたのは、神話に出てくる神のような美しさを持つ青年だった。

顔は、似ても似つかない。しかし、なぜかバアルベクの騎士《ファーレス》に重なる気配を持った銀髪の青年が、微笑みと共に頷いた。

「貴方は、兄にとって必要な人だ」

神が自分に微笑んだのか。幻のような光景の中、バイリークは意識を失った。

第四章　乙女の抱擁《ほうよう》

I

崩れていく敵の背を追い討ちに討った。いずれ束ね上げるとしても、今は完膚《かんぷ》なきまでに叩きのめす必要がある。クランス峠を攻めていた五万の七都市連合軍のうち、キスカの騎士《ファーレス》とレオルグ、アムダリア、ウルファ三都市の千騎長《アルフーム》七人を討ち取るまで、タメルランは追撃の手を緩めなかった。

連合軍が南に潰走を始めた時、タメルランはようやく全軍を西へ転進させた。

〝ガラリヤを創造せしもの〟という名を持つフォラート川を越えると、世界の中央《セントロ》には珍しい湿原地帯が広がっている。このまま北へと向かえば、バアルベクに辿り着く。

砂漠に乾いた肌が、瑞々《みずみず》しい空気によって潤っていく。遮るもののない平原に吹く風は爽やかで、タメルランは故郷の風を思い出した。見渡す限り緑に包まれ、ときおり白鳥が空へと舞い上がる。

地面が硬さを取り戻したのは、二ファルス（十キロメートル）ほど行軍した時だった。馬蹄の音が、気持ちよく響く。ようやく踏みしめられる土の硬さに、兵士たちも安堵を取り戻したようだった。

「全軍、休止」

束の間の休息を命じると、タメルランも自ら鎧を解いた。

焚火は許可していない。今は、敵の目から消えていることが重要だった。蜘蛛の巣状に配置した斥候部隊からの報せに敵影はない。敵がこちらを見失ったことを確信して、タメルランは全軍の編成替えを命じた。

ファイエル侯から預けられたのは、二万の歩兵と一万五千の騎兵。従う千騎長《アルフーム》は五人で、その全てが自分よりも年長だった。自分をここまで厚遇する理由を訊ねたタメルランに、茜色の髪をかき上げたファイエル侯は、その資質があるがゆえと笑った。

当初はタメルランを軽んじていた五人も、十回に及ぶ調練で完膚なきまでに打ち破られたのを受け、指示に反することはなくなっていた。草原にいる頃は、兵を指揮する二人の兄の背中を見ていただけだった。だが、その声は間違いなく自分の骨格となり、そして奴隷として苛酷な戦場を戦い抜いた二年間が、血肉となっていた。

全ては、再び生きて笑い合うためだ。二人の兄と、たった一人の姉と四人で——。

青空に流れる雲から視線を外し、タメルランは小さく頷いた。

騎兵を率いる二人の千騎長《アルフーム》を、南へと急進させた。カイクバードはあまりにも強大であり、まともに戦えば勝ち目はない。悪あがきに近いが、眼光鋭い兄であれば間違いなく命じることだろうと思った。

バアルベクの千騎長《アルフーム》が意識を取り戻したのは、その夕、全軍に出立を命じるために鎧を着込んだ時だった。間のいい男だ。綻んだ表情を即座に戻し、タメルランは負傷者を集めた幕舎へと向かった。

二人の見た目は、あまりに対照的だった。左に座る男は、粗野が服を着たような印象を抱かせる。クザという名には聞き覚えがあった。ラダキアの千騎長《アルフーム》だったはずだ。タメルランが贖われたルクラスはラダキアに隣接しており、八千の軍人奴隷がクザに全滅させられたという話を聞いたこともある。戦巧者で通った男であり、その体軀を見れば頷けた。

もう一人、重傷にもかかわらず背筋を伸ばす男は、どこか哲学者のような雰囲気があった。戦場の勇者にはとても見えないバイリークだが、この一年半、世界の中央西部《セントロ》のガラリヤ地方で最も名を成した者の一人だ。まだこちらの正体は知らないはずだ。敵意は持っていないようだが、警戒も解いていない。

向かい合って座ると、男が軽く頭を下げた。

「バアルベク千騎長《アルフーム》バイリークと申します」

「タメルラン・シャール。ファイエル侯の下で騎士代《アルファアーレス》をつとめています」

「死地を救っていただきました」

「気にする必要はありません。僕は、己の使命を果たしただけです」

怪訝な顔をするクザに対して、バイリークはことさら表情を消した。戦になればバイリークの指揮を読むことは難しいだろう。バアルベク騎士《ファーレス》の副官と呼ばれる名声は伊達《だて》ではなさそうだった。

「敵の急所を衝くことが戦略。その道筋が戦術。兄の口癖でした」

「私の記憶違いでなければ、戦場でも兄と言われた」

驚きを出さぬよう努力しているバイリークに、タメルランは静かに頷いた。

「いずれ詳しく語ることもあるでしょうが……。カイエン・フルースィーヤは、間違いなく僕の幼馴染《おさななじみ》であり、姉の夫となる男です」

「それでは、タメルラン殿も草原の？」

「ええ。エルジャムカ・オルダに敗れ、ルクラスの軍人奴隷として戦っていました」

「あのルクラスの……」

バイリークの絶句は、ルクラスに贖われた軍人奴隷の境遇を表してあまりあった。

「この二年、ただ生き抜くために必死でした。世界の中央《セントロ》の情勢など何一つ知らされず、目の前の敵を殺すか、殺されるか。ファイエル侯の軍によって解放され、バアルベクを率いる騎士《ファーレス》の名を知った時は驚きました」

三万の同胞が死んだ戦場を二日、彷徨《さまよ》った。だが、カイエンの亡骸はなかった。生きてどこかにいると信じてきた。友と姉を取り戻すために、世界のどこかで戦っていると信じていた。

兄の名をファイエル侯から聞いた時、心に渦巻いたのは複雑な感情だった。カイエンが生きていてくれたことへの喜びと、一緒に戦わせてくれなかったことに対する怒り。ない交ぜになった感情にどう向き合えばいいのか分からなかった。

どう折り合いをつければいいのか迷うタメルランに、ファイエル侯はその手で兄を救ってみせよと笑ってくれた。認めさせればいい。一時の怒りなど、長い人生で見れば気の迷いに過ぎない。

そう囁き、三万五千の指揮権をタメルランに与えた。

ファイエル侯は、来《きた》るカイクバード侯との決戦を見据えている。一人でも味方を増やしたいのは、バアルベクばかりではなかった。

「安心してください。ファイエル侯はバアルベクから送られた同盟の使者に、承諾の返答をされました。我らはバアルベクを救うため、ここまで来たのです。しかしバイリーク殿、喜ぶのはまだ早い」

タメルランの言葉に、深慮を湛えるバイリークの表情が曇った。バイリークが持っている情報は、ダッカを脱出した時のもののはずだ。クランス峠に包囲されてから、どれほど戦場が変わったのか。

従者に地図を命じ、タメルランはその間、二人に水を勧めた。

「バアルベクが置かれた状況は深刻です。お二人が籠城している間に、敵が変わった」

「敵が変わった？」

「はい。諸侯《スルタン》アスランとジャンスの命令で、最初にガラリヤ地方を攻めたのは、南部七都市の連合軍二十万。連合軍のダッカ奪取の報せを受け、二人の諸侯《スルタン》は新たに四十万余の大軍を率いて北上していました」

「四十万……」

「ええ。その大軍は今、ガラリヤ地方の南に広がるアクロム平原で激しい戦を繰り広げています」

「対するのはファイエル侯ですか」

常識的に考えればそうなるのだろうが——。

タメルランは、首を小さく横に振った。

「いえ、カイクバード侯です」

「……馬鹿な」

呟いたのは、それまで一言も発していなかったクザだった。バイリークの視線が僚友へと向かう。

「カイクバード侯はこの四年、いかなる動きも見せていなかった。重篤な病との噂もあったはずだ」

「ええ。だからこそ、二人の諸侯《スルタン》は北上する好機と考えたのでしょうが」

脳裏に浮かぶのは、ブロムの騎士《ファーレス》グレアムの身体が上下に引き裂かれる光景だった。

「カイクバード侯は、どうやら旅をしていたようです。侯が世界の中央《セントロ》に帰還した瞬間を、僕はこの目で見ています」

竜の仮面を着け、十万余のファイエル侯の大軍の中を、たった三人で駆け抜けていった。

「侯の目的は世界の中央《セントロ》の統一でしょう。自ら戦《いくさ》の民を率い、迫る東方世界《オリエント》の覇者《ハーン》と戦おうとしている」

「ファイエル侯はカイクバード侯と対立されているのでしょうか？」

バイリークの言葉は、タメルランに救われることによって、バアルベクの立場が限定されることを恐れたものだろう。抜け目ない言葉だが、かえって頼もしかった。

「少しばかり、違います。ファイエル侯は、覇者《ハーン》と戦うためにはカイクバード侯の力が必須と考えられています。カイクバード侯だけではなく、戦《いくさ》の民の全ての力を結集する必要があると」

「軍神がそれを肯《がえ》んじえぬか」

クザの呟きに、タメルランは頷いた。

「カイクバード侯は、戦わずして敵の投降を認めません。戦い、そして自らの勝利を確信した時初めて、投降を受け入れる。己の強さを証明し続けるカイクバード侯の矜持なのでしょうが、それでは有力な将はカイクバード侯に討たれて終わります」

その性《さが》こそ、カイクバード侯では盟主たりえぬとファイエル侯が言い切った理由だった。戦《いくさ》の民には、新しき盟主がいる。この大乱は、資格を持つ者が、起《た》つための試練だと。

ファイエル侯の瞳には、間違いなくカイエンの姿が映っている。そして、兄が背中を預けるマイ・バアルベクという太守《アミール》が。だが、それは二人には言わなかった。カイエンにその可能性があるかと言われれば、タメルランも否定はしない。だが、それを考えた時、身体が恐怖で竦むのだ。

エルジャムカ・オルダに向かい合った兄が、どこか遠くへ消えてしまうのではないかと。今のままでは、決して勝てないのではないかと。

「東方世界《オリエント》の覇者《ハーン》と戦うためにも、我らはカイクバード侯を正面から降す必要があります。そのためにも、バアルベクにはシャルージ、七都市連合に勝ってもらわねばならない」

軍師としての言葉を聞きたい。バイリークへの視線にそう滲ませた。

「戦場は二つ。バアルベクを解放し、マイ・バアルベクを救うべきか。それとも先に兄を援護し、共に敵を討つべきか」

この二年、カイエンがどのように変わったのかを自分は知らない。悔しいが、それをよく知っているのは、目の前のバイリークという男だった。

バイリークが喉を鳴らし、何かを思い定めたかのように頷いた。

「……バアルベクを」

「その理由を聞いても？」

「……バアルベク太守《アミール》マイ・バアルベク様は、騎士《ファーレス》の心の拠り所になっています」

窺うような言葉の理由が分かった。カイエンが夫になるはずだったフラン・シャールの弟という立場を思えばこそだろう。慌てたようにバイリークが首を振った。

「それも、全てはフランという女性を救うためです。奴隷としてバアルベクにたどり着いた頃、カイエン殿は全てに絶望し、自裁しかねないような状態でした。そのカイエン殿の心を救い、フラン殿を救うために立ち上がってもいいと気づかせたのが太守《アミール》なのです」

「バイリーク殿……」

自分の言葉が震えていることが分かった。カイエンの姉を想う心を信じて戦ってきた。だが、確信はなかったのだ。

フラン・シャールという〈鋼の守護者〉としての力を持つ姉がとるであろう行動は、タメルランにも予想ができていた。カイエンの心から、フランへの想いを消し去る。おそらく、今のカイエンに、フランへの恋心や慕情というものはない。ただ、姉との思い出の景色があるだけだろう。

カイエンを苦しませないために、自らが苦しむことを決めたであろう姉の心を、タメルランは分かっていた。そして、それでもなお、姉を救うために起つことを決めた男の想いに、心が震えたのだ。

「大丈夫です」

両の瞳から伝う涙に戸惑う二人に、タメルランは笑いかけた。

「カイエンの戦は知っています。良くも悪くも、彼の心の状態で率いる兵は強くも弱くもなる。今、彼を強くする者がマイ殿だとバイリーク殿が言うならば、従いましょう」

大きく息を吐き出し、タメルランは涙を拭い、バアルベクの千騎長《アルフーム》へ頷いてみせた。

「バアルベクの解放は、任せてください」

II

民を乗せたガレオンが強い南風を受けて、海面を滑り出した。

バアルベクが所有する最後の帆船だ。これで三十万の市民全てが、ラダキアへの脱出に成功した。大空を飛翔する鷲の羽のように風を摑む縦帆を見て、マイはそっと胸を撫でおろした。

ぎりぎり間に合った。

父アイダキーンが老体に鞭打って成し遂げた大仕事だった。正体不明の敵に包囲されながら、混乱することなく終えられたのは、ひとえに長年にわたる父の善政に対する民の信頼があったからだ。

バアルベクを護る現太守《アミール》として、最低限の役目だけは全うできたと思う。ガレオンの姿が豆粒ほどになったのを見届け、マイは踵《きびす》を返し古城へと歩き出した。

すでに外城の城壁は抜かれ、市街地は敵の荒々しい軍靴によって踏みしだかれている。

市場《バザール》の中心部に広がる正方形の庭園《リアード》は敵の本陣となっており、内城への総攻撃が始まるのも時間の問題だった。

「あからさまじゃのう」

戦装束に身を包み、城塔の壁にもたれかかるアイダキーンが呟いた。隠居して一年半、全身の毛は純白になり、人の心を奥底まで見抜くような瞳も相まって、おとぎ話に出てきそうな賢者の風がある。

「見よ、マイ。あの者ども、脱出したガレオンには見向きもしておらぬ」

覗き窓から外を確認して、マイは小さく頷いた。

「敵の狙いが私であるならば、好都合です」

城塔の屋根に翻っているであろう白薔薇の紋章を、マイは思い浮かべた。民を守護する者となるために、太守《アミール》となったのだ。ここに自分がいることでバアルベクの民を逃すことができるのであれば、それ以上のことはなかった。たとえ、ここで死ぬとしても、すでに覚悟はできている。

「狼煙は？」

「いまだどちらからも」

「……そうか」

アイダキーンが真っ白な髭を撫で、悄然《しょうぜん》と肩を落とした。

カイエンが整備した狼煙による合図は、バアルベクが包囲された時、救援軍からの連絡手段とするためのものだった。

救援軍は二回狼煙を上げ、二回目が意味のある狼煙となる。一本であれば、今は救えず。二本であれば明朝に、三本であれば二日目の深夜に総攻撃をかける。

聞いた時は、行き過ぎた周到さだと思ったが、実際に包囲された現実を見れば、決して無駄ではなかった。それどころか、連絡があるかもしれないという希望を抱き続けられたおかげで、十日間に及ぶ籠城戦を耐えられたといってもいい。

武装させた一万の民と七千の正規軍によって始まった戦だ。五万の正規軍を相手によく耐えた方だろう。

「動ける者は六千……」

次の敵の総攻撃に耐えられるかは微妙な数だった。

七千が戦死し、生き残った一万人も、うち四千は負傷している。負傷者の多くが毒矢によるもので、彼らが横たわる古城の広間は、糞尿と吐瀉物の臭いに満ちていた。毒に苦しむ彼らの姿を見て、怯えている者も多い。それが敵の狙いであることも分かっていた。

父が、何やら躊躇《ためら》うように息を吸い、吐き出した。

「マイよ」

「断ります」

「まだ何も言っておらぬ」

溜息を吐くアイダキーンから目を背け、マイは内城の地面で苦しげに横たわる負傷兵たちへと視線を向けた。

「言わずとも分かります。バアルベクに五万の七都市連合軍を引き付ける役目は十分に果たした。ここで私が逃げても目的は果たしたとでも言うおつもりでしょう?」

「分かっておるのであれば、儂としては今すぐにでもそうしてもらいたいものじゃ。この城で指揮を執るのは、老いぼれが一人いれば十分」

「逃げた先に、活路はありません」

父の言葉は、この数日何度も考えては必死で頭から追い払ったものだった。

マイと親衛隊百人ほどであれば、夜陰に乗じて脱出することも可能だろう。脱出し、カイエンと合流することが、勝利への道なのではないか。ここで死んでは、世界の中央《セントロ》を救う何者かになるという使命も果たされぬままになると、何度も考えた。

そして、何度も唇を噛み締めて首を左右に振った。

逃げた先に待っているのは、目の前の戦場以上の戦なのだ。この戦場を耐え抜けぬ者に、逃げ出した先の戦が勝ち抜けるとは到底思えない。そしてそれ以上に、共に戦う兵を捨てて逃げることに耐えられなかった。

「この街の太守《アミール》は私です。いくら父上のお言葉でも従うことはできません」

「その強情《ごうじょう》は誰に似たのか分からぬが……」

アイダキーンがそこで言葉を切った。

ちらりと父の方を見ると、壁から身体を離し、身体を戦慄《わなな》かせている。その視線の先を見た瞬間、二の腕に鳥肌が立つのを感じた。

黒い狼煙が一筋、南の空にまっすぐ伸びていた。そして、すぐに新たな狼煙が二筋上がる。

「……父上」

「慌てるな。慌てず、全兵に戦備えをさせよ」

父の声が震えていた。

救援軍の攻撃は明朝。南ということは、ダッカを脱出したバイリークの軍ということなのか。それともカイエンが南からの攻撃を偽装しているのか。一つ確かなことは、あの狼煙の下にはバアルベクを解放しようとする軍がいるということだった。

心の底から湧き上がる希望が、身体の疲れを吹き飛ばしたようだった。麾下の百騎長《ミアーム》へ矢継ぎ早に指示を出したマイは、その間も敵の動きを見定め続けた。

敵も凡庸ではない。狼煙が何かの合図と気づいたのだろう。三万の兵を内城の攻囲に残し、残る二万を城外へ布陣させたようだった。敵は内城に残った三万をさらに二軍に分けた。一万ほどが三枚重ねの大盾を並べて内城を包囲し、残りは市街地に埋伏《まいふく》している。

見た瞬間、思わず漏れそうになった声を右手で抑えた。

敵の布陣は、明らかに外からの敵に対してのものだった。二万が城外で敵を迎え撃ち、そして城内に引き込む役割を担っている。そして引き込んだ敵を、市街地に埋伏した二万で挟撃する。

すでに百騎長《ミアーム》や十騎長《セリーム》などは気づいている。城壁の上で苦い顔をする者たちに、マイは兵を城壁の下で待機させるように指示した。

内城から見るからこそ分かることだが、ここからでは救援軍に伝える術がない。脱出しようにも、一万の攻囲はかつてないほど隙がない。レド海に通じる西側にも、敵の展開が始まっていた。

敵は、明らかに明朝の攻撃を見抜いている。

「捕虜となった兵から漏れたかもしれません」

苦渋の表情で呟く百騎長《ミアーム》に、マイは息を呑んだ。どのような方法で口を割らせたのか。

せめて、金品と引き換えであれば。歯を食いしばり、明朝総攻撃を敢行《かんこう》すると伝えた。強固な一万の包囲線を破り、援軍に合流する。勝機はそれだけだった。有無を言わせぬマイの言葉に、百騎長《ミアーム》たちが踵を鳴らした。

覚悟を決めるには短すぎる夜の闇が、東の空から淡く薄れ始める。

城壁の上で、マイは黄金の剣の柄を握っていた。土煙が見えれば、剣を抜く。全軍突撃の命を下し、マイもまた五百の騎兵と共に出陣する。

いつ来る——。

何度、唾を呑み込んだだろうか。剣の柄を握る掌が、じっとりと汗に濡れている。

太陽が天頂に昇る頃になっても未だ土煙はどこにも見えない。抜けるような青空に浮かぶのは、白い羽根を持つ渡り鳥だけだ。城壁の外へ逃れられぬマイたちを嘲笑うように、天高く舞い上がり、遥か海の向こうへと消えていく。

突如、敵影が動き始めた。マイは咄嗟に剣を抜き放った。

「……総員、城壁上へ」

城外へと布陣していた敵が城内へと戻り、そして埋伏していた二万の軍が内城の攻囲に厚みを作った。四方への索敵を終えたうえでの布陣であることは間違いなく、敵の動きが、援軍などいないことをマイに教えていた。

凄まじい喊声だった。

敵将は、今日勝負を決めるつもりだ。狼煙の合図を漏らしたであろう兵はどうなったのか。じくりと痛んだ思いを、マイは振り払った。

「私に、力を貸してください」

左右に並ぶ兵たちが、覚悟を決めるのを感じた。

敵の最前列に並べられていた大盾が、地響きを立てて伏せられていく。二十を超える衝車が近づき、そのすぐ後ろには無数の鉄火矢が用意されていた。火薬によって放たれる鉄製の矢は、直撃すれば十人を串刺しにするほどの威力がある。

鉄火矢によって城壁からバアルベク兵を追い落とし、衝車を接近させる。この十二日間なんとか凌いできた敵の攻撃だ。だが、これ以上は……。

五万の敵が、剣を抜いた。ここで殺す。残酷な雄叫びが聞こえるようだった。

援軍への期待がしぼみ、麾下の兵も戦意を失っている。狼煙は、こちらの希望を挫くための敵の小細工だったのかもしれない。投降した兵の言葉に、狡猾な敵将が絵図を描いたのだとしたら――。

「カイエン……」

支え合うと誓った友の名を呟き、マイは口を横に結んだ。

私は、ここで敗けるのか。

背中に感じる西日を熱いとさえ思った時だった。

細めた視界の中で、一筋の光が煌めいた。茜色の日差しの中で、その銀色の光はあまりにも強く輝いている。遥か遠く、敵の背後で白馬に跨り、俯きながら剣を抜く青年は、たった一人にすぎない。だが、マイは彼から目を離せなかった。

水平に構えられた白刃が、ゆっくりと天へと向けられた、その時——。

白刃にぶつかった強い西日が、千々に砕かれた。

銀色の髪が風に靡いた瞬間、青年の透き通った瞳がマイへと向けられた。五万の七都市連合軍が、雄叫びをあげてバアルベクへ前進を始める。振動する空気の中で、青年が微笑み、そして力強く頷いた。

白銀の剣が、まっすぐに振り抜かれた。

その瞬間、連合軍の後方から現れたのは、異常な速さを持った騎兵団だった。南北と東、三方から駆ける五千ほどの騎兵が、躊躇なく七都市連合軍に襲い掛かった。予期せぬ背後からの急襲に、敵が混乱している。

その中でも、青年自らが率いる騎兵団の強さは圧倒的だった。敵の分厚い攻囲を切り裂き、見る間に城壁へと近づいてくる。

先頭で駆ける青年がこちらを見上げ、剣を城門へと向けた。

迷う暇はなかった。

「門を開いてください！」

叫び、マイは腕を振り上げた。

現れた青年が味方であるという確証はない。だが、向けられた透き通った瞳には、邪なものは感じられなかった。その直感を、マイは信じた。

巻き上げ式の城門が縦に開かれる。

百騎ほどが飛び込み、残る騎兵団は反転して敵へと襲いかかっていく。崩れた城壁を乗り越えた兵が、染み出した水のように城内を駆け始め、すぐに奔流となった。騎兵が敵を引き裂き、数万を超える歩兵が、三方から敵を挟撃している。

一瞬にして傾いた形勢から目を離せずにいたマイは、ゆっくりと近づく革靴の音に気づいた。

城壁の上に現れたのは、先ほど騎兵団を率いていた青年だった。

歳はマイと変わらないぐらいだろう。銀色の髪を風に靡かせ、濃紺の外套には白薔薇の紋章が刻まれている。それを身に着けることを許されるのは――。

口を開こうとした瞬間、青年が目にも留まらぬ速さで近づき、剣を振り抜いた。

触れただけで斬れそうなほどの白刃が、マイの右頬のすぐ横にある。息を呑んだ時、刃から赤い血が滴った。

「味方の中にも敵はいる……。草原の教訓です」

そう言って青年が剣を払った瞬間、背後で人が崩れる音がした。振り向いたマイの瞳に映ったのは、先ほどまで百騎長《ミアーム》として傍にあった者だ。だが、その顔はまるで被り物をしているように崩れていく。

「暗殺教団《ハシャーシン》の宣教師《ダーイー》が化けていたのでしょう」

銀髪をかき上げた青年が骸となった百騎長《ミアーム》の顔を掴み、思い切り引っ張った。現れたのは、鼻が削がれ、骨格だけとなった人と思えぬ貌《かお》だった。

「バアルベク太守《アミール》、マイ・バアルベク様ですね？」

「貴方はファイエル侯の？」

青年の頷きに、マイは抜いたままの剣を鞘に戻した。

「ファイエル侯麾下の騎士代《アルファーレス》。タメルラン・シャール・アルアルフィーと申します」

戦場を一瞥したタメルランが、剣を鞘に納める。七都市連合が四散し、潰走を始めているその光景は、十二日に及んだ籠城戦の終わりを告げていた。

「援軍、感謝します」

全身を包む安堵の中で口にした言葉に、タメルランが首を横に振った。

「礼には及びません。戦場を決したのは、バイリーク殿やクザ殿。私は狼煙の小細工をした程度です。昔から、兄の決めたことには、敵に知られても逆手に取るための仕掛けがあるのです」

「兄？」

視線を戻したタメルランが頷き、頼りになる兄ですと微笑んだ。

Ⅲ

黄玉色の双眸が、宵闇の中に光っているようにも感じた。

夜のカルス平原には、十五万のシャルージ・七都市連合が布陣し、その中央ではエフテラームが一騎、カイエンを見据えている。カイエンを討てる者がエフテラームの他にいない以上、それは必然の対峙だった。

口の渇きを自覚して、カイエンはシェハーヴとサンジャルに伝令を送った。八千ずつ率いて後退。この戦は、二人にかかっている。二人がカイエンの想定通りに動けば、この絶望的な戦場はバアルベク軍の勝利で終わる。

「エフテラーム・フレイバルツ……」

星降る夜空を覆う炎のうねりの下で、カイエンは斃さねばならぬ者の名を口にした。

麻の単衣を身にまとい、飾り気のない鉄剣だけを手にする姿は、到底戦場の将とは思えない。雪のように白い肌と抜きんでた美貌は、西方世界《オクシデント》出身者の特徴だった。力を持ち、そして故郷を失った者。どうしても重ねてしまうフランの面影を振り払い、カイエンは伝令を闇の中に走らせた。

戦場の中央は、バアルベク兵を覆わんばかりの炎によって煌々《こうこう》と照らされているが、左右の闇の中にはどれほどの敵が動いているかも分からない。二万を切ったバアルベク軍に対して、敵はいまだ十五万を超える兵力を有している。

「だが……正面からぶつかって勝つしかない」

麾下の二千騎を徐々に退避させ、カイエンは炎に照らし出された戦場に一騎残った。入れ替わるように、狼騎二百騎が背後に並ぶ。

詭計《きけい》はすでに破られている。

三人の諸侯《スルタン》が引き起こした大戦は、七都市連合軍に罅を入れるはずだった。軍神の異名を持つカイクバード侯につくか、それともアスラン侯とジャンス侯につくか。戦場よりも南の都市を根城とする太守《アミール》たちは、二つの選択肢を突きつけられていた。

七都市の将へ離間を仕掛けたカイエンの下に、三人までが連合から脱しカイクバードに与すると伝えてきた。過半には届かないが、敵を混乱させるには十分だった。

だが、その全てを狂わせたのは、エフテラームだった。

〈炎の守護者〉としての力をもって、七都市の将を力ずくで従えてみせたのだ。それ以来、エフテラームの指揮にあった甘さも消えている。

「俺は油断していたのか？」

エフテラームごときに苦戦していては話にならないと思っていなかったか。それを油断と言わずして、何と言うのか。

ファイエル侯の参戦とバアルベクの解放。バイリークからの急使が報せてきたのは、あまりに短い文章だった。敵に捕らえられることを恐れて暗号で記された書簡に、カイエンはすぐさま世界標準語《リンガフランカ》で返書をしたためた。

明朝、ファイエル侯率いる十三万の軍と、バアルベク太守《アミール》マイ率いる六万の軍による挟撃を要請した。十人の急使のうち、二人はシャルージ軍の斥候に捕捉されている。

エフテラームは鉄剣を抜き放ち、今もまっすぐにカイエンを見据えている。彼女も、この夜を決着の時と考えていることがひしひしと伝わってきた。

「始めようか」

そう言うや、カイエンは倒すべき敵以上に飾り気のない鉄剣を抜き放った。

天空に広がっていた炎が消し飛び、新月の平原に暗闇が広がった。

陣を魚鱗《ぎょりん》に構えたのは、間違いだったのか。

自分が踊らされているのではないかという疑念の中で、エフテラームは軍の綻びを繕《つくろ》っていった。光のない闇の中、シェハーヴとサンジャル率いる軍が、四方八方から鬣犬《ハイエナ》のようにこちらの陣を攻撃しては、離脱していく。闇の中でこれほど動けるのは、バアルベク軍の精強さを物語ってあまりあった。

再びの攻撃が味方の断末魔の叫びを生み出し、瞬く間にバアルベク軍の馬蹄が遠ざかっていく。

苛立ちを落ち着けるように目を閉じた。

こちらが圧倒的に優勢であることは疑いようもない。敵がどれほど獰猛で俊敏であろうと、守りに徹した十五万の軍を破ることは不可能だ。しかし、敵を追撃することはできていなかった。混成軍である味方が、この闇夜の中で追撃に転じれば、同士討ちとなる可能性が高い。

力を使えば戦場の視界は開けるだろうが、今はまだその時ではなかった。

「前衛を入れ替えなさい」

兵の損耗によって綻びの修復が難しくなった前衛を入れ替えるよう指示し、エフテラームは黒髪を左耳にかけた。

バアルベク騎士《ファーレス》の狙いは明らかだ。こちらを動かさず、味方の援軍を待つ。捕らえたバアルベク軍の急使が持っていた書簡を見た瞬間、敵将が望むことを見抜いた。見抜いたうえで、エフテラームはあえてカイエンが望む陣を敷いてみせた。

「欲しいのは時でしょう」

暗闇の中、どこかにいるであろうカイエンへ、エフテラームはそう呟いた。

四日前にバアルベクが解放され、そしてマイ・バアルベクとファイエル侯の間で同盟が結ばれたという報せは、シャルージ軍の密偵も同じ情報を伝えてきており、真実と考えて間違いない。だが、明朝の攻撃というのは明らかに虚報だ。

バアルベクから東に三十ファルス（百五十キロメートル）。英気に満ちた軍であれば四日で踏破できるかもしれないが、バアルベクに在るのは、半月以上の籠城戦を戦い抜いた兵と、ダッカからの連戦で疲労困憊《こんぱい》した軍だ。

籠城から解放されてすぐに行動を開始したとしても、間に合うはずがない。

同盟を結んだというファイエル侯にしても、八方位五十ファルス（二百五十キロメートル）に配置した狼煙部隊の報せはなかった。それら全てを考えれば、明朝の総攻撃はないと判断するには十分だった。

時が経てば援軍が到来するのは間違いないだろう。バアルベク軍は、それまでの時間を稼ぐ必要があるがゆえ、偽の情報を流して、守備に偏重した陣をエフテラームに取らせたのだ。シェハーヴとサンジャルの猛攻は、援軍が到着する明朝までシャルージ軍をここに釘付けにするという迫真の演技だ。

だが、その策を成功させるつもりはなかった。

動き続けていたバアルベク軍に疲弊を感じたのは、さらに十度の攻撃を撥ね返した時だった。

七都市の将に合図を送った。今から二回目の敵の攻撃に合わせて陣を動かす。十五万の軍の中に、わずかではあるが緊張が走った。演じることもできないのか。戦巧者のカイエンに見抜かれていないことを祈りながら、エフテラームはじっと息を殺した。

東西から同時に衝撃が来た。四千ほどのバアルベク軍騎馬だろう。銀の馬鎧をまとう騎兵団は、津波のようにも感じられる。だが、戦場を貫いた衝撃は、大盾を構える十五万の魚鱗を破壊するほどのものではなかった。敵が、束の間で反転していく。駆け去る音に合わせて、魚鱗の中から三千の部隊を八つ、蛸《たこ》が触手を伸ばすように突出させた。

暗闇は、こちらの動きをカイエンから隠す。

遠ざかった馬蹄が反転し、また近づいてきた。明らかに動きが鈍っている。バアルベク軍がぶつかった瞬間、触手を外に向かって駆けさせた。今までとは全く違う動きをとった味方に、敵が動揺するのを感じた。疲れからか、即応できていない。

外に駆けた触手が反転すれば、そのままバアルベク軍に対する包囲が完成するはずだった。

「全軍、敵を殲滅しなさい！」

ここで二人の千騎長《アルフーム》シェハーヴとサンジャル率いる兵を殲滅すれば、もはやカイエンには手の打ちようがない。沸騰するような血の滾りと共に、空中に巨大な火球を現出させた。闇夜に光が差し、戦場があらわになる。目に映った光景に、エフテラームは息を呑んだ。

包囲されたバアルベク軍の規模は、あまりにも小さかった。千騎ほどの小隊。残る一万七千はどこにいる。シェハーヴとサンジャルはどこに――。

首を左右させたエフテラームが見たのは、空気の歪みだった。

「カイエン・フルースィーヤ……」

左右の暗闇の中、視界がぼんやりと滲んでいる。そう思った時、無数の馬蹄と喊声がいきなり現れた。間違いなく、時を進める〈憤怒〉の力だ。先頭を駆けるサンジャルと、シェハーヴ。バアルベクが誇る二人の千騎長《アルフーム》が、こちらを見て吼えた。

「剣を抜け！」

エフテラームの叫び声にやや遅れて、三千の親衛隊が雄叫びをあげた。凄まじい闘争が広がった。その渦の中心で指揮を執りながら、エフテラームはカイエンを探していた。

火球を打ち上げた時から、その姿がどこにもない。この戦場にあって、唯一自分を殺しうる敵であり、自分しか対抗できない敵の姿が。

怒り狂う竜のように空中で渦巻く巨大な火球から、無数の炎が敵の中に降り注ぐ。鎧を焼き、敵を一瞬で蒸発させる。だが、エフテラームの力は、敵の勢いを止めるほどではなかった。今以上に規模を大きくすれば、味方を巻き込むことになる。

これでは、動けない。

そう思った瞬間、エフテラームは背中に冷たい汗が伝うのを感じた。

カイエンの狙いは、連合軍の足止めなどではない。

〈炎の守護者〉である自分一人を足止めするために指揮を執っていたのだとすれば――。

「道を」

傍に固まっていた二百騎をまとめ、エフテラームは先頭で駆け出した。水平に一閃した剣の切っ先から炎が溢れ、二百騎を覆い隠す。炎をまとった二百騎の先頭で、エフテラームはバアルベク軍を突破した。

二千八百の親衛隊は、敵の千騎長《アルフーム》の挟撃を受けている。

耐えよ。

頭上の大火球が十六の小さな炎の塊に分かれ、旋回しながら広がっていく。カルス平原エフテラームは歯を食いしばった。〈憤怒の背教者〉を相手にすれば、一瞬の隙が命取りとなる。

遥か遠くでタブクの騎士《ファーレス》ジャクマクの将旗が揺れ、そしてゆっくりと倒れた。

続けざまに、アムダリアの騎士《ファーレス》パシャの将旗が倒れ、七都市の軍を率いる者全ての将旗が倒れるまでは、ほんの瞬く間のことだった。背後でサンジャルとシェハーヴ率いる部隊が戦場を離脱していくのを感じた。追うべきか。脳裏によぎった考えを振り払い、エフテラームは全軍の後退を命じた。

一ファルス（五キロメートル）後退し、なだらかな丘の斜面に布陣した頃には東の空が明るくなっていた。激戦となったのは、シャルージ軍とバアルベク軍の戦闘だけで、全軍で考えれば兵の犠牲はそれほど出ていない。

副官の報告が数字から将の名に変わった時、エフテラームは天を見上げた。

朝が来た。ファイエル侯の援軍も、バアルベクからの救援すら、影も形もなかった。

将の犠牲は七名。二人の騎士《ファーレス》と五名の千騎長《アルフーム》。読み上げられた名は、それぞれが一都市の軍を率いる将のものだった。

「私は、力不足か……」

カイエンの狙いは、七都市連合軍の指揮官を強襲し、軍としての機能を失わせることだったのだ。

斜面に布陣する十五万余の味方の大軍は圧倒的に見えるが、そのうち十万ほどの七都市連合軍は率いる将を失った烏合《うごう》の衆だ。対して、平原に小さく、だが縦横に動けるよう布陣する一万八千ほどのバアルベク軍は、ガラリヤ地方屈指の戦巧者三人に率いられている。

こちらの動きを封じてくると見抜いておきながら、上回られた。完全なる自分の敗北だった。

「……どうすれば、あの男に勝てる」

眼下、七都市連合軍の様子が目に入った。将を失い、なすすべを失った者たちをそう呼ぶべきかも怪しい。今は成り行きでエフテラームの指揮下に入っているが、いつ逃げ出してもおかしくない者たちだった。逃げてしまうぐらいならば、いっそ死兵として、バアルベク軍もろとも灰燼《かいじん》に――。

炊煙の下で身体を休める兵に、エフテラームは思わず胸に手をあてた。

「それをしてしまえば、私は……」

こめかみを、汗が伝う。シャルージを護りたいという自分がいる。彼らもまた、故郷を護りたいと願い戦場に立っている。〈守護者〉としての使命に身を任せてしまうことは、この二年、シャルージを救おうともがいてきた己を否定することと同じではないか。

混乱する思考に、エフテラームは戦場から視線を背けた。

大軍の再編成を終えるまでに二日かかった。

七都市の連合軍を率いる将のうち、千騎長《アルフーム》以上の者は五名。だが、その五名には圧倒的に経験が不足していた。迷ったあげく、エフテラームは鍛え上げたシャルージ兵五万を、十万の連合軍の中へ配置した。動きが鈍くなるのは火を見るよりも明らかだ。そして、全軍を自分が指揮するために、〈炎の守護者〉として戦場を駆けることも許されない。

曇天の下、十五万の大軍が、彼女の号令を待っている。斜面の中央で騎乗するエフテラームは、心の中にたゆたう恐怖を、落ち着けようと目を閉じた。

一年半前、戦場でイドリースを失った。老いた師の首が戦場を舞った光景は、今でも覚えている。こちらはアイダキーンを殺そうとしていたのだ。殺し殺されるのが戦場であることは分かっている。

本当は気づいていたのだ。

イドリースの死は戦場にありふれたものであり、それ自体に怒っているわけではないと。

血が煮えるほどの怒りがあるのは、イドリースの死が、自分の戦の才が未熟だったがゆえに起きたからだった。眼光鋭き青年に、自分の才は及んでいなかったのだ。

アイダキーンの首を獲ることに気を取られたエフテラームの焦りを、カイエンは見抜いていた。エフテラームを庇《かば》うように突出したイドリースは、戦場に現れたカイエンによって討たれた。

この一年半のバアルベクの驚異的な伸長もそうだ。たった一人、バアルベクに現れた青年は、ラージンが成しえなかったラダキア、ダッカ併合を瞬く間に成し遂げた。新たな太守《アミール》のもと、機略縦横に動くバアルベク軍に、エフテラームは砂吹くシャルージの居館《サライ》の中で忸怩《じくじ》たる思いを抱いていた。

カイエン・フルースィーヤという青年は、自分にない巨大な才能を抱いている。一年半前、白薔薇の軍旗の下で少女の隣を駆ける姿を見た時から予感していた。この一年半で予感はより強まり、この一月の戦で確信に変わった。

軍を率いて戦えば、自分ではバアルベクの騎士《ファーレス》には勝てない。

目の前にいるのは一万八千ほどのバアルベク軍だが、クランス峠でバイリークを救い、バアルベクを解放したファイエル侯の援軍はすぐ傍まで迫っている。戦場に現れるのは時間の問題だった。

それでも、勝たねばならない。

シャルージ兵を七都市の連合軍中に配置したのは、エフテラームの覚悟でもあった。

故郷が滅び、居場所を失ったエフテラームを迎え入れてくれたのは、シャルージという都市だった。砂の吹く断崖の街は、剝き出しの命を感じさせる。人が生きていることが不思議なほど苛酷な環境で生きる民は、エフテラームに笑顔を取り戻させようと祭に連れ出し、凍える夜には温かなスープをそっと手渡してくれた。

力を持つ自分を孤独に陥れたのは人だ。だが、孤独を癒やしてくれたのもまた人だった。自分が指揮する者たちは、決して見捨てない。〈守護者〉としての使命など、関係あるものか。人を、彼らを護るためであれば、私は――。

遠く西の地平線に立ち上る砂埃に、エフテラームは黄玉色の瞳を光らせた。

Ⅳ

シャルージ騎士《ファーレス》の迷いが、遠くカイエンまで伝わってきた。

十五万に達する大軍の左右両翼を、大きく広げて力押しに押してくる。エフテラームが勝負を焦っているのが手に取るように分かった。信頼に足る将がいないためか、全軍の指揮をエフテラームが執っているのだろう。動きは単調で、いなし続けることは難しくなかった。

シェハーヴ率いる五千騎が敵を断ち、生じた隙にサンジャル率いる歩兵一万が機敏に後退する。バアルベク軍を押し包もうとする動きを、完全に封じていた。

「……やはり、優しすぎるな」

後退する狼騎の中で、カイエンは小さく呟いた。

七都市の将が討たれた時点で、エフテラームは七都市連合軍を死兵として使うべきだった。バアルベクを解放したファイエル侯の援軍とバイリークの到着を待ち、七都市連合軍をぶつけたところに、一都市を灰燼にするほどの炎の海を叩きつければ、勝負は決まった。〈憤怒の背教者〉の力をもってしても、覆しようがなかっただろう。

勝負に徹しきれない。戦場の将としてはあるまじきことだ。だが、その甘さを嫌いになれない自分がいるのも事実だった。エフテラームは、人を救おうとしているのだ。

右手から敵の二千ほどの騎兵が迫っていた。

「狼騎。構え」

言い放ち、カイエンは先頭で駆けた。ぶつかると同時に、敵を二人斬り落とした。二千騎を断ち割り、その片方をさらに二度突き抜けた時、敵は潰走し始めていた。狼騎は一人も欠けていない。

新手が怯えたように後退するのを見ながら、カイエンは全軍の後退を命じた。

今朝方から上り始めた砂煙の壁は、もうすぐ目の前に迫っている。バイリークと、ファイエル侯麾下の将が率いる軍と合流すれば、その時点で反転し攻勢をかける。それで勝負は決まる。

もしもイドリース並の将が一人でもいれば違ったのだろうが。

一年半、たった一人でシャルージを背負ってきたエフテラームを、カイエンはただ惜しいと思った。バアルベクにはマイ・バアルベクがいた。カイエンはその剣として、軍を磨き上げれば良かった。二人、支え合ったからこそ、ラージンすら成しえなかったダッカ、ラダキア併合も成し遂げられたと思っていた。

エフテラームは、太守《アミール》を失ったシャルージの太守代《アルアミール》として政を一手に担い、騎士《ファーレス》として軍を率いてきたのだ。一人で負うには、重すぎるものを背負っている彼女に、草原の友が重なるようで——。

背後を一瞥したカイエンは口元を結び、正面を向いた。

レドア砂漠と呼ばれる起伏の激しい砂海は、バアルベク軍の調練の場でもある。三ファルス（十五キロメートル）四方に及ぶ広さは、砂漠としては小規模なものだが、そそり立つ砂の壁は迷路の役割も果たしており、知らぬ者が入り込むと道を失い餓死することもある。

もう一度、背後に迫る大軍を振り返り、カイエンはレドア砂漠へ飛び込んだ。

砂の中を一ファルスほど進んだ時、不意にエフテラームが軍を止めた。外縁からでは見えなかった起伏の激しさに、危機感を覚えたのだろう。狭いというほどではないが、十五万が動くには不自由な隘路《あいろ》だ。

カイエンは全軍に臨戦を命じた。

馬を進め、先頭に出る。その光景は、圧巻だった。敵はこちらの十倍に近い大軍なのだ。

向き合うだけで圧倒されるものがある。だが、敗けるとはもはや微塵も思わなかった。左右に長く延びる砂丘の狭間に満ちた敵に、剣を握り締める。

「サンジャル、シェハーヴ。共に待機」

二人とも、戦況は分かっている。レドア砂漠で幾度となく繰り返した調練だった。正面に立つエフテラームが、覚悟を決めたかのように天を仰いだ――。

不意に右の砂丘に軍影が現れた。黄色の旗が一旒、また一旒と増えていく。時を置かずに、左の砂丘にも白色の旗が上がり始める。包囲されたことを悟ったのだろう。敵の動揺が伝わってきた。

だが、その動揺はカイエンもまた同じくするものだった。

この地での挟撃は、何度も調練で繰り返してきたことだ。ただ、旗を掲げよと命じたことは一度もない。今度は黄色の旗の奥に赤色の旗が現れた。

「この旗は……」

喉が張り付くような感覚だった。記憶の奥底にある懐かしい光景だ。赤色の次に現れるのは、藍色の旗。目を細めた瞬間、白色の旗の奥で、記憶をなぞるように藍色の旗が次々に翻り始めた。

かつて四百の草原の民を率い、千二百に達する盗賊の討伐を命じられた時のことだ。同じように起伏の激しい草原の中で、敵を降伏させるために取った策だ。四色の旗が、こちらの軍勢を多く見せ、敵を萎縮させる。

「全兵、武器を収めなさい」

砂丘の上で、亜麻色の髪が風に揺れていた。

一月ぶりのマイ・バアルベクの声は、身体の奥底にあたたかい感情を生み出すようで、戦の終わりを告げるものでもある。

だが、マイの隣に騎乗する男の姿に、カイエンは衝撃を受けた。

陽光を撥ね返す銀色の髪が風に揺れ、その姉とよく似た表情で微笑みを向けている。少しばかりやつれたせいか、二年前の小生意気な色は薄れ、大人びた顔つきになっている。

銀髪の青年が剣を振り上げた。

「ファイエル侯より遣わされた騎士代《アルファーレス》、タメルラン・シャール・アルアルフィーです」

記憶の中の声よりも、やや低い。その成長に、胸が締め付けられるようだった。

千金の者《アルアルフィー》という名は、タメルランもまたこの地に奴隷として売られてきたということだろう。一般に銀貨八十枚ほどで贖われる軍人奴隷としては、破格の値だ。並の太守《アミール》に出せるような金額ではなく、その名は、諸侯《スルタン》麾下という言葉に確証を持たせるものだった。

シャルージと七都市連合軍が左右の軍勢を見上げ、固唾を呑む。どれほどの数がいるのか分からない。タメルランの指揮によるものなのか、バイリークによるものかは分からないが、巧みな見せ方だった。

「諸侯《スルタン》の御名の下に告ぐ。今この時より、バアルベク、シャルージ双方の刃を血に濡らすことを禁じます」

それは、戦《いくさ》の民四人の諸侯《スルタン》にのみ認められた勅令だった。従わねば敵対と見なされ、侵攻の大義名分となる。大乱続く世界の中央《セントロ》にあって有名無実化した制度でもあるが、エフテラームは意味あるものと捉えたようだった。

タメルランがこちらを一瞥し、視線をシャルージ軍へと向ける。十五万の大軍の中で、シャルージの騎士《ファーレス》もまたタメルランを見上げている。マイが小さく頷いた。

分かっている――。

目線でそう答え、カイエンはこの一月で重くなった鉄剣を鞘に納めた。

「シャルージ太守代《アルアミール》エフテラーム・フレイバルツ。バアルベク騎士《ファーレス》カイエン・フルースィーヤ。単騎、中央へ進み出よ」

威厳に満ちたタメルランの言葉に、思わず頬を引き締めた。

〈守護者〉と〈背教者〉。対立を宿命づけられた者が向かい合えばどうなるのか。

一騎、両軍が向かい合う砂の大地を進むカイエンは、正面から近づいてくるエフテラームの表情に、おやと思った。

エフテラームにとって自分は僚友を殺した仇であり、シャルージを狙う大敵であるはずだ。だが、その顔に滲む諦観の中には、どこか清々《すがすが》しさを感じさせるものがある。

近づくにつれ、黄玉色の瞳は鋭さを増し、口元の小さな黒子《ほくろ》さえ見える距離になった時、エフテラームが目を閉じた。耳を澄ますように顔を傾け、瞼を開く。

「一年半前、私はバアルベクの騎士《ファーレス》ラージンを討ちました」

エフテラームの言葉に、カイエンは小さく頭を下げた。

「戦場でした」

互いに謝ることはない。謝れば、死んでいった戦人への侮辱《ぶじょく》になることを知っている。戦場での必定《ひつじょう》を、互いに確かめ合っただけ。どちらに非があるわけでもない。あるとするならば、時代にだろう。

その言葉で、彼女が話の通じる相手であることが分かった。エフテラームも同様に感じたはずだ。わずかに肩が下がり、その頬がほんの少し綻んだ。

「こうして話すのは初めてですね」

差し出された右手を、カイエンは握り返した。

一年半前、彼女の目の前に立ったカイエンを、エフテラームは若人《わこうど》の無謀と切って捨てた。思い出したのか、エフテラームの瞳は遠くを見ているようだった。

「あの時は、これほどの器になるとは想像もしていませんでした」

「たいしたものではありません。貴女の力を前にして、俺は今もまだ震えています」

小刻みに震える左手を挙げてみせると、エフテラームの瞳がわずかに見開かれたようだった。

「俺の旅は、〈守護者〉の力によって、全てを奪われた場所から始まりました」

「……東方世界《オリエント》の覇者《ハーン》」

エフテラームの呟きに、カイエンは頷いた。

「〈人類の守護者〉。伝承によれば、〈守護者〉の王とも言われているようですが、エルジャムカの悍ましい力は、俺の目の前で三万もの同胞を殺し尽くした。力のなかった俺はそこで敗れ、世界の中央《セントロ》まで売り飛ばされてきた。貴女は、覇者《ハーン》に比肩する力を持っている」

「今の貴方も、対をなす力を持っているでしょう」

「ええ。しかし、力を持ったからこそ、俺は怖いのです」

怪訝な表情をするエフテラームに、カイエンは拳を強く握り締めた。

「〈背教者〉の使命は、〈守護者〉と対立することにある。七人の〈守護者〉が人を滅ぼさんとすれば、〈背教者〉は人を護るために〈守護者〉を殺す。七人が人を護ろうとするならば、俺たちは人を滅ぼすために〈守護者〉を殺そうとする」

対を成すことが宿命づけられた者同士であるからこそ、カイエンはエフテラームと対峙することを恐れていたのだ。〈守護者〉を前にすれば、理不尽な宿命のままに、エフテラームを殺してしまうのではないか。

「俺の愛した人も、〈守護者〉でした」

エフテラームが空を見上げるのを感じた。

宿命は、いずれ向き合うことになるであろう、銀色の髪の乙女との結末でもある。その結末を知りたくなかったがゆえ、シャルージへの侵攻を無意識のうちに避けていたのかもしれない。

「今も、耳の奥で何者かが囁いています。力を持つ敵を滅ぼせと。呻くような声です」

その声は、ラージンがエフテラームに敗れた時、カイエンを救った声でもあり、そしてカイエンを絶望へ導くかもしれないものでもある。

「……パルミラ平原で、私を突き動かしたのは〈守護者〉の定めでした」

エフテラームが歯を噛み締め、不意に頭を深く下げた。シャルージ騎士《ファーレス》の遥か後方で、彼女の率いる兵たちが目を見開いている。

「もしあの時、カイエン殿の力がなければ、私は自らの手で、護ろうとしたものを滅ぼしていたはずです」

顔を上げたエフテラームが、黒髪を左にかき上げた。

「シャルージの民を護ると決めた時から、私に囁く声は、小さくなったように思います。今、こうして滅ぼすべき貴方を前にしても、私は冷静を保っていられる」

エフテラームの言葉が、カイエンの鼓動を徐々に、だが確かに強くしていくようだった。

エフテラームは、滅ぼすべき人の命を願った。

もし、彼女もそう願うならば、力を向け合わずに済むのではないか。確証も何もない。だが二年前、バアルベクの夜に恐れ、悶えていた頃に比べれば大きな前進に思えた。人の命を願う者とであれば、手を取り合えるのではないか。

拳の震えが小さくなり、止まった。

「エフテラーム殿――」

「その話の続きは、我が引き継ごうか」

不意に聞こえてきた言葉に、エフテラームが視線を動かし、カイエンもつられるように左手を見た。

騎乗した三つの影が、近づいていた。後方の二人は見知った顔だ。マイ・バアルベクはカイエンの無事に安堵の表情を浮かべ、タメルラン・シャールは驚いたでしょうと言わんばかりに頬を吊り上げている。

声の主は、見事な葦毛を颯爽と乗りこなす騎士だった。おもむろに兜を脱ぐと、茜色の長髪がこぼれてくる。マイたちの恭《うやうや》しげな態度を思えば、その騎士こそがそうなのだろうが。エフテラームの驚愕と同様、自分も似たような表情をしているだろう。マイに求婚した王子だと聞いていたが——。

頭を左右に振る騎士が、にこりと笑った。

「ファイエル・シェード・ヤヴズ。この戦を終わらせに来た」

「ファイエル……侯？」

エフテラームの呟きに、ファイエル侯が肩を竦めた。

「我の名を知った者はすべからくそのような表情をする。だが、よいさ。我が風説を否定してこなかったことにも因はあるのだろうからな」

独り頷くと、ファイエル侯が背後のマイを一瞥した。

「ヤヴズ家の白薔薇紋を掲げる許しを与えたことが膨らみ、そうなったのであろうが」

ファイエル侯がカイエンとエフテラームを順に見つめ、力強く頷いた。

「シャルージ騎士《ファーレス》エフテラーム・フレイバルツ。バアルベク騎士《ファーレス》カイエン・フルースィーヤ」

華やかさの中に、荘厳な気配が滲む。

「南のアクロムでの戦は、カイクバード侯による勝利をもって終わった。軍神の名にたがわぬ、圧倒的な勝利であったという」

自然と、うなじの毛が逆立った。

四人の諸侯《スルタン》による均衡は、三人の諸侯《スルタン》とカイクバード侯との対立によって保たれていたといってもいい。三方向からの攻撃を考えれば、カイクバード侯も容易には動けなかった。だが、アスラン侯とジャンス侯が興した北征軍によって、カイクバード侯は多方向からの攻撃を考えずに済むようになったのだ。カイクバード侯の侵攻は当然であり、その勝利の報告が来るのも遅くはないと思っていた。

「予測していたようだな」

ファイエル侯の言葉に、カイエンは頷いた。

「カイクバード侯の軍勢は今どこに？」

「アクロム平原に巨大な城塞を建造し、並行してアスラン、ジャンス両諸侯《スルタン》の領土平定を進めている」

「では、しばらくの猶予はありそうですね」

「東の間であろうがな。カイクバード侯の目的は、間違いなく東方世界《オリエント》の覇者《ハーン》と戦うことだ。二人の諸侯《スルタン》の領土平定に目途がつけば、すぐに北進してくる」

ファイエル侯がここに現れた理由は一つだろう。バイリークを救い、なおかつバアルベクを解放するなど、ただの好意ではありえない。目の前の清冽な諸侯《スルタン》が姑息な罠を用意しているとは思えないが、人は見かけによらないことを草原で思い知っていた。

「ファイエル侯は、俺とエフテラームの力をもってして、カイクバード侯と戦おうとされているようですが、同じ諸侯《スルタン》同士、目的も東方世界《オリエント》の覇者《ハーン》に抗するため、話し合いによって手を結ぶことはできないのでしょうか？」

カイエンの言葉に、ファイエル侯が苦笑した。

「タメルラン。そなたの兄は、まことに抜け目のない男のようだな」

銀髪の青年がこめかみを掻き、カイエンから視線を背けた。

「まあよい。カイエン。そなたの言葉、もっともなことだ。手を結べるのであれば、それに越したことはない。だが、それは無理というものだ」

「なぜです？」

「そなたが世界《セント》の中央《ロ》に来て二年ほどか。その間、カイクバード侯が戦場に立つことはなかったゆえ知らぬであろうが……。侯は、戦わずして手を握ることはない」

「どういうことです？」

「そのままの意味だ。一度戦い、認めた者としか侯は手を結ばぬ。もしも我らが同盟を望んだとしても、戦うことは避けられまい」

愚かな、と呟いたカイエンに、ファイエル侯が肩を竦めた。

「それが軍神と呼ばれる男だ」

ファイエル侯の言葉は、カイクバード擁する二人の〈背教者〉、〈怠惰〉と〈悲哀〉との戦いは避けて通れぬことを意味していた。〈炎の守護者〉と〈憤怒の背教者〉。人ならざる力で考えれば拮抗する。残るは、軍神と呼ばれるカイクバード侯本人をいかに抑えるかだが――。

「太守《アミール》よ」

不意に話しかけられたからだろう。背筋を伸ばしたマイに、カイエンは息を吸い込んだ。

「バアルベクは、ファイエル侯と盟を結ぶのですね？」

風が吹き、マイの亜麻色の髪を揺らした。だが、その鳶色の瞳はわずかも揺るがなかった。

「はい。救われた恩義もありますが、それだけではありません。民の平穏は、戦を望むカイクバード侯では叶わない。私も……そう思うから」

言葉を切り、まっすぐにこちらを見つめる主に、カイエンは一つ頷いた。共に戦うと決めた彼女が信じるのであれば、その決断を信じるのが自分の道だった。

「ならば、瀛《うみ》の民へ使者をお立てになってください」

その言葉に、ファイエル侯が息を漏らし、タメルランがにやりとした。

シャルージとの開戦前から考えていたことだった。瀛《うみ》の民は世界最大の軍船を保持する海洋国家であり、地理を考えても、南海に面するカイクバード侯の領土を直接叩くことができる。瀛《うみ》の民が動かずとも、使者を送ったという事実だけで、カイクバード侯は後背《こうはい》を意識しなければならないだろう。

手をたたいたファイエル侯が一騎、両軍から見える場所に進んだ。

遠く声の聞こえない場所で、自分たちの運命を握る会談を見守っていた兵たちの空気が、一気に張り詰めた。

シャルージ、バアルベク両軍を見渡したファイエル侯が、剣を青空へと突き上げた。

終戦の合図だ。

直後、レドア砂漠に巨大な歓声が響き渡った。

V

男の横顔は、苦渋に満ちていた。

目の眩むような西日が、広大なアクロム平原に差している。立ち上る炊煙は、数えることが億劫《おっくう》になるほど多く、空から地上を見下ろす大鷲の目には、平原が燃えているようにも見えるだろう。

平原を北へ行けば、バアルベクを筆頭とする四都市のあるガラリヤ地方へ通じ、東へ行けば、アスラン侯とジャンス侯の領土が広がっている。

「いや、諸侯《スルタン》だった者どもの、と言うべきか」

城壁の上で、平原を見下ろすカイクバードは呟いた。代名詞とも言える竜の仮面は、濃紺の外套の肩にぶら下がっている。齢《よわい》、三十八。艶のある黒髪に交じった一筋の白髪は、彼をどこか人理の外に生きる者のようにも見せる。

軍神の呟きに、左右一ジット（五十メートル）離れた場所に立つ護衛二十名が顔を強張らせた。彼らの視界に映るのは、今もなお死屍累々たる平原から、十万を超える亡骸が荷車に載せられ、運ばれていく光景だった。

十万を超える死者を出して、二人の諸侯《スルタン》は敗走していった。

平原に残された死者は、放置すれば腐り、疫病のもとにもなるため、カイクバードの命令の下、土葬が進められている。この男の面白いところは、軍神と呼ばれる者の情けなのか、敵であった者の墓標にも、分かるかぎり名を刻ませていることだろう。

カイクバードを形容する言葉は、実に豊富だ。

冠絶《かんぜつ》たる戦の才は軍神と呼ばれ、人並み外れた巨軀が持つ武勇は、獅子王《ししおう》とも呼ばれる。味方から向けられる称賛の数に倍して、敵からは憎悪の言葉を向けられてきた。死神、厄神、戦狂い……。その数と所以《ゆえん》となった事績をまとめれば、一冊の史書ができるとも言われるが、その中には一つたりとも弱さや怯懦《きょうだ》をあげつらうものはない。

生涯無敗。

若い頃から放蕩《ほうとう》を重ねてきた彼は、重臣たちから幾度となく叛旗を翻されてきた。十六で飾った初陣も、重臣と結託した弟との後継者争いであった。攻め寄せる七万八千の軍勢を前に、彼はたった九千騎のみで出陣し、そして史上類を見ない圧倒的な勝利をしてみせた。

父の前に弟と重臣八名の首を投げ出したカイクバードに、父は諸侯位《スルタン》を譲ることを承諾したという。以来、九十八度に及ぶ戦陣に立ち、その全てで圧倒的な勝利を摑み、そして戦いの果てに降った者の全てを赦してきた。

アクロム平原に残る戦の跡に、カイクバードは嘆息した。

「リドワーンかスィーリーンか……それともカイエン・フルースィーヤか」

目に入れても痛くないほどの息子と娘の名、そしてバアルベクに現れた新たな騎士《ファーレス》の名を呟き、カイクバードは首を横に振った。

親という者の脆《もろ》さは、この歳になって初めて知ったことだった。リドワーンやスィーリーンの前では勇ましき不敗の英雄を演じている。だが、二人の行く末を思えば、立っていることも難しいほどに心かき乱される。

自分も、弟の首を前に狂乱した弱き父と同じではないか。

「これが、強さを求めた報いだというならば、余は誰を恨めばいい」

いっそ、西日の強さに目が焼かれてしまえば、この世界の行く末を見ずに済むと思った。

だが、太陽は、カイクバードの使命を奪うことを拒むように、遥か地平線上にとっぷりと消えた。

その伝承を聞いたのは、六年前のことだった。

螺旋のように繰り返されてきた〈守護者〉と〈背教者〉の物語を探し、あまねく世界に人を送り込み、時にはカイクバードが出向き、藁《わら》にも縋る思いで話を聞いた。

記憶の中にあるそれは、雪すさぶ藁葺《ぶ》きの小さな社《やしろ》だった。

土の上に敷かれた筵《むしろ》に横たわる老婆は、世界《セントロ》の中央を遥か北へと越え、北原の道《アイスロード》を逸れた雪深い集落で巫女《みこ》としての生を終えようとしていた。土の床に焚かれた炎の向こうで、カイクバードとその背後に立つ十四、五歳の二人の子供を見た老婆は、震える声で、酷な運命を抱いたものよと呟いた。

子供たちを近くの屋敷へ預けたカイクバードは、改めて一人その老婆と向かい合った。雪の吹きすさぶ外の寒さと、土の地面のじわりとした温かさはいまだに肌が覚えている。

口周りに黒い刺青をした老婆は、深い皺《しわ》を歪ませて〈背教者〉の定めを語った。

〝〈背教者〉の使命は、〈守護者〉の王を殺すことにある。じゃが、〈守護者〉の王は、一人の〈背教者〉だけでは決して殺せぬ〟

焚火の弾ける音すら耳に残っている。

〝〈背教者〉の力は受け継がれていくものじゃ。主《ぬし》も力を求めて、子供らに力を継がせたのであろうが、馬鹿なことをしたものよ。〈背教者〉の力は三つ。その全てを手にした者だけが、〈守護者〉の王を殺すことができる。そして、彼の王を殺さねば、〈背教者〉たる者は王に必ず殺される。それこそが、繰り返されてきた人ならざる者たちの史よ〟

老婆の口からこぼれる言葉によって明かされた己の愚行に、カイクバードの視界が揺れていた。

いかにすれば、子供たちを殺さずに済む——。

己のものと思えぬほどの情けない声を、カイクバードは恥ずべきものとは思わなかった。だが老婆の目に光ったのは、どこまでも冷徹な光だった。

〝哀れなのは生まれた時代じゃ。〈守護者〉の王たる力が、人の王たるべき者の手に握られたのは、初めてのことと言ってもよかろう。我が一族に伝わる連綿《れんめん》たる史の中でも稀有《けう》な時代——〟

老婆の瞳から、光が弱くなった。

〝絶望の時代じゃ〟

吹き込んだ冷たい風に、焚火が消えた。

〝主は選ばねばならぬ。人を護るか、人を滅ぼすか……。じゃが、どちらを選ぼうと、主は子を失うであろうよ。一人を失うか、二人を失うか。したが戦《いくさ》の民の強き人よ。そう怯えるような顔をするではない。共に滅ぶという道もあろうて。人の王たる者が、〈守護者〉の王の力を手にしたのじゃ。これまでにない結末が待っておるやもしれぬ。史を紡ぐ我が一族も、儂で終《しま》い。これもまた運命が定めたことよ〃

身じろぎ一つできなかった。語り終えた老婆が死んでいることに気づいたのは、焚火の炎が消え、座る地面が風に凍えた時だった。

いつの間にか、夜空に星が瞬いていた。

城壁の上から見渡せる平原は昏《くら》く、どこまでも広がっている。カイクバードは、左右の護衛に散るように命じ、遥か北へと目を向けた。

老婆の言葉は、少し前までは戯言に過ぎなかった。いや、そう思い込もうとしていたのか。だが、二人の子供の運命を覆そうと世界を旅する中で、カイクバードはその意味を理解していった。

人の王たる者が、〈守護者〉の王となった。東方世界《オリエント》を制した覇者《ハーン》を遠目に見た時、全てを理解した。

「余は……」

呟きが、流れる星と共に消えた。

諸侯《スルタン》として戦《いくさ》の民を護ろうと思うのであれば、自分はエルジャムカ・オルダを斃さねばならない。だが、〈守護者〉の王を殺すには、全ての〈背教者〉の力を誰か一人が継ぐ必要がある。

〈悲哀〉のリドワーンか、〈怠惰〉のスィーリーンか、それとも〈憤怒〉のカイエンか。

おののく拳に、カイクバードは唸り声をあげた。

「……余は、諦めぬ」

人理を外れた力など知ったことではなかった。人の身のままに、最強の名を冠してきたのだ。〈守護者〉の力を持った者を、長い闘争の果てに殺したこともある。エルジャムカと言えど、人であることは間違いない。であれば、最強である自分が殺せぬ道理があるはずがないではないか。

この数年、何度も自問し、自答してきた言葉だった。だが、もしも選ばねばならなくなったとしたら――。

いつの間にか、拳から血が流れていた。

北の戦が決着したことは、伝令が伝えてきていた。ファイエル侯が仲裁し、バアルベクとシャルージは結んだという。彼らが盟約を結んだとなれば、その軍の規模はこちらに匹敵する。だが、カイエン・フルースィーヤに求めるものは、手にする勢力の強大さなどではなかった。

人として戦に、勝ってこそ……。

血塗れの拳をほどき、カイクバードは北極星《アルシャマーリ》へと掌を重ねた。

「だからこそ、余はお主を試そう。英雄であると証明してみせよ、カイエン・フルースィーヤ。さもなくば、余は……」

民を救えぬのであれば、二人の子供たちを犠牲にするつもりはない。お主にそれが成せぬというのであれば、滅びてしまえばいい――。

夜空に背を向け、カイクバードが新築された居室に帰ったのは、朝日が滲む頃だった。

その日、カイクバードの下から放たれた使者は、ジャンス侯軍を討滅《とうめつ》したスィーリーンの下へ駆け出して行った。命令はたった一つにして、明快なものだ。

軍神の裁きが、シャルージ騎士《ファーレス》へ降ろうとしていた。

Ⅵ

帝国に四季はなく、一年を通して雪が舞っている。

大理石が敷き詰められた正方形の広場に、薄く雪が積もっていた。二ジット（百メートル）四方の広場の中央には踏み台が二つ。踏み台に乗った人の丁度首のあたりに、輪の作られた丈夫な縄が垂れ下がっていた。

老いた痩身の男が一人、灰色の聖衣をまとい、凍える風の中をゆっくりと進んでいる。そのすぐ後ろには、鎧姿の壮年の男が腰から血を流し、執行人の肩にもたれかかるように進んでいた。

ウラジヴォーク帝国の広大な首都アレクシン。円形に広がる帝都の中心には、四つの球形の塔を持つツァーリセロ宮殿が聳《そび》え、首都南端の黄金の門から宮殿までの道は、殉教《じゅんきょう》者《しゃ》の道と呼ばれている。

誰がそう呼び出したのかについては諸説あった。

されるたと世界《セントロ》の中央に位置する聖地バルスベイの奪還を大義名分として、百七年前に興されたとされる聖地回復軍《クルセーダー》が出陣した道だ。拝火教第七代教皇ユスティナによって唱えられ、ウラジヴォーク帝国初代皇帝に率いられた帝国軍は、残る西方世界《オクシデント》十一の国家の軍を合わせた四十万余の大軍で世界《セントロ》の中央へと流れ込んだという。

史上類を見ない大戦は、両者の勝利宣言によって、史書に勝者の名が記されてはいない。だが、バルスベイを奪還すること叶わず、わずか二千四百の兵に護られて帰還した皇帝の姿を見れば、史書が誰に忖度《そんたく》したかは明白であろう。

殉教者の道とは、多くの民を犠牲にして逃げ帰ってきた皇帝の姿に、誰とも知らぬ民の一人が言い出したことに始まったというのが有力な説である。

銀色に光る日の光が殉教者の道を照らし、今まさに百余年前と同じく、至高の位にある男へ屈辱を与えようとしていた。

広場を囲む民は、つい昨日まで自分たちを鞭打ち唾してきた皇帝があれほど貧相な男だったのかと驚愕し、短い息を吸っては吐いている。千余の群衆の静かな熱狂とは対照的に、大理石の上を裸足で歩く老人の瞳は、どこまでも冷たく底光りしていた。

雪解けなどないことを、老人は深く知っているのだろう。

為政者と民、それぞれの瞳に映るものはあまりに違う。才や能力がその視界を変えるのではない。立場が、変えてしまうのだ。拳を握り締め、群衆に紛れて立つアルディエルは、処刑台の正面に立つヴォロダレドへと視線を向けた。

若く野心に燃える瞳をしている。北の山岳地を本拠とするポロヴェッツ族、トルク族、レンディ族をまとめ上げ、自身と母を辺境の地へ幽閉した父と兄と争い、ついにはウラジヴォーク帝国の帝位をその手中にした男だ。

辺境のそこそこ裕福な領主として、一生を保証されていたヴォロダレドと出会ったのは、ほんの三カ月前のことだ。雪原に駆ける雪鹿《トナカイ》に頬ずりして、その日の食べ物に感謝するつつましやかな暮らしの中で、青年は朗らかに笑ってアルディエルたちを迎え入れた。

人は、これほど容易く変わるものなのか。

今、絞首台に向かう父と兄を見つめるヴォロダレドの瞳には、三月前の心根の優しさは微塵も感じられない。ただ、卑賤《ひせん》の身というだけで母を辺境へ追いやった男への復讐心と、数瞬後の血を期待する残酷な光に満ちている。

もしかしたら、自分も同じ目をしているのかもしれない。知らず知らずのうちに、あの男と同じような――。

恐ろしさが胸の中に波打ち、アルディエルは思わず新しき皇帝から目を背けた。

いつの間にか、肩で息をしていた。案じるように両側から近づいてくる聖堂騎士団《テンプルナイツ》の団員二人を目で制し、アルディエルは深く息を吐いた。

老人と壮年の男が踏み台の上に立たされたのだろう。木製の踏み台の軋みが、耳障りな音を立てた。

銀色の長い髪を風に流す乙女は、遥か高くにそびえる尖塔の窓際から広場を見下ろしている。遠くなってしまった距離に、アルディエルは拳を握った。彼女がどんな表情をしているのか、ここからでは見えない。しかし、おそらくいかなる感情もないのだろうと、アルディエルは広場に背を向けて歩き出した。靴売りと思しき傍の男が、最高の演目を見ない奇特な男に怪訝な目を向けている。アルディエルは鼻を鳴らし、足早に広場を離れた。

爆発するような歓声が聞こえてきたのは、百歩を数えた時だった。束の間歩みを止め、再び歩き出した。

この惨劇は、フラン・シャールの力によって引き起こされたものだ。〈鋼の守護者〉の力と、力によって従えた軍を率いた自分によって――。

そして、帝位簒奪《さんだつ》は西方世界《オクシデント》の滅びの始まりに過ぎない。

遥か遠くで東方世界《オリエント》の覇者《ハーン》が奏でた絶望の音色は、西方世界《オクシデント》を瞬く間に覆うだろうことをアルディエルは確信していた。黄金の門の向こうには、果ての見えない雪原が広がり、その先には十一の国があるという。この二年で、フランの持つ力はさらに強大なものになっている。〈鋼〉のフランと〈大地〉のエラク。二つの人ならざる力に抗うことのできる国があるとは、到底思えなかった。

世界の中央《セントロ》から北へ進み、北原の道《アイスロード》を越えて帝国に入るまでに、七百の兵の半数が永久凍土の一部となったが、死にゆく彼らを見ることなく、彼女は一人白馬の上で前を向いていた。

アルディエルにさえ、もはや彼女の心情は分からなかった。両親の笑顔を望んで泣いていた過去よりも、その心は分厚い氷に包まれている。

〝〈守護者〉の力は神授の力……。フラン・シャールを殺したとしても、〈鋼の守護者〉は再びどこかに現れる〟

エルジャムカから告げられた人ならざる者の輪廻《りんね》は、彼女を殺す理由をアルディエルから奪った。

強大な覇者《ハーン》の力の前に、アルディエルはその走狗《そうく》となるしか道は残されていなかった。いずれ滅びるとしても、それまでのほんのわずかな生を全うさせるため。そのためだけに、覇者《ハーン》に命じられた戦場で剣を振るう。フランの咎を共に背負うことだけが、自分にできる全てだった。

道の上の雪は踏み固められ、氷になっている。

溶けることのない氷を、アルディエルは踏みしめた。

聖暦《せいれき》八四六年（カーヒラ暦一〇九六年）、黄金の門を出立した帝国軍三万八千の軍勢が掲げる旗には、双頭の鷲の紋章が刻まれていた。

初代が果たせなかった事績を、同じ旗を掲げて再び行おうとするのは、アルディエルがヴォロダレドの心底にある野心を揺さぶったがゆえであった。父と兄を殺した負い目もあるのだろう。初代を超え、民に求められたいという彼の願いは、フランが力を使わずとも、アルディエルが一言囁いただけで大きく膨らんでいった。

牙の民と結び、聖地バルスベイを奪回する。

皇帝に即位したヴォロダレドの発した宣言は、西方世界《オクシデント》を大きく揺るがしたはずだ。十二の大国が教皇の権威の下に微妙な均衡を保ってきた西方世界《オクシデント》では、百年にわたって大国同士の衝突は起きていない。

誰もが東方から迫る災厄に漠たる恐れを抱く中、最大の領土を持つウラジヴォーク帝国が動くのだ。我先に参陣するとの使者が本陣に飛び込んでいた。

中央軍を率いて意気軒昂《いきけんこう》に進む皇帝の漆黒の鎧を一瞥し、アルディエルは懐から地図を取り出した。ヴォロダレドをフランの力によって動かし、アルディエルは前皇帝の軍をたった一度の会戦で壊滅させた。前皇帝派の貴族の感情をフランが操り、時に剣を喉元に突き付けて帝国の宮廷をまとめ上げたのは、アルディエル自身だった。

地図を広げると、十二の大国のうち、すでに六か国の名が黒インクによって囲まれている。

東方世界《オリエント》の覇者《ハーン》に屈することを良しとせず、帝国が立つならばと聖地回復軍《クルセーダー》への参加をすぐさま伝えてきた六カ国だ。彼らにしても、近づく脅威に対して打つ手はなかったのだろう。西方世界《オクシデント》最大の軍事国家であるウラジヴォーク帝国の宣言は、どう動けばいいのか迷う王たちに安堵の息を吐かせたと言っていい。

帝国がすでに牙の民の傀儡《かいらい》となり下がっている事実を知った時、彼らはいかなる表情を見せるのか。おそらく気づくことすらなく、フランの力に支配されるのだろうが、それはそれで幸せなことなのだろうとアルディエルは思っていた。

エルジャムカは、ここまで見抜いていたのかもしれない。そう思うと背筋が寒くなるようだった。深紅の瞳を持つ男の底はどこにあるのか。

五月雨《さみだれ》のように各地から急使が到来しては、再び祖国へと駆け戻っていく。宗教の悲願の強さと愚かさを感じたのは、聖地回復軍《クルセーダー》の宣言をして十日足らずで、拝火教教皇の下から枢機卿《すうききょう》を名乗る二人の男が到着した時だった。

聖堂騎士団《テンプルナイツ》、病院騎士団《ワレートナイツ》という二つの騎士団の団長を名乗った二人の枢機卿は、ヴォロダレドの志《こころざし》を称賛した。聖地回復にあたって助力は惜しまぬ。二人が携えた書簡には、猛々しい教皇宣旨が記されていた。

教皇からの書簡には、牙の民のことなど一切記されていない。バルスベイ攻略後の領土配分と西方世界《オクシデント》各国がバルスベイ維持のために負担する分担金の割合が記載されていただけで、殊勝なウラジヴォーク帝国の割合は十二国の中で最も小さな数字であった。

目に見えぬ者を信じる者は、おそらく死の間際になっても、滅びを告げる者は人ではなく神だと聖印を切るのであろう。牙の民によって引き起こされた滅びを目の当たりにし、時にその裁きの剣そのものになってきたアルディエルにとっては、愚かとしか思えなかった。

北からの風が強く吹き抜けた。

帝国軍三万と、教皇直下の二大騎士団によって構成される八千の騎兵。西方世界《オクシデント》の民の屈強な身体に合わせて作られた重装は、牙の民の兵よりも二回り以上も大きく見えた。実戦の経験が不足しているが、西方世界《オクシデント》にあってはまず最強の布陣だろう。

教皇宣旨に叛意を示した五つの大国。そのうちの一つであるサンタレイン大公国が、目下、帝国軍が進む先であった。ウラジヴォーク帝国に次いで、強大なサンタレインを陥落させれば、残る四国は自然と頭を垂れてくるだろう。

サンタレイン大公国は、世界にいる七人の〈守護者〉のうち、〈水の守護者〉ジョバンニが公国宰相を務めているとされる国だ。世界最大の海運国家の名は、〈守護者〉の力があればこそのもの。それだけではない。アルディエルら聖地回復軍《クルセーダー》が世界の中央《セントロ》へと進出するためにも、必ず手中に収めなければならない相手だった。

「もうじき、貴方の出番だ」

呟きは、鞍上で目を閉じるエラクへ向けたものだ。人ならざる力を持つ者は、人ならざる力を持った者にしか殺せない。これ以上、フランに力を使わせる気はなかった。

ヴォロダレドの斜め後ろで、輝く銀色の髪が風に揺れた。

歯を食いしばったことに気づいたのか。褐色の山高帽の陰からこちらを見上げるエラクの表情には、苦みのきつい笑みだけがあった。

第五章　西方世界

I

寝苦しさで目覚めると、天井は、自分を押し潰すかのように低く感じられた。

バアルベク太守《アミール》一族の住まう古城の一室。窓から差し込む月明かりを受けて千々《ちぢ》に輝くのは、瑠璃《るり》を混ぜた塗料のせいだろう。草原ではまずお目にかかれない豪奢なしつらえである。バアルベクに戻ってきたのだ。汗の滲む額を腕で拭い、カイエンは小さく呻いた。

どれほど眠っていたのか。束の間のような気もするし、三日間寝ていたと言われても、不思議ではない。ほのかに香る葡萄酒の匂いに、頭痛の理由を知った。

「ほとんど寝られてはいない……ということか」

上半身を起こすと、柔らかな絹のキルトが腕を伝って落ちた。同時に落ちた一片の紙を拾い上げ月明かりにかざすと、綺麗な筆跡が浮かび上がった。

戦場で戦いっぱなしだった身体は強張っている。だが、部屋の中の弛緩した空気は、優しくカイエンの身体を包み込んでいるようだった。短く息を吐き出し、寝台から身体を起こした。

「子守りが必要な歳じゃないだろうに」

口にした言葉が、どこかむず痒かった。

座れば沈み込みそうになる窓際の椅子の上には、気持ちよさそうに葡萄酒の瓶を抱え眠る銀髪の青年が一人。眠りに落ちるまで、月を眺めていたのだろうか。

「……可愛らしさが消えてしまったな」

この二年、ルクラスの軍人奴隷として、苛酷な戦場で戦ってきたのだという。

鐵《てつ》の民と戦《いくさ》の民の領境にあるルクラスは、常に複数の戦線を抱え、奴隷にはわずかな安息も与えられない都市だった。過酷さが少年の中にあった甘さを奪い去り、青年へと変えたのだろう。凜々《りり》しいと形容すべき寝顔にタメルランの苦労を感じながら、それでもカイエンの心はゆったりと温かくなる。

絹のキルトをタメルランの身体にかけ、窓に向かって大きく伸びをする。

シャルージとの戦が終わり、全軍がバアルベクへと帰還した。バアルベク兵だけではなく、敗れたシャルージ兵、七都市連合軍、そして二千の親衛隊と共に戦場に現れたファイエル侯も、敵味方の区別なく入城している。

終戦時、ファイエル侯の名の下で結ばれたレドア和約は、北上するカイクバードに対する協定も含まれており、各都市の連携を協議するためにも、どこかで兵を休ませることが必要だったのだ。

敵だった者すら受け入れることを決めたのは、マイ自身である。

全域にわたって崩壊した城壁は籠城戦の苛酷さを物語っていた。すぐ傍で、無数の味方が死んでいったはずだ。それでも、マイは笑ってみせた。

〝東方世界《オリエント》の覇者《ハーン》と戦うためには、戦《いくさ》の民の中で敵味方なんて言っていられないでしょう〟

目下の敵であるカイクバードではなく、エルジャムカの名を挙げたことは、彼女の強さなのだろう。

廊下へ出ると、宴の盛り上がりのままに寝静まった者たちが、そこかしこでひっくり返っていた。

サンジャルはつい先日まで殺し合っていた七都市連合軍の将官の輪の中で鼾をかき、水時計の置かれた静かな部屋では、バイリークが『パルテア全史』と銘打たれた書物を開いたまま項垂れている。クザは、バイリークに七都市連合軍の将官たちが近づかぬよう胡坐をかいて目を閉じている。

ダッカでの籠城戦から続く一連の戦で、皆が皆を認め合ったようだった。

嵐の前の静けさだと分かっていながら、誰もが戦の終わりを喜んでいる。恨みはあるだろう。友を殺され、肉親を殺された恨みが。だが、こうして寝静まる者たちの姿は、剣を向け合うのがいかに愚かかということをカイエンに突き付けていた。

暗い回廊を抜け、古城の上層階へと続く階段を上っていくと、踊り場には狼騎たちが壁を背にして眠っている。この一年半で、新しいバアルベク太守《アミール》の誠実さの虜になった者たちだった。

「正直、この者たちの変節には、拙僧も手を焼いておる」

視線を上げると、階段の手すりに手をかけるシェハーヴが首を左右に振っていた。

「そう言うあんたは酒も飲まずに寝ずの見張りか？」

揶揄《やゆ》するような言葉に、シェハーヴが苦笑したようだった。

「暗殺教団《ハシャーシン》は闇に紛れるという。誰かが警戒せねば、一年半前の二の舞になろう。その時、都合よく第二の騎士《ファーレス》が現れるとは思えんからな」

憎まれ口を叩きながらも、この一年半でバアルベクへの態度を最も変えたのはシェハーヴ自身だった。シェハーヴが千騎長《アルフーム》に就く前に、廷臣たちの制止を振り切って、マイは彼と二人きりで会談した。いかなる会話が交わされたかは知らなかったが、そこから彼の態度は徐々に変わっていった。

シェハーヴを追い越すように階段を上り、カイエンはちらりと振り返った。

「太守《アミール》は？」

「まだ起きておられる」

そう答えると、あとは任せたと言わんばかりにシェハーヴが石段を下り始めた。

「明日の朝。いや、昼だな。各軍の千騎長《アルフーム》以上の者を全て集めてくれ。カイクバード侯との決戦に向けた軍議だ」

「サンジャルの酔い方では昼でもきつかろうな」

「井戸に叩きこんでいい」

肩を竦めたカイエンに、シェハーヴが珍しく下手な口笛を鳴らし、頷いた。

「承知」

平時であろうと戦時であろうと変わらぬ男の返答に、カイエンは頰を緩ませた。

両開きの木製の扉には、精巧な細密画《ミニアチユール》が彫り込まれている。

マイの太守《アミール》就任を祝おうと、バアルベクの民が少しずつ金を出し合って、世界の中央《セントロ》随一の腕を持つ彫刻家に依頼したのだという。描かれているのは、手を取り剣を掲げる少女と青年の二人だ。

傍の松明に揺れる二人に、カイエンは手を触れた。

古城の最上階に位置する部屋は、太守《アミール》一族と許された者しか入ることができない。前回、カイエンがこの部屋に来たのは、ダッカ、ラダキアの併合を終えて凱旋した直後だった。寝苦しいという理由で呼び出されたが、それが理由でないことぐらいはカイエンも分かっていた。

「まだ、十八歳か……」

扉の向こうにいる太守《アミール》は、自分やアルディエルよりも若くして民を背負うことを決めた。自分やアルディエルのように卓越した軍才があるわけでもなく、フランのような人ならざる力を持っているわけでもない。

にもかかわらず、少女は東方世界《オリエント》の覇者《ハーン》に正面から立ち向かうことを決めた。民を護るために覚悟し、全てを力に変えると決めた。独り起ち、そして友に頼ることを知る彼女だからこそ、バアルベクはたった一年半で各地の諸侯《スルタン》と渡り合えるだけの力を蓄えられたのだろう。カイクバードに勝利し、東方世界《オリエント》を制したエルジャムカを討てば——。

「バアルベクの奇跡……」

後の世、歴史家が評するとすればそんなところだろうと、カイエンは微苦笑をこぼした。

バアルベクに来てから、随分と書を読んだ。バイリークほど耽溺《たんでき》することはなかったが、知りうる限りパルテア大陸の歴史の中にそれほどの英雄譚はなかった。

「全てが終わったら、書物を書いてみるのもいいな」

フランやアルディエルとの過去、エルジャムカとの邂逅《かいこう》から始まる物語は、幼い頃に老婆から聞いた夜話よりもずっと劇的なものになると思った。

「――あなたの汚い字では、誰も読めないわ」

聞こえてきたのは、マイの面白がるような声だった。わずかに開いた扉から、亜麻色の髪がこぼれている。

「……聞こえましたか」

頬が熱くなるのを感じて、カイエンは軽く頭を下げた。

「眠れないの？」

「起きたら来いと書き置きをしたのは姫でしょう」

「時間を考えなさい」

そう言いながらも扉を開けたマイにもう一度頭を下げ、カイエンは彼女の部屋へと足を踏み入れた。

太守《アミール》の居室とは思えないほど、簡素な部屋だ。執務のための机が壁際に置かれ、その周囲には書類がうず高く積み重なっている。他には寝台が一つあるだけで、その二つを燭台の灯が柔らかく照らしている。

一年半前、バアルベクの財政を担っていたハーイルを討ったことにより、今は財政も全てマイが取り仕切っている。

商人の合議組織を作り上げ、最終的な判断をマイが下していると言うが、それでも前太《アミ》守《ール》以上の執務量だ。人の心や天候という見えないものを相手にし、打つ手を一つ間違えれば、民の命にかかわってくる。戦場に似た重圧があるだろうことも、容易に推測できた。

この一年半、マイ・バアルベクも必死で戦ってきたのだ。簡素というよりも生活の気配のない部屋に、カイエンは目を細めた。

「その椅子に座りなさい。今、珈琲を淹れるわ」

「お気遣いなく」

「私が飲みたいだけだから」

半ば強引に椅子に座らされたカイエンは、目の前の執務机の上で淹れられる珈琲の香りに、バアルベクへ帰還したことを改めて実感した。見上げた先には、繊細な手つきで湯を注ぐマイ・バアルベクがいる。

カイエンの視線に気づいたのか、マイが少しだけ顔を背けた。

「よく、生き延びましたね」

こぼれた言葉がかすかに震えているように聞こえるのは気のせいだろうか。

「籠城戦を決めた時、傍の皆が支えてくれました。私の命に従えば勝利できると信じて、絶望に満ちた戦場を戦い抜いてくれました」

「俺の見通しの甘さで、太守《アミール》を危険に晒しました」

カイエンの言葉に、マイが首を左右に振った。

「貴方だけではないわ。私も、どこか甘く見ていたのかもしれません。ガラリヤ地方を制すれば、諸侯《スルタン》とも渡り合える。しかし、彼らがこれほど早く牙を剝いてくるとは考えていませんでした」

そう話すマイの横顔に、カイエンは彼女が強くなったことを知った。

一年半前、民を背負う覚悟はあっても、民の死に心を震わせるか弱い少女だった。暗殺に斃れた護衛のシャキルやレオナの死に、涙を流していた。だが今は、戦い死んでいった民への後悔を言葉に滲ませながらも、涙を堪えることはできている。

背負う者が涙で視界を滲ませ道筋を違《たが》えれば、さらに民が死んでいくことを、マイは知ったのだ。

「まだここからだということは分かっています。分かっているからこそ、珈琲を飲む間くらいは、楽しい話をさせて」

マイがこちらを向き、貴方の考えなど分かっているとばかりに力なく微笑んだ。

まだ十八歳なのだ。大人とは言えない。差し出された香辛料《インセンス》の入った珈琲を受け取り、カイエンは頷いた。

マイが珈琲を一口飲み、小さく息をつく。

「タメルラン・シャールというファイエル侯麾下の騎士代《アルファーレス》が、貴方のことを兄と呼んでいました」

シャルージとの決戦から今日まで、ほとんど話す時間がなかった。マイがそれを疑問に思っていたとしても不思議ではないし、タメルランも何かを察してか、深くは話していないと言っていた。余計な気遣いだとも思ったが、自分の口から伝えるべきことであるのだろう。

「少しは聞いているのでしょうが……。タメルランは、俺が草原にいた時、共に育った男です」

「共に東方世界《オリエント》の覇者《ハーン》と戦ったという方とは違う?」

エルジャムカと戦い、牙の民に降った友のことを話したのはいつだったのか。この一年半、数えきれぬほど話してきたのだ。

「ええ。アルディエルとは違います。タメルランは俺にとってもアルディエルにとっても、弟のようなものですね」

「ようなとは？」

間を置かずに聞いてくることは珍しかった。窓の外を向き、視線は夜空を見上げている。手元の珈琲に視線を落とし、カイエンは口を開いた。

「初めてこの街で姫と会った時、俺が口にした名前を憶えていますか？」

問いかけに、マイはこちらを見ることなく首を左右に振った。

「……フラン。俺はフラン・シャールという女性と姫を見間違え、行く手を遮りました」

「タメルラン殿は、その方の弟ですか」

「ええ」

そう呟いてから、しばらくの間沈黙が続いた。

苦みの強い珈琲を、互いに三度口に運んだ。

「その方は――」

「フランは、俺の許嫁《いいなずけ》となるはずの相手でした」

なぜ、マイの言葉を遮るように言ったのか。その答えを直視しないように立ち上がり、カイエンは窓へと近づいた。

荒廃したバアルベクの街並みを照らす月明かりは、刺すように鋭い。

「草原の民を率いる族長の子であるフランとタメルラン、そしてフランの〈守り人〉であるアルディエルはいつも信頼し合う関係でした。いつの頃か、その中に俺が加わり、俺はフランを特別に思うようになりました」

「……その方は今、どこに？」

その疑問の答えは薄々予想しているのだろう。マイの瞳には、運命の糸に絡めとられたカイエン・フルースィーヤという男の姿が映っているはずだ。

「東方世界《オリエント》の覇者《ハーン》の隣に。彼女もまた、人ならざる力を持った〈守護者〉でした」

背後から、小さく息を呑む音が聞こえてきた。

「……申し訳ありません」

終戦以来、ずっと言わねばと思っていた言葉だった。言ってしまえば、死んでいった者たちへの冒瀆《ぼうとく》になることも分かっている。それでも、マイには聞いて欲しかった。それが自分の弱さであることも知っていた。

マイに身体を向けた。なぜカイエンが謝ったのか分からなかったのだろう。驚きの表情の中に疑念を滲ませている。

「〈背教者〉の運命は〈守護者〉を斃すことにあります。もし、俺がその運命を受け入れていれば、シャルージとの戦はもっと早くに終結したはずです。バアルベクを七都市連合軍が包囲することもなかったでしょう。しかし、俺はエフテラームを殺したくはなかった」

「それは、彼女が〈守護者〉だからですか？」

　頷き、溜息を吐いた。

「彼女を殺してしまえば、二度とフランの手を取ることはできなくなってしまうのではないか。〈守護者〉であるフランを、この手で殺す未来が脳裏によぎったのです。俺は、それが恐ろしかった」

　まっすぐに、マイの瞳がこちらを向いている。

「貴方は今でもその方のことを？」

　何かを決意したように身構える彼女に、カイエンは力なく首を振った。

「分からないんです」

「分からない？」

「フランの〈鋼の守護者〉と呼ばれる力は、人の感情を操り、伝承の中では一つの民を滅ぼしたほどの力です。エルジャムカに敗れ、丘の上に立つ彼女を見た時が最後。フランが力を行使したのでしょうね。俺の中から彼女への想いは幻のように消えてしまった。記憶は残っています。彼女と何を話したのかも、彼女の手をとり、どこに行ったのかも。けれど、そこにどんな感情があったのかを思い出せない」

マイが何かを言おうとして、だがそれは言葉にはならなかった。口を結ぶマイから、カイエンは目を逸らした。

「だから、俺は確かめたいのです。東方世界《オリエント》の覇者《ハーン》を斃し、フランを前にした時、どんな想いを抱くのか」

一年半前、バアルベクで起つことを決めたのはカイエン自身であり、そのきっかけを作ってくれたのはマイだ。だが、その時見据えた未来の中に、銀髪の乙女がいたこともまた、否定できない事実だった。

戸惑うような空気の中、口を開いたのは一度俯き、そして上げた顔に微笑みを浮かべる少女だった。

「……人を、護るのでしょう?」

かつて死したラージンから力を継ぎ、エフテラームを退けた時に、カイエンが言った言葉だった。肩から力を抜いたように立ち上がり、マイが頷いた。

「そのためにも、民を救ってもらいます」

そう言って微笑む彼女は、少しでもつつけば崩れそうで――。

マイ・バアルベクは、支え合う友だ。頷き、カイエンはマイの居室を後にした。


文官がラダキアに疎開していることもあり、朝の中央政庁は閑散としていた。マイと話してから、再び眠ることができなかったカイエンは、鶏が鳴き始める頃、半円形に机が広がる議事堂に足を踏み入れた。

「早いではないか」

聞こえてきたのは、一年半前よりもさらに柔らかく、高邁《こうまい》さを滲ませた声だった。政務から離れたためか、白髭に埋もれた肌の血色もいい。ラージンが戦死した直後、カイエンをバアルベク騎士《ファーレス》へと叙任したアイダキーンが、議事堂の中央で微笑んでいた。

「眠れなかったので」

「太守《アミール》と騎士《ファーレス》。老人がとやかく言うつもりはないが、体調を崩さぬように」

おどけるように言うアイダキーンに、カイエンは首を左右に振った。

「姫の瞳に、俺はいませんよ」

「そうかのう」

「アイダキーン様の人を見る目も、まだまだですね」

そう言うと、アイダキーンが嬉しそうに笑った。

かつて奴隷だったラージンを見出し、弱体化していたバアルベク軍を立て直したのは、この老人である。民と奴隷を分け隔てなく愛し、名君と称される男がかつて垣間見せた後悔を、カイエンは今も忘れていない。

〝名君という名に固執したただの臆病者じゃよ〟

ハーイルに占領されたバアルベクを望む平原で、アイダキーンはそう言ってカイエンに向後《こうご》を託した。老人の治世を振り返れば、確かにその言葉を否定することは難しいかもしれない。だが民を愛してきたという事実は間違いのないことであり、その姿を見てマイ・バアルベクという傑出した君主が出たのだ。

ラージンだけではなく、カイエンもまたアイダキーンに見出されたと言っていい。父を知らず、草原を放浪していたカイエンは、生まれて初めての父性を目の前の老人に感じてもいる。

久しぶりに言葉を交わし緩みかけた頰を、カイエンは引き締めた。

「本日話し合われることはご存じですね？」

「うむ。カイクバード侯との決戦の軍議であろう。ファイエル侯、シャルージ太守代《アルアミール》エフテラーム。ラージンがおれば目を丸くしたであろうな。じゃが、あの者も天上より誇らしく思っておろうて」

「そうであればいいですが」

　カイエンの瞼の裏に焼き付いているのは、ラージンだけではない。ついに分かり合うことはなかったが、世界の中央《セントロ》を護ろうと起ち上がった灰色の双眸を持つ千騎長《アルフーム》モルテザ・バアルベクや、その幼馴染である赤髪の将フレアデスが、カイエンの瞼の裏にはいつもいる。何者にも屈せず、ただ己の道を進み、散っていった男たちの姿だ。

　あの頃とは何もかもが大きく変わっている。バアルベクの千騎長《アルフーム》はシェハーヴを筆頭として、バイリークとサンジャル、そしてラダキアの降将であるクザの四人。そのいずれもが、他の都市であれば騎士《ファーレス》を務められるほどの実力を持っている。

　彼らだけではない。今日、この議事堂に集い、そしてカイクバード侯を共に迎え撃つ者は、シャルージを一手に支えてきた〈炎の守護者〉エフテラームであり、諸侯《スルタン》の一人ファイエル侯である。そして、最も嬉しい誤算は、タメルラン・シャールという開花した才能の存在だった。

「バアルベクに集った軍容を十全に使いこなせれば、軍神と謳われるカイクバード侯とも渡り合えるでしょう」

「ふむ。侯が従える二人の〈背教者〉をお主とエフテラームが止めるのであろう。したが、それだけで止まるほど軍神の力は甘くないぞ」

「ファイエル侯麾下の騎士代《アルファーレス》がおります」

きっぱりと言い切ったカイエンに、アイダキーンが満足げな笑みを浮かべた。

狼煙の連絡を逆手に取ったバアルベク解放戦は、タメルランが全てを仕切ったのだとバイリークが舌を巻いていた。

「タメルランがいればこそ、カイクバード侯とも拮抗します。ただ、それだけでは勝ち切ることは難しい」

アイダキーンが頷いた。

「太守《アミール》からも聞いておる。瀛《うみ》の民への使者は儂に任せるがよい。ボードワン殿からも色良い返事がきておる」

「瀛《うみ》の民によるカイクバード侯の領土への牽制は、侯に力を出し切らせぬためにも重要です。くわえて、戦場は恐らくフォラート川の流域になります。瀛《うみ》の民の優れた操船技術は、河川でも十分に通用するでしょう」

言わんとすることに気づいたのか、アイダキーンが口元をすぼめた。

「承知した。ガラリヤ地方を制した策士の言葉に間違いはなかろう。瀛《うみ》の民の軍を遡上させるよう、儂が必ず説得してみせよう」

アイダキーンが力強く頷いた時、議事堂の巨大な扉が大きく開け放たれた。

東向きの扉からは、眩いばかりの朝日が差し込んでくる。思わず目を細めたカイエンは、光の中に茜色の髪を優雅にかき上げたファイエル侯の姿を見つけた。

「ファイエル・シェード・ヤヴズ。参る」

張りのある声が議事堂に響いた途端、しんとした空気が一気に華やいだようにも感じた。まさに、王の行列と言うに相応しかった。白銀の鎧をまとうファイエル侯の後にはタメルランが続き、麾下の千騎長《アルフーム》が続いている。降伏した七都市タブク、レオルグ、アムダリア、キスカ、イスハク、マスラヌ、ウルファの将官たちが、その後から入ってくる。

二十人の行列が途切れた後に入ってきたのは、シャルージ騎士《ファーレス》だった。議事堂内を睥睨し、半円形の左側に一人腰を掛ける。エフテラームが着座するのと同時に、バアルベクの千騎長《アルフーム》四人が扉から姿を現した。

どうやら、サンジャルは井戸には叩き込まれなかったようだが、水は浴びせかけられたらしい。二日酔いのうつろな瞳は、水の滴る鎧に凍えているようだった。

あんたが言ったことだろう。サンジャルの隣で苦笑するシェハーヴに、カイエンは溜息を吐いた。

「アイダキーン様もおかけになってください」

最後に入場したマイが中央に着座したのを見て、カイエンはそう口にした。アイダキーンが座るのを確認して、カイエンは正面の壇上へと上がった。

この議事堂に並ぶ者たちがその将才を余すことなく発揮すれば、五十万の兵が一糸乱れぬ動きを見せるだろう。そう考えた時、肩がかすかに重くなったように感じた。今から紡ぐ言葉が、戦《いくさ》の民の命数《めいすう》を決める。

短く息を吐き出した。

「バアルベク騎士《ファーレス》、カイエン・フルースィーヤです」

戦《いくさ》の民有数の実力を持った者たちの目が、一身に集まるのを感じた。測るような目つきのエフテラームから視線を動かすと、バイリークの期待に満ちた表情と、マイの決意に満ちた表情が見えた。

「戦《いくさ》の民を統べる決戦が目の前にある。東方世界《オリエント》の覇者《ハーン》の軍が、刻一刻と近づいてきている。鐵《てつ》の民最後の諸侯《スルタン》であるルーラン侯はレザモニア峡谷の大城塞群を駆使して決死の抵抗を続けているが、悍ましき〈人類の守護者〉の力を前にすれば、いずれ必ず抜かれるだろう。時の猶予はない」

左に視線を流した時、タメルランが頷き、そしてファイエル侯の瞳がぎらりと光った。

「ここにいるのは、つい先日まで剣を向け合った者たちだ。戦の前に、意思を確認しておきたい」

　諸将が固唾を呑んだ。

「敵は、軍神カイクバード。二人の諸侯《スルタン》を降し、その領土を併呑《へいどん》した侯の力が、どれほどのものになるか」

　そう区切り、ファイエル侯へと視線を向けると、彼女は凛然と頷き、話し始めた。

「諸侯《スルタン》たる力は、戦《いくさ》の民の領土内にある金鉱、銀鉱を押さえていることに由来する。アスラン、ジャンス二人の領土をあわせたカイクバード侯の財力は、少なく見積もっても二倍にはなるだろうな。そもそも、カイクバード侯の領土は南海に面しており、交易でも潤っていた。その利潤がもたらすものは、水都バアルベクの騎士《ファーレス》であれば理解できよう」

　カイエンの頷きに、ファイエル侯が諸将を見渡し、続ける。

「二人の諸侯《スルタン》を降し、率いる軍は五十万にも届くほど。手にした財を思えば、カイクバード侯の兵站が尽きることは考えがたい。対して我らはガラリヤの四都市、南部七都市、そして我が麾下をあわせても、まともに戦える兵は十三万ほど。彼我《ひが》の兵力差は圧倒的だ」

　大軍を動かすには、その兵站が要となる。だが、敵の要が揺らぐことはないとファイエル侯は言っていた。

「歴史の中で輝きを放つのは、寡兵で大軍を破る戦争譚だが、現実に起こりうることではない。先例に倣うのは、あまりにも愚かなこと」

ファイエル侯が嘆くように、視線をカイエンへと向けてきた。

「バアルベクの騎士《ファーレス》カイエンよ。我らがなすべきは、早急に動ける兵を追加で徴集することだ」

「ガラリヤ四都市は守備を捨てます。バアルベク、ラダキア、ダッカから合計五万を動かせるでしょう。シャルージは――」

「新兵が多く、戦場で戦える兵となると一万いるかどうか」

エフテラームの言葉に、ファイエル侯が頷いた。

「合わせて十九万か。我が領土から兵を呼び寄せたいところだが、鐵《てつ》の民と隣接している以上、東方世界《オリエント》の覇者《ハーン》への備えを捨てるわけにはいかぬ」

首肯し、カイエンは口を結んだ。ファイエル侯は、戦《いくさ》の民北辺の都市ブロムとルクラスを攻め取ったばかりであり、二都市の防衛に力を割く必要がある。

取りうる策は、ただ一つ。

「敵をガラリヤ地方に引き込みましょう。敵の戦線が長く延びたところで、カイクバードのみを狙う。二人の〈背教者〉は、俺とシャルージ騎士《ファーレス》が抑えます」

「そなたが指揮を執れぬ時、総指揮はどうする?」

　ファイエル侯の視線が、まっすぐにこちらに向いていた。諸将の目が集まる。

　自分の一言に、それぞれの命運がかかっている。吸い込んだ息が、胸の奥底に重くのしかかっているようだった。

　重圧だと思ったが、それはそのまま、自分の力だとも思った。草原で敗北し、何も持っていなかった軍人奴隷が、この重みを感じられるところまで来た。望むものを掴むためには、背負い、進まねばならない。

「俺には、優秀な副官がいます」

　最初から決めていた。マイの後ろに着座するバイリークが頬を強張らせ、そして吊り上げた。

「俺が敵の〈背教者〉を抑えている時、全軍の指揮はバイリーク。その副官としてはクザを置く」

　二人の相性の良さは、ダッカ防衛線でも証明されている。バイリークの副官としてサンジャルを置くかも迷ったが――。

「サンジャル。お前はシェハーヴと共にバアルベク軍を率いよ。お前たち二人が、全軍の剣の役割だ」

　サンジャルとシェハーヴが頷いた。この二人は軍内でも一、二を争う突破力がある。カイクバードという歴戦の軍人と戦うためには、突出した力を作っておきたかった。

「……とすると、僕は盾か？」

聞こえてきた声に、カイエンは肩を竦めた。

「タメルラン、お前はファイエル侯麾下の軍を率い、中央軍の指揮を執れ。お前が抜かれれば、戦局は一気に傾く。敗れることは許さないからな」

「今回は、信頼してくれている、ということでいいのかな？」

「ああ。ただな、タメルラン。俺はずっと前から、お前を信頼している」

口にした言葉に、タメルランが顔を背けた。

「引き抜きは感心せぬぞ、バアルベク騎士《ファーレス》よ。タメルランは、すでに我が軍の重要な騎士《アルファ》代《レス》だ」

タメルランの前に左腕を伸ばすファイエル侯が、茜色の豪奢な髪をかき上げにやりとした。はっきりとものを言う性格と、部下を評価し護るその姿には、どこかアルディエルの姿が重なるようで、タメルランが慕う理由が分かる気がした。

「分かっております。しかし、戦が終われば、もはや誰の麾下などということは関係なくなります」

それは諸侯《スルタン》であるファイエル侯にとっては、宣戦布告に近い言葉であったが、彼女はその笑みを大きくしただけだった。

「その志やよし。我がヤヴズ家を率いる者として、見届けようではないか」

「有難く」

ファイエル侯から視線を外し、エフテラームへ向けた。仇敵同士、互いに譲れない思いもある。騎士《ファーレス》として、人ならざる力を持つ者として。だが、その存在は、カイエンにとって希望の一つだった。

「シャルージの指揮はエフテラーム殿。敵の〈背教者〉を抑えている状況では、アムダリアの騎士《ファーレス》シャルフ殿に指揮を執ってもらう」

七都市の将官が並ぶ席で、顔の半分を痣《あざ》に覆われた男が無表情で頭を垂れた。パルミラ平原ではアムダリアの千騎長《アルファーム》としてカイエンと戦っていた。騎士《ファーレス》が戦死し、戦巧者のシャルフが跡を継いだ形だった。騎士《ファーレス》を討ったのは、カイエンだった。

「かつて敵だった者たちがここには集っている。理解しろとは言わない。だが、呑み込め」

シャルフが立ち上がった。

「今、呑み込めはするでしょう。しかし、戦が終われば、俺は貴方に剣を向けるかもしれない」

「その時は、一人、剣を携えてこい」

驚いたようなシャルフの視線に、カイエンは天井を見上げた。

「全員が得心できる答えなどあるはずもない。であれば、多数の者が肯定できる答えを取り続けていくほかないだろう。だが、それは一人の意見を聞かぬということではない。シャルフ殿、貴方の言葉も、俺はしっかりと聞く」

シャルフへと視線を戻した時、その顔の痣が大きく歪んでいた。

「理解はまだできませんが、少しだけ納得しました」

カイエンは頷き、拳を握った。ファイエル侯が力強く頷き、マイが悲しげに微笑んでいた。

大戦を前に、これまで敵味方として戦ってきた将官たちの意思を統一しておくという目的は、達成したようだった。

II

フォラート川を越えてシャルージ領に入ったあたりから、風に舞う砂の量が多くなったように感じる。ずり下がった口元の布を鼻の上まで引き上げ、スィーリーンは流れるような紫紺の長い髪を後ろで束ねた。薄い綾絹の上衣に編み込まれた硝子は、月明かりを受けて小さな煌めきを灯している。

見渡す限りの荒涼とした大地は、西に傾いた満月によって遠くまで見通せる。

「行くわよ」

背後に続く五百の騎兵に疾駆を命じ、上半身を馬首に近づけた。全身に、細やかな砂の粒がぶつかっては落ちていく。大地に一筋の線を描いていく騎兵団の先頭で、スィーリーンは遥か遠く、断崖に囲まれた街を見据えた。

四年間、父と兄と共に世界を旅していた。ジャンス侯を討った戦は久方ぶりの戦場だったが、身体が怖気づくことはなかった。

今から赴く先で、シャルージ全軍と〈炎の守護者〉エフテラームを相手取り勝利しなければならない状況だとしても同様だ。軍神の娘が敗れるはずはなく、恐れることも許されない。

背後につく五百騎の麾下も、軍神の娘だから従っているわけではない。カイクバードの子に求められるのは、絶対的な強さだけだった。倫理観も正義感も、父は教えなかった。その代わり、強さだけを徹底的に教え込まれた。

百の兵に囲まれて勝利することを求められた。力を手にする以前のことだ。スィーリーンも、母の違う兄リドワーンも、身体を斬り刻まれながら、父に己の力を認めさせた。父の優しい抱擁を求めたわけではなく、それこそが最強の諸侯《スルタン》の子たる者の責務だと刷り込まれてきたからだった。

二ルース（一キロメートル）ほど左方に、かすかな砂煙が立ち上っている。シャルージの斥候兵か、調練からの帰還か。相手もこちらを捕捉しているはずだ。徐々に近づく砂煙に、スィーリーンは瞼を閉じた。

無駄な人死にを出すつもりはなかったが――。

身体を巡る血が、熱くなった。

「……舞の終わりを、捧げよ」

囁きが、宙に紛れた。濃い紫色の瞳を砂煙に向けた瞬間、左方に立ち上っていた砂煙が、時を止める。

その下には、馬上で剣を抜く百騎ほどのシャルージ兵がいた。誰一人として動く者はいない。背に負う矢に手をかける者。剣を高らかに掲げる者。彼らは、自分の身に何が起きたのかも理解していないだろう。理解しないまま、死ぬことになる。

「矢、四射」

麾下の五百騎が短弓を引き絞り、次々に放っていく。シャルージ兵との間に、時を止めている見えざる壁があった。その壁に突き立つように宙に浮く二千の矢に、スィーリーンは目に憐れみを混えてシャルージ兵を見つめた。

「されど、舞は再び……」

風に言葉が乗った時、静止していた二千の矢が猛然と風を裂き、シャルージ兵に襲い掛かった。肉を穿つ音から視線を逸らし、スィーリーンは馬腹を蹴った。

断崖の狭間を塞ぐような城壁が見えてくる。

シャルージの歴史は古く、太守《アミール》一族の系譜を辿ればガラリヤ地方西部の太守《アミール》バアルベクとも繋がっているという。狼に育てられ、やがてガラリヤ地方の覇権を争うようになった兄弟は、勝利した兄がバアルベクに街を拡げ、命を落とした弟の息子が土漠を開拓してシャルージを興した。

真実かどうかも定かではない伝承だが、以来、二つの都市は歴史的に仇敵として戦を繰り広げてきた。

「……伝承には、人の悲劇だけが残る」

昔話として聞かされる物語は、人生の教訓を示している。生きていくうえで、警戒しなければならないもの、恐れなければならないもの、許してはいけないもの。その多くが戒めだ。

「だからこそ、私の引き起こす悲劇も、歴史の中で見れば正しいことなのでしょう」

この戦いも、いずれは戒めとなるはずだった。

力を求めることの悲劇を伝える物語として――。

「伝承する人が残っていれば、だけれど……」

呟きが砂の中に消え、シャルージの城門が左右にゆっくりと開いた。

月明かりの下、大地がせり上がったかのように黒い影が滲んだ。シャルージ騎士《ファーレス》に率いられた軍勢だろう。態勢を立て直すため、エフテラームはバアルベクから一時帰還している。

獲物を狙う光を瞳に浮かばせ、スィーリーンは五百騎を整列させた。

「俟も勝手だ」

父が見ている未来がいかなるものなのか。この四年間で、はっきりと分かっていた。軍神と呼ばれる男からは考えられないほど、甘い未来だ。愚かだとも思う。だが、父の苦衷《くちゅう》に心の一部がじわりと温かくなったことも確かだ。

旅の中で、父が突き付けられた現実は、避けようのない我が子の死だった。

善なるもの《シュタマーユ》と悪なるもの《アラマーユ》。二つの対立する存在は、人間界に大いなる十の力をもたらした。七つの〈守護者〉たる力と、三つの〈背教者〉たる力。そのどれもが国を滅ぼしうるほど圧倒的な力だが、長い歴史の中で分かっていることがあった。

〈人類の守護者〉が現れたその後、残る〈守護者〉と〈背教者〉の力が世界に現れる。〈守護者〉は善なるもの《シュタマーユ》の意志と添い遂げることを運命づけられ、悪なるもの《アラマーユ》は〈背教者〉に、〈守護者〉たちに抗う者であれと命じるのだ。

その力関係こそが、善なるもの《シュタマーユ》と悪なるもの《アラマーユ》が人に託した希望と絶望だった。人はどう生きるべきか、どう死ぬべきか。お前たちが答えを出せという啓示——。

〈怠惰の背教者〉としての力を手にしたのは、八年前。戦うこと以外の全てを奪われていたスィーリーンの前に、全身から血を流した瀕死の男が運ばれてきた。

父を恨む男の声に歯を食い縛り、夜が明ける頃、スィーリーンの右手は男の心臓を握り潰した。血の脂の不快さは今も覚えている。断末魔の叫びをあげる男の苦悶も。十二歳だったスィーリーンにとって、それは余りにも長い夜だった。

自分に苛酷な運命を課した父に恨みがないかと問われれば、兄も同様の答えをするだろう。

〝それこそが、諸侯《スルタン》の血を引く者の責務だ〟と。

戦《いくさ》の民をまとめ上げる責務を持った者として、父の子育ては正しいと思っていた。だからこそ、迷う父の姿に心が温かくなる以上に、歯噛みをしてしまうのだ。諸侯《スルタン》の一人であるジャンス侯を討った時も、抵抗せず死を受け入れた肥満の男の憐れみの視線に、スィーリーンは必要以上にその身体を斬り刻んだ。

私は、哀れな子供などではない。私は——。

「最強の諸侯《スルタン》の血を引く者だ」

戦《いくさ》の民を束ねる資質がないならば、滅びる覚悟はあった。同じく〈背教者《ファーレス》〉の力を持つ兄に討たれる覚悟も、どこの馬の骨とも知らないバアルベクの騎士に討たれる覚悟もある。ないのは、近づいてくる〈炎の守護者〉ごときに敗ける未来だけだ。

黄玉色の双眸が輝き、燃え盛る炎が天空を覆いつくす。現実とは到底思えない光景に麾下が目を細め、そしてエフテラーム・フレイバルツが空へと掌を突き上げた。

「それ以上進めば、身を焼くことになります」

エフテラームの言葉には、強い怒りが滲んでいる。殲滅したシャルージ兵と離れたところに斥候がいたのだろう。であるならば、こちらの力も知っているはずだ。

「貴女に、私を止められるとでもいうの？」

微笑み、スィーリーンは馬腹を軽く蹴る。一歩、前に出た。

「散れ――」

「――捧げよ」

言葉が重なった。

向かい合うエフテラームの背後で、シャルージ兵が固唾を呑む。

エフテラームの生み出した炎が、天空でその動きを止めていた。ほんの数瞬前までうねりを打ち、スィーリーンたちを焼き尽くそうとしていた炎だ。だが、エフテラームの瞳には、やはり戸惑いはなかった。

将としての判断は速いようだった。

それが合図だったのだろう。シャルージの騎士《ファーレス》が紅の鉄剣を抜き放ち水平に構えたのを見て、シャルージ兵が一斉に後退を始めていた。

優柔不断のきらいのある将と聞いていたが、情報に誤りがありそうだった。それとも、バアルベクとの戦で成長したのか。少しだけ考え、どちらでもいいことだと首を左右に振った。

「無駄なことです」

「無駄？」

エフテラームの疑問に、スィーリーンは優しく頷いた。

「どれほど足掻《あが》こうと、父とカイエン・フルースィーヤの戦が終わるまで、シャルージは時を止める」

エフテラームではなくシャルージという都市の名を口にしたことに、シャルージ騎士《ファーレス》が目を見開いた。

だが――。

エフテラームの背から、炎の羽が広がった。驚くほどの速さで炎は広がり、瞬く間に巨大な二匹の竜へと姿を変える。無駄なことを、と見つめるスィーリーンに、エフテラームが昂然と胸を反らした。

「クヨル砦の戦で、突如現れたカイクバード侯は、英雄とは人か否かと問いかけました」

足止めのつもりなのだろう。炎の竜がとぐろを巻いてスィーリーンたちを包み込んだ。

炎の光によって、眩しいほどに明るい。

手をかざした。その向こうから、囁きが耳朶を打った。

「カイクバード侯では英雄にはなれませんよ」

胸を衝くような言葉に、スィーリーンは思わず手を外した。

「民が英雄と認めるのは強き人の弱さなのです。それはカイエンにあって、カイクバード侯にないもの。そして、スィーリーン」

この女は、憐れみの視線を向けているのか。こめかみに青筋が立つのを感じた。怒りが強くなるほど、エフテラームの微笑みが優しくなるようにも感じた。

シャルージ騎士《ファーレス》の口が、ゆっくりと開いた。

「その弱さは人を、それだけではない。貴女や私をも救おうともがいています」

「戯言を——」

言葉が怒りで喉に絡まった。誰が誰を救うというのだ。救ってほしいなどと、誰が言ったのだ。いつの間にか抜き放っていた細身の剣を向けた時、エフテラームはすでに鉄剣を鞘に納めていた。

「彼に会えば、分かりますよ」

圧倒的に有利なのはスィーリーンのはずだ。だが、それでも苛立ちは消えなかった。

荒ぶる感情のままに行使された力がシャルージの時を止めたのは、朝焼けが地平線から顔を出した瞬間と全く同じだった。

Ⅲ

レザモニア峡谷に響くかつて聞いたことがないほどの轟音は、破滅的な律動を大地にもたらしていた。

城壁へと突進していく七万の包囲兵の雄叫びが空気を震わせ、その雄叫びを断末魔の叫びに変えようと、城壁からは無数の銃声が響き渡る。銃眼から突き出された黒鉄の銃身は折れそうなほどに細く、だが咆哮するたびに兵の命を奪っていく。

硝煙と血の臭いに満ちる戦場の本陣で、東方世界《オリエント》の覇者《ハーン》は立ち上がった。

「ダラウト、包囲兵を下がらせよ」

全軍総帥《コールガル》ダラウトが首肯したのを見て、エルジャムカは曳かれてきた汗血馬《かんけつば》に騎乗した。

二百ファルス（千キロメートル）にわたって南北に延びるレザモニア峡谷には、二ファルスごとに堅牢な城塞が築かれており、奥へ行けば行くほどにその規模は大きくなる。

これまでに抜いた城塞は三十八。鐵《てつ》の民最後の諸侯《スルタン》であるルーラン侯は、この深奥にいる。だが、三十を超えたあたりからその堅牢さは跳ね上がっていた。石造りの城壁には鉄の板が張り巡らされており、投石機など役に立たなくなっている。鐵《てつ》の民の秘宝である銃も、ここにきて連発式のものに変わっているようだった。

兵を退かせる隙がなかった。

ルーラン侯の兵は一万に満たないだろうが、城壁に取りついている七万の包囲兵は、半数も生き残れまい、とエルジャムカは目を細めた。再び連なった銃声に、数え切れぬほどの兵が倒れた。牙の民の兵ではなく、西進する中で従えた諸国の奴隷たちだ。その死に心が痛むことはないが、あまりに手間取れば牙の民本隊の士気にもかかわる。

旗士《ノール》と呼ばれる黄金の鎧をまとう親衛隊千騎を従え、エルジャムカは前線へと進んでいく。空気を震わす銃声が徐々に大きくなっていくが、誰一人として表情を乱す者はいない。

包囲兵のうち半数ほどが斃れ、雄叫びより呻き声の方が大きくなった時、後退させた。援護などはない。抗った後に降った者たちへの見せしめでもあった。

突如退いた牙の民に、短く、だが太いルーラン側の歓声が轟いた。

城壁からは、途切れることのない牙の民の軍勢が見えているはずだ。レザモニア峡谷の大城塞群攻略に投入した兵力は六十七万。城壁から見えている兵がほんの一部であることを、敵も分かっている。それでも、東方世界《オリエント》を制した軍を一度でも追い返したという事実が、彼らを興奮させているのだろう。

哀れだな。

城壁の上から聞こえる気勢に、エルジャムカは掌を曇天へ向け、そして地底の魔物を呼び起こすように握り締めた。

峡谷に吹く風が止まった。

「──邪兵《エルリク》よ」

覇者《ハーン》の呟きに、大地の中に蠢きが現れた。一つ、二つと増え、峡谷の底に充満するような群れとなった時、蠢きはゆったりと人の形へと姿を変えた。鮮血をまとったような身体を持ち、目も耳も、鼻もない。あるのは敵を貪るための口だけであり、耳障りな呻き声を漏らしている。

ルーラン側からは歓声が消え、恐怖が滲み出した。

剣も、矢も、鐵《てつ》の民が誇る銃さえも話にならない。波紋を広げる身体を揺らす二千の邪《エル》兵《リク》が今か今かと王の命を待っている。

世界の結末を知る前に、ここで死んでいくがいい。それが、汝らにとっての幸福であろう。

「……征け」

覇者《ハーン》の声がおどろおどろしく響いた瞬間、頭が割れんばかりの叫び声が峡谷に満ち、二千の異形のものたちが突進していった。ぶつかるかのように見えた瞬間、邪兵《エルリク》たちは垂直の壁を駆け上がり、城壁の上に辿り着いた先頭の邪兵《エルリク》が、十の槍によって串刺しにされた。直後、連なる銃声によって頭部が弾け飛ぶ。

静寂と、かすかな期待が広がりかけた瞬間――。

串刺しにされた邪兵《エルリク》が大きく吠えた。すぐ傍の旗士《ノール》が肩を震わせた。何者にも止められはしない。身体を引きちぎるように前進した邪兵《エルリク》が、槍を握る兵たちへと襲い掛かった。それが殺戮の宴の嚆矢となった。

城塞に籠る最後の敵兵が邪兵《エルリク》に殺されたのは、薄暮《はくぼ》の頃だった。やがて闇が殺戮を覆い隠す。強い血の臭いが城塞から漂ってきた時、二千の邪兵《エルリク》が使命を終え、地上から姿を消した。

今この瞬間、世界のどこかで二千人の命が消えたはずだ。生きとし生ける者の命を代償として、不死の兵を創り出す力こそ、エルジャムカに与えられた〈人類の守護者〉の力だった。

「幕舎に戻る。城塞の制圧は左翼代将軍《ジャウンガル》ジャライルに任せる。全軍総帥《コールガル》に幕舎へ来るように伝えよ」

旗士《ノール》が跳ぶように駆け出していく姿を見て、エルジャムカは馬首を返した。

負傷者の収容を終え、ダラウトが報告に来たのは月が高くなった頃だった。木製の玉座に座るエルジャムカに、ダラウトがおもむろに口を開いた。

「今日の戦での戦死者は二万七千五百二名。死因のほぼ全てが銃撃によるものです。城塞群の堅さも上がってきており、このまま進めば包囲兵の損耗はさらに甚大になるかと」

エルジャムカの反応を窺うような声だった。老人の白い髪を見つめ、エルジャムカは瞼を閉じた。

「代わりはいくらでもおろう」

東方世界《オリエント》の最果ての地、アデンからここまで幾多の国を滅ぼしてきたのだ。降した国々で徴集した兵の数は、膨大なものになっているはずだ。だが、聞こえてきたのはダラウトの唸り声だった。

「順当にいけば、草原の民を前線に投入することとなりましょうが」

老将の懸念に、エルジャムカは唸り声の意味が分かった。敵だけではなく味方からさえも赤鬼と恐れられる老人だ。それを唸らせるほどになるとは、二年前は考えてもいなかった。

瞼を上げ、エルジャムカは頬杖をついた。草原の民の命を計る砂時計の砂が、落ち切っただけの話だ。

「例外は、ない」

「しかし――」

「ダラウト」

　エルジャムカの声音に、老将が肩を震わせた。

「二度は言わぬ」

「はっ」

　短い返答をして、ダラウトが頭を垂れた。

　西方世界《オクシデント》へ放ったアルディエルが、草原の民の戦線投入を知って叛旗を翻すのではないかと、ダラウトは恐れているのだろう。百戦錬磨の老将にそれを恐怖させるだけの戦いを、この二年、アルディエルは見せてきた。

　客将軍《イーガル》の称号を授けた唯一の男を思い浮かべ、エルジャムカは首を横に振った。その称号は、かつて友のために用意したものだった。幼い頃から共に戦うことを誓い、そして東方世界《オリエント》を二分する勢力を持つまでに至った。

　アテラとの戦は、降りしきる豪雨の中で始まり、雨が止む頃に終わった。

　本陣に引き立てられたアテラに投降を勧めたのは、エルジャムカ自身である。客将軍《イーガル》の璽《じ》を握らせたエルジャムカに、アテラはゆっくりと首を振り〝唯一、史上最大の英雄に勝てなかっただけの男として死なせてくれ〟と背を向けた。

麻袋に入れられたアテラが、一万の馬群に踏み潰される光景は今も夢に見る。戦場で向かい合えば、敗けるかもしれぬと思った唯一の男だった。そんな友へ用意した称号をアルディエルへと与えたのは、青年の中にアテラに並ぶ才覚を見出したからと言っても過言ではない。

同時に、それは客将軍《イーガル》の称号を持つ者には、決して負けないというエルジャムカ自身の覚悟でもあった。

その話は終わりだと告げたエルジャムカに、ダラウトが拳を地面にあてた。

「西方世界《オクシデント》からは、ウラジヴォーク帝国掌握後の報せはありません。右翼代将軍《バルウンガル》ボオルからは、鐵《てつ》の民二人の諸侯《スルタン》ルカーシュ、ルジェクの領土全域を制圧したとの報が」

「ボオルには、両諸侯《スルタン》の領地をボオル家の家国《ウルス》に加えることを許すと伝えよ」

「承知しました」

束の間の栄華でしかないことは、エルジャムカもダラウトも知っている。だが、自分を信じてついてきた者たちへ、せめて滅びの前の栄光を与えてやりたかった。殺戮の輪廻から、人を救うのだ。その程度の褒美は、許されるべきだろう。

「瀛《うみ》の民へ送ったゲンサイの報告はどうなっている」

エルジャムカが口にしたのは、遥か極東の地でエルジャムカに仕え始めた孤高の剣士の名だった。群れることを好まず、常に一人で動く。顔に巻かれた麻布の下には、女と見紛うほどの顔が隠れているが、その顔を知っている者は牙の民でも十人といないだろう。

エルジャムカが出会ったのは、ゲンサイが東方世界《オリエント》最大の港湾都市アデンの暗殺者として独り現れた時だった。十万の牙の民の兵を跪かせ、一人歩いてくるゲンサイの姿は、現実離れした光景だった。目の前で悠然と片刃の長剣を抜き放った姿は、今でも鮮明に覚えている。

事の経緯を知りゲンサイを嫌い抜いているダラウトが、鼻に皺を寄せて懐に手を入れた。

一通の書簡が取り出される。

「瀛《うみ》の民は、抵抗を選んだようです」

続けるように促した。

「瀛《うみ》の民を率いるボードワンを討ち、本拠アルラアス城を占拠することには成功したようです」

「には？」

書簡を受け取りながら、エルジャムカは聞き返した。

三枚にわたって細かな字が書かれている。目を引いたのは、世界の中央《セントロ》からの報告の中で見たことのある姓だった。

「ボードワンを失った瀛《うみ》の民ですが、使者として訪れていた世界の中央《セントロ》の前太守《アミール》がボードワン麾下を叱咤し、頑強な抵抗を見せています。グレム海のハルーク島を拠点として、広く兵を募っているようです」

「ゲンサイにつけたのは……イルサだったな。苦戦しているのか？」

「はい。ゲンサイが動けば、苦戦などせぬものを」

吐き捨てるような声だ。かつて、ゲンサイの〈樹の守護者〉の力を自ら受けてもいる。その強大な力があれば、瀛《うみ》の民の残党を滅ぼすことなど容易いにもかかわらず、なそうとしないゲンサイに苛立っているのだろう。

エルジャムカは腕を組み、瞼を閉じた。

「よい。余はゲンサイに戦を求めなかった。あの者は、命令以上のことはせぬ。そうであろう」

「……御意」

短いダラウトの返答に、エルジャムカは一つ頷いた。

「余が行く」

「それは――」

目を開けたエルジャムカの前に、慌てて首を振るダラウトがいた。

「鐵《てつ》の民との戦は大詰めを迎えています。今、我が君が戦場を離れれば――」

「余がいなくとも、お主がいれば牙の民は動く」

そう言い放つと、エルジャムカは立ち上がり天幕を出た。追いすがるダラウトを、気にはしなかった。

アイダキーン・バアルベク。

書簡に記された一つの名が、どうしようもなく気になった。力なき人の身のままエルジャムカに刃を向け、たった一人生き残ったカイエン・フルースィーヤを立ち上がらせた男。

滅びこそが、人の希望なのだと信じている。

友アテラを自らの手で殺した時から変わらぬ思いだ。だが、同時に、癒やしがたい人への渇望が心の奥底にあるようにも思う。アイダキーンをこの手で殺すべきだと思うのは、心の底の渇望を、恐れているからなのか。かつて殺した友の死が、無意味になると恐れているのか。

覇者《ハーン》が何かを恐れるなどありえぬと思いながらも、進む歩は速くなる。

曇天の下、断崖の頂上に登ったエルジャムカを待っていたのは、頬のこけた痩身の男だった。長い布を巻きつけただけの身体は、吹けば飛びそうなほど貧相であり、その窪んだ目には卑屈な光が宿っている。

「ソルカン。空を行くぞ」

覇者《ハーン》の呟きに、ソルカンと呼ばれた男が嗤った。その瞬間、風を孕む音と共に、翼竜《ナーガ》の巨大な翼が天空へと広がった。

Ⅳ

　中央政庁へと繋がる石橋の上で、着いたばかりの使者が泡を吹いて倒れた。民がいれば途端に収拾がつかないほどの騒動になっただろうが、今はラダキアへと疎開している。なんの足しにもならない安堵の息を吐き出し、カイエンは照りつける太陽に手をかざした。

　使者の介抱と傍にいる者たちへ箝口令《かんこうれい》を敷くと、カイエンはすぐさま諸将を軍営に集めた。

　バアルベク城外に調練に出ているサンジャルを除き、シェハーヴ、バイリーク、クザがすぐに駆けつけてきた。伝令から掻い摘んで聞いてはいるのだろう。どの顔にも深刻な表情が浮かんでいる。

「太守《アミール》には？」

　なんとか冷静さを保とうとしているバイリークが口火を切った。

「まだだ」

　伝えれば、マイがいかなる反応を示すかは手に取るように分かった。自分が伝えるしかないことは分かっているが、彼女の悲痛な顔を想像すると心臓が締め付けられるようだった。

「……シャルージがカイクバード侯麾下に占領された」

事実を伝えるしかない。情報の精査は、事実と仮説を峻別《しゅんべつ》するところから始まる。ただ、突き付けられた事実は、あまりにも深刻なものだった。

「エフテラームはどうしたのです？」

声に、怯えが滲んでいた。バイリークの疑問は残る二人の疑問とも同じだろう。エフテラームは、カイクバード侯との決戦に備えてシャルージに帰還していた。態勢を整えて、フォラート川で合流することを約していたのだ。

彼らが知りたいのは、エフテラームという将がいかにして敗れたのかではない。人ならざる者が、なぜ敗れたのかだ。ただ、その答えは簡単だった。

「シャルージを占領したのはスィーリーンというカイクバード侯の娘だ。俺と同じ〈背教者〉の力を持っている」

一度、戦場で見た。パルミラ平原から撤退し、クヨル砦へと駆け込む寸前、バアルベク軍の前に現れた竜仮面の男と、その左右に控える一組の男女。リドワーンという兄と、スィーリーンという妹は、共に〈背教者〉の力を持っているという。〈悲哀〉と〈怠惰〉。時を戻す力と時を止める力は、カイエンの持つ〈憤怒〉の力と似て非なる力だった。熟練という意味では、自分では太刀打ちできないだろう。

「エフテラームの生死は分かっていない。分かっていることは、シャルージが占領されたという事実だけ」

息を整え、眉間に右手をあてた時、右腕に巻かれた黒い布が目に入った。

「バイリーク、クザ。サンジャルが戻り次第、全軍に出陣の用意を。今日中にファイエル侯とも策を詰めて、明日の夕刻には出陣する」

「拙速は戒めるべきでは？　この一月で、カイクバード侯はアスラン、ジャンス両諸侯《スルタン》の領土の平定を終えています。ジャンス侯は討たれ、戦巧者のアスラン侯もまた、カイクバードの子息リドワーンに敗れて行方不明になっている。シャルージとの講和の折に立てた策が潰《つい》えたことを考えれば、腰を据えることが上策では？」

クザという男は、実に面白い将だった。バイリークを上官に仰ぐ時は、その冷静さを最大限に発揮させようと暴将を演じ、冷静さを失っているカイエンの前ではことさら冷静であろうとしている。ラダキアの降将の中で唯一地位をそのままに登用したのは、クザの柔軟さを高く評価したからだった。

小さく唸り、カイエンは眉間から手を離した。

「切り札の一つでもあるエフテラームの参戦は見込めない。現況は極めて深刻だ」

「アイダキーン様からの報せは？」

バイリークの言葉に、カイエンは首を横に振った。

「いまだ報せはない。ただ、アイダキーン様が瀛《うみ》の民の助力を取り付けたとしても、シャルージが占領されている以上、使者の到着は遅れる」

「瀛《うみ》の民の助力は見込めないかもしれぬと？」

「フォラート川を利用した挟撃はあてにしない方がいいだろうな」

だが、と言葉を継ぐ。

「策はある。軍議の決定は、一度白紙に戻す」

目の前の三人の目が見開かれた。総指揮を執る者は、いつでも地平線の向こう側までをも見据えていなければならないのだ。たとえ今は見えていなくとも、そう振る舞う必要がある。

口を開きかけたバイリークが、言葉を呑み込んだようだった。

「太守《アミール》の裁可を得てくる。この策には、太守《アミール》の命がかかっている」

バイリークが口元を歪ませた。

「太守《アミール》を戦場へ？」

「バアルベクに残せば、いつシャルージから横撃《おうげき》されるか分からない。ラダキアへ退避いただいても同じだ。敵が人ならざる力を擁している以上、俺の傍にいてもらう。それに、太守《アミール》が戦場にあればこそ、兵も覚醒するだろう。太守《アミール》を中央に据え、敵をガラリヤ地方最北のラダキアまで引き込む。左右両翼はファイエル侯とバイリークの指揮で、カイクバード侯が進めば包囲に動く」

「敵は強大です。それで包囲できるとは……」

バイリークの言葉に、頷いた。

「初戦、太守《アミール》には本当に敗れてもらう。バイリークとファイエル侯の真の役目は、敵の軍を分散させることにある」

「なるほど。我々は、潰れ役というわけですか」

「辛い役だが」

それ以上は言わなくていいというように、バイリークが肩を竦めた。

「副官ですから」

「頼んだ。追撃に移った敵が延びきった時、シェハーヴ、サンジャル、クザ率いる三軍で包囲、攻勢をかける。勝機は、おそらくその一度きりだ」

シェハーヴが腕を組んだ。

「勝算は？」

寡黙な千騎長《アルファーム》の呟きに、カイエンは大丈夫だと頷いた。

V

瀛《うみ》の民の本拠地アルラアス城が、夕陽を受けてグレム海に長大な影を落としていた。五百艘のガレオンが停泊可能なアルラアス港を見下ろす丘には、白亜の尖塔が天に向かって伸びている。

風を切る翼竜《ナーガ》の背で、エルジャムカは手綱を握り締めた。巨大な翼が風を掻き、アルラアス城上空を旋回する。徐々に高度を下げる巨大な翼竜《ナーガ》に、城内の兵が恐怖に顔を引きつらせていた。

エルジャムカの姿を認めたのだろう。尖塔の麓に広がる芝生の前庭で、牙の民の兵が次々に跪いていくのが見えた。地面まで一メルク（五メートル）の高さに近づいた時、エルジャムカは手綱を離し、翼竜《ナーガ》の背を蹴った。

跪く五百の兵が翼の風圧に身を竦めた時、エルジャムカは芝生の上に降り立っていた。短い破裂音と共に、それまで宙に舞っていたはずの翼竜《ナーガ》の姿が消える。背後、芝生に降り立ったソルカンを一瞥し、エルジャムカは白亜の尖塔を見上げた。

「イルサを呼べ」

エルジャムカの呟きに、傍で跪く一人の兵が肩を震わせた。隷下二十将以外は、許可なく直答することを許していない。兵の無言は正しいものだが、そこに必要以上の怯えがあることにエルジャムカは目を細めた。

「……ゲンサイか」

問いかけたエルジャムカに、兵が頷き、白亜の尖塔へと視線を向けた。

空を舞う翼竜《ナーガ》の姿を見て、エルジャムカ自身がここに来たことをゲンサイは知ったはずだ。エルジャムカ自らここに来た理由を考えただろう。そして、それが未だハルーク島を攻めぬことへの詰問だと気づいたに違いない。

舌打ちを堪え、白亜の尖塔へと進んだエルジャムカを迎えたのは、大理石の床に広がる血の海だった。最上階まで吹き抜けとなっている大広間に倒れる十八の骸。その中には、エルジャムカが処刑することを決めていたイルサの姿もあった。

「これは、一年ほどお早いお着きで」

抑揚のない声の主は、足元までを覆う極東の民族衣装を着て、結んだ腰ひもに鞘を無造作に差している。折り重なった骸の上で、片刃の剣を肩にかけ、ゲンサイはエルジャムカを見下ろしていた。

覆面の内側は無表情なのだろう。命の重さを、羽根ほどにも感じることのない男だった。

「なぜ、イルサを殺した」

問いかけに、骸の上に立つゲンサイが小さく肩を竦めた。

「俺の役目は、ボードワンを殺すこと。イルサの役目は、瀛《うみ》の民を統べること。だが、アイダキーンという男に手玉に取られ、イルサは果たせなかった。ただの無能だ。王の剣を血に濡らす価値もない。そう判断したがゆえ、俺自ら斬ったまでのこと。これは咎か？」

覇者《ハーン》を前にして、怯えることなくそう言い放つゲンサイに、エルジャムカは眉間に拳をあてた。この男は、命じたことしかしない代わりに、命じたことは必ず実現させる。その言葉通り、使命を果たせなかったのは、イルサの方だった。

イルサは四駿四狗《ナムバートル》を除けば、隷下二十将の中で最も高位の男だが、小都市の前太守《アミール》ごときに出し抜かれるようでは、エルジャムカの側近に値しない。白く濁った瞳をこちらへと向ける骸に、エルジャムカは首を横に振った。

「余の手を煩わせぬがために、と言いたいのだな？」

覆面が、わずかに揺れた。笑ったのか。顔を見せぬゲンサイに背を向け、エルジャムカは再び外へと歩き出した。

「ゲンサイ、ついてくるがいい。イルサを殺した分は働いてもらう。ソルカン、まだ動けるな？」

「あと一度程度であれば」

そう答えたソルカンの痩身は、レザモニア峡谷を飛び立った時よりも、さらに痩せ細っている。人の空想を現実に変える力は、〈守護者〉の中でも最も血の代償を要求するものだった。

〈動物の守護者〉の力は、城塞ほどの翼竜《ナーガ》を天空に飛来させ、一国を踏みしだくほどの巨人《アスラ》を生み出す。世界各地の伝承の元となった力でもあり、過去二千年にわたって、人から敵視されてきたものだ。

頷き、エルジャムカは前庭に跪く牙の民の兵を、城壁まで下がらせた。遠巻きにする兵の中心で、さきほどよりもさらに巨大な翼竜《ナーガ》が姿を現した。

「……王よ」

唸りをあげる翼竜《ナーガ》を前に、ゲンサイの声が響いた。肩越しに振り返ると、覆面をとったゲンサイの顔があった。誰もが魅了されるほどの美貌だが、その顔を見られることを極度に嫌い、目にした者を殺し尽くす極端さもある。

兵を見渡したエルジャムカに、ゲンサイが口の端を吊り上げた。

「何も見えてはいませぬよ」

遠巻きにエルジャムカたちを取り囲む兵は一様に顔を引きつらせ、そして芝生に倒れ込んでいる。人の視界を奪い、平衡を奪う〈樹の守護者〉の力だった。

ゲンサイが右手を柄にかけた。

「なぜ、王自らここに来た」

「理由が必要か？」

「くだらぬ理由であれば、俺は王を殺さねばならぬ」

冗談とも本気ともつかぬ声音だ。だが、この男の口にすることは、常に本気の言葉である。東方世界《オリエント》の覇者《ハーン》にではなく、〈守護者〉の王へ忠誠を誓う男に、エルジャムカは鼻を鳴らした。

「アイダキーンは人に絶望をもたらす存在かもしれぬ」

人を殺しつくすことが、人に許された最後の希望なのだ。その流れに抗う者は、人を苦しませる絶望の存在でしかない。

ゲンサイの顔に、訝しむような表情が浮かんでいた。

当然の表情だろう。エルジャムカ自身、確証があってここまで来たわけではないのだ。

だが、絶望に突き落としたはずのカイエンを立たせた男に、漠とした不安を感じたことも事実だった。

妨げる者は、残らず殺さねばならぬ。

翼竜《ナーガ》の背に飛び乗ったエルジャムカに、ゲンサイが一度頷き、後に続いた。


ハルーク島は絶壁に囲まれた孤島だった。

そそり立つ断崖は天然の城壁となり、紺碧の海が激しく波をぶつけている。船を接舷させることも難しく、唯一の桟橋は瀛《うみ》の民と思しき兵に堅く守られていた。孤島の頂上は輪切りにしたような水平の地が広がり、過剰と思えるほど分厚く背の高い城壁が風を遮っている。

古く、瀛《うみ》の民が処刑を禁じていた時代、罪人を収容していた名残なのだろう。たしかに処刑は禁じられていたが、そこでは目を背けたくなるほどの拷問が、昼夜を問わず罪人を苦しめていたという。翼竜《ナーガ》の背で受ける風にも、悲鳴のような音が混じっている気がした。

それもまた、人の愚かさだった。

握る手綱を、エルジャムカは引いた。両翼が風を叩くように動くと、一度上昇し、そして急降下を始める。近づく要塞の中で、蟻のように散らばる者たちが、こちらを見上げているのが分かった。そのどれもが、目にする光景を理解しきれていない。

城門に近づいた翼竜《ナーガ》が、ゆっくりと羽ばたく。地上からばらばらと放たれた矢は風に押し返され、かろうじて届いた矢も、光を孕む硬い鱗に傷一つつけることはできない。

要塞に駐屯する千ほどの兵は、無力な矢の姿に、目にしているものが現実であることを理解したようだった。地上から滲み出す恐怖を感じた時、翼竜《ナーガ》が地面に降り立った。遠巻きに包囲し、槍の穂先を揃える千ほどの者たち。抗戦を決めた者たちだけあって、臆病な者はいないようだ。

息を殺した兵が一歩、前に踏み出そうとした瞬間、翼竜《ナーガ》の咆哮が空気を激しく揺らした。

「ソルカン、戻れ」

猛る翼竜《ナーガ》に声をかけ、エルジャムカはその背から飛び降りた。

「ゲンサイ、ソルカンを守れ」

咆哮の余韻の中で、ゲンサイにそう告げた。目の前で、翼竜《ナーガ》が人の姿へと姿を変えた。砂利の地面に、痩身のソルカンが膝を抱くように横たわっている。〈動物の守護者〉の力は、行使している間ずっと血を求め続ける。

一人では立てないほどに消耗したソルカンの傍に、ゲンサイが胡坐をかいた。右手には鞘のまま、片刃の剣を握っている。

視線を、要塞へと戻した。槍を構える兵たちが、わずかに気勢を上げたようだった。

翼竜《ナーガ》が消え、残ったのは三人の男だけと見ているのだろう。

「邪兵《エルリク》よ……」

時をかけるつもりはなかった。

地面に五百の蠢きが生じ、直後、身体に血の波紋を広げる邪兵《エルリク》がゆらりと立ち上がる。半円形に包囲する千の敵兵に、向かい合う形になった。先ほどまでの翼竜《ナーガ》と比べれば、人と同じくらいの大きさだ。槍を握る敵兵の瞳に浮かぶ恐怖は、先ほどよりも小さいようにも感じた。

「無知とは恐ろしいな」

背後でゲンサイの嘲笑が響いた瞬間、邪兵《エルリク》が金属音のような雄叫びをあげた。

一足飛びに敵の中へ突っ込んでいく深紅の邪兵《エルリク》たちの背を見て、エルジャムカは歩き出した。覇者《ハーン》の歩みを遮ることは何人にも許されない。正面に立った三人の敵兵が、横から飛びかかった邪兵《エルリク》によって吹き飛ばされた。地面に組み伏せられ、甲冑ごと食い千切られる。尾を曳くような嫌な悲鳴が耳をついた。

殺戮は、束の間だった。

千の兵を皆殺しにした邪兵《エルリク》が、身体を正面の城塔へと向けた。

「中にいる者は殺さず、捕らえよ」

エルジャムカを追い越すように駆けていく者たちにそう告げた。邪兵《エルリク》が城塔の壁に取りつき、這いずり登っていく。

あまりに容易い戦いだが、当然の結果でもある。人ならざる力を持った者に、力を持たぬ者は抗うことすら許されない。

王たる〈人類の守護者〉を殺すことのできる存在は、そもそもありはしないのだ――。

七人の〈守護者〉と三人の〈背教者〉。数で勝る〈守護者〉に抗うため、〈背教者〉は親密な間柄になることが常の歴史であった。だが、〈守護者〉の王である〈人類の守護者〉を殺すためには、三人の〈背教者〉は互いに殺しあわなければならない。

しかし、長い歴史の中、力のために友を殺す覚悟を持った者は、ただの一人もいなかった。

余は、恐れているのか――。

絶望から這い上がった男が、史上初めての存在になることを。

首を振り、エルジャムカは剣を抜いた。自分が何かを恐れることなどない。あってはならないのだ。友を犠牲にし、愛する人を殺した。世界に殺戮の慈雨をもたらしたエルジャムカ・オルダという存在は、もはや止まってはならない。

一度瞼を閉じ、鼓動の高鳴りを抑え込んだエルジャムカは、目を開いた。

十数える頃、城塔を閉ざす両開きの鉄門が内側から開け放たれた。

百を超える男女が、邪兵《エルリク》に押し出されるように出てきた。中心で護られるまだ幼い男児は、瀛《うみ》の民の諸侯《スルタン》ボードワンに連なる者なのだろうか。健気に短剣を構えているが、興味はなかった。

百名の中でひときわ、異彩を放っている者がいた。なぜか、目を奪われた。

屈強な身体を持っているわけでもない。身体の正面に構える剣は、どこかぎこちなく、歴戦の武人には到底見えない。それでも、白髭を風に揺らす浅黒い肌の老人は、何者にも屈しない頑強な気配があった。

百の男女が邪兵《エルリク》を恐れる中、老人はただ一人、エルジャムカを見つめていた。

「……アイダキーン・バアルベクだな」

「……深紅の瞳、まさか」

目を見開いた老人が呟く。応えることはせず、剣を水平に構えた。

「なぜ、抗う」

臓腑を震わすようなエルジャムカの言葉に、アイダキーンが眉間に皺を寄せた。

「人が滅ぶは、定め。血で血を洗い、殺し合いを続けることのどこに救いがある」

言葉を吐きながら、エルジャムカは老人へと近づいていく。

「なぜ、カイエン・フルースィーヤを救った」

自分の言葉に、疑問を感じた。なぜ救ったのかを聞きたかったのではない。本当に聞きたかったのは、なぜ救えたかのはずだ。友に裏切られ、愛する者を失い、絶望した男がなぜ。

だが、すでに老人との距離はなかった。

目の前でエルジャムカを見つめるアイダキーンが、歯を食い縛った。その手に握る剣が、エルジャムカの胸に突き立つ。

老人の瞳に、初めて恐怖と呼ぶべき感情がわずかに滲んだ。

「人に、人ならざる者を止めることはできぬ」

突き立つ刃を左手で握り、エルジャムカは老人が掴んで離さぬ剣を引き抜いた。銀色の刀身に、血はついていない。その瞬間、傍の邪兵《エルリク》が一体、蒸発して消えた。世界のどこかで、無辜《むこ》の民が一人死んだはずだ。

「……あの若人は、人を救おうともがいておる」

食い縛った歯から、漏れ出るような声だった。己の運命を確信したのか、その瞳から恐怖が消えた。アイダキーンが剣を手放した。

「お前たちは人ならざる者ではない。力を授かっただけの人であろう」

「それを人ならざる者と呼ぶのだ」

「違う」

断ずるような声だ。覚悟を決めたかのように、アイダキーンが肩を怒らせた。

「人は愚かじゃ。愚かゆえに間違う。じゃが、間違いと知るのは、人の賢《さか》しさ。お主の抱く絶望は、人への諦めでしかない。人を滅ぼして終わらせようなど、ただ易《やす》きに逃げているだけじゃ」

「それが、永き歴史の答えだ。争うことを止めることができぬ人の愚かさ。ゆえに、人は終わりを求めている。ゆえに、誰も余を止めることはできぬ」

「滅びに抗い続けてきた歴史であろう」

アイダキーンの瞳が鋭い光を帯びた。

「エルジャムカ・オルダよ。お前は人の出した答えなどではない。絶望したカイエン・フルースィーヤが、お主を止めようと、再び立ち上がったことこそ、その証拠じゃ。そして、それこそ人としてのお前が望むものではないのか」

肺腑を衝くような言葉だった。

「滅びが人の出した答えであるはずがない。そう信じようとしたお前自身が、カイエン・フルースィーヤを生かし、そして世界の中央《セントロ》へと送り込んだ」

アイダキーンが首を左右に振って続けた。

「あの若人は、儂が救ったわけではない。立つべくして立ち上がった。儂ではなく、それはお前が望んだことだ」

「戯言を――」

「カイエンは、人を、お前すらを救おうとしておる」

アイダキーンの手が、エルジャムカの胸元に伸びた。

「滅びに抗う、それが人の望んだ――」

だが、その続きが声になることはなかった。口から溢れた血が、白髭を赤く染める。アイダキーンの胸元に、片刃の長剣がまっすぐ突き出ていた。

その背後では、覆面をかぶるゲンサイが剣の柄を両手で握っている。

「戯言を聞く必要はありますまい」

ゲンサイの言葉に、エルジャムカは空を見上げた。鱗雲の浮かぶ空は、燃えるような茜色だった。

戻した視線の先で、アイダキーンが苦悶の表情を浮かべている。

レザモニア峡谷を離れて、なぜ自らここに来る気になったのか。死にゆく老人の言葉から、エルジャムカはようやく分かった。二年前、草原で抱いた期待が何だったのか、知りたかったのだろう。

　ゲンサイが長剣を抜き払い、鮮血が舞う。鈍い音と共に崩れ落ちたアイダキーンに、もはや興味はなかった。

　剣を鞘に戻し、エルジャムカは邪兵《エルリク》に囲まれた百名の男女へ視線を向けた。怯えた視線を、エルジャムカへと向けている。

　殺せ。

　声にすることもなく命じた言葉に、邪兵《エルリク》が咆哮した。

　老人が声にした言葉は、理解した。理解したうえで、受け入れることのできぬ言葉でしかなかった。

　東方世界《オリエント》の覇者《ハーン》エルジャムカ・オルダの歩みは、もはや変えられない。

Ⅵ

太守《アミール》の居室に通じる扉から感じる気配は、ささくれ立っているようにも思う。重い足を石段に乗せ、カイエンはゆっくりと木製の扉へ近づいていった。扉に刻まれた二人の彫刻は、民が自ら金を集め、腕ききの彫刻家に彫らせたものだ。

瀛《うみ》の民からもたらされた報せは、予想していたものとは全く異なる内容だった。息絶えの使者をバアルベク内城の一室に匿《かくま》い、上層部を除いて近づくことを禁じた。瀛《うみ》の民との挟撃が完全に潰えたことだけではない。前太守《アミール》の死が、兵に大きな影響を与えると思ったがゆえの判断だった。命を賭して駆けてきた使者は、朝日が昇ると共に死んでいた。

兵だけではないか……。

呟きを呑み込み、カイエンは自らもまた浮足立つような気持ちになっていることを感じた。今、バアルベクの騎士《ファーレス》たる自分が押し潰されるわけにはいかない。

カイクバードとの戦は、薄氷を踏むようなものだ。

だが、たった一戦、最強の諸侯《スルタン》と謳われる男を倒せば、ガラリヤ地方だけではなく戦《いくさ》の民を統べる者へと成り上がることができるのだ。この戦は、一地方だけの話ではなく、戦《いくさ》の民の命数を決定づける。牙の民の侵攻が、一刻を争う場所まで迫っていることが明らかになった以上、ここで立ち止まってしまうわけにはいかない。

それこそが、誰しもを分け隔てなく愛し、そして世界の中央《セントロ》に流れ着いた自分に居場所を与えてくれたアイダキーンに報いることだろう。

扉の表面に手を触れたまま、カイエンは束の間、瞼を閉じた。

今は、その死を嘆く時ではない。再び目を開き、扉に力を加えた。だが、扉はあまりにも簡単に開いた。カイエンだけの力によるものではない。内側から誰かが開けたのだ。

「……姫」

この光景を予想していなかったわけではない。込み上げる感情を必死で堪え、カイエンは歯を食い縛った。

「カイエン……」

両目を真っ赤にしたマイが、扉の向こう側に立っていた。亜麻色の髪は乱れ、髪飾りは絨毯の上に落ちている。絹製の純白の上衣の裾を握り締め、すぐ目の前で俯いていた。

泣くな。そう言葉にするか迷い、カイエンは高い天井を見上げた。それは、酷な言葉だろう。

生まれた時から太守《アミール》の娘として生きてきた。自分の存在はバアルベクの民の希望であらねばならない。そう覚悟し一人立っていた姿に、二年前に初めて出会った時、カイエンは銀色の髪の乙女を重ねたと言っていい。

フランとマイは二人とも力を持ち、その巨大な力に翻弄されていた。だが、二人は大きく違う。呪われた〈守護者〉の力を持った少女は、孤独の中で人への希望を捨てた。太守《アミール》の娘として生まれた少女は、孤独でありながらも、その孤独が人を救うことに繋がるのだと希望を抱いていた。

フランは孤独を強いた父を、草原の民を恨んでいたが、マイは父の生き様を理解して孤独であることを自ら望んだと言ってもいい。太守《アミール》の娘として孤独でありながらも、その心の中には常に父親がいた。兄のように慕っていたモルテザが、異なる考え方ではあったが世界《セントロ》の中央を護るために独り起ち、そして世界への義務を口にして死んでいった姿も目に焼き付けている。

二人の背中が、マイの孤独を支えていたと言っていい。だが、その二人ともがこの世からいなくなってしまった。母は幼い頃に病を得て死んでいる。兄弟はおらず、血縁者はない。天涯孤独の茫漠《ぼうばく》たる不安が、少女を絡み取っているようだった。

マイが一歩近づいた。亜麻色の髪がカイエンの胸のすぐ手前で揺れ、そして離れていく。背を向けたマイは、今にも消えてしまいそうなほど弱々しかった。

「……大丈夫です」

マイの声は震えていた。

〝敗れた者の手を取り、共に戦う隣人とすることなのです〟

パルミラ平原への出陣前夜、マイへ告げた言葉を思い出し、カイエンは皮膚が破れるほどに拳を握った。自分は、ただ目の前の敵を倒していただけだ。共に支え合うと、騎士《ファーレス》に任じられた時に誓っておきながら、マイの強さに甘えてきた。

気づくことはできたはずだ。思い返せば、深夜の古城へ呼び出されたのは初めてのことだったのだ。あの時も泣きそうな顔をしていた。背負いすぎているだけだと断じ、真正面から向き合わなかった。

触れれば折れそうな細身に息を吸い込み、カイエンはマイとの距離を縮めた。すぐ目の前に小さな肩がある。民を背負うには、あまりに小さな双肩だ。

不意に、身体に鈍い衝撃が走る。

「姫」

それは太守《アミール》としてではなく、一人の乙女が見せた弱さだった。自分の胸に顔をうずめるマイに、カイエンは右の拳をゆっくりと開いた。ぎこちなく上げた腕がマイの肩に触れた時、その視界に入ったのは、自らの右腕に巻かれた禍々しささえ感じる漆黒の布だった。

脳裏に銀色の髪の乙女との想い出が、鮮明に映し出された。神颪《かみおろし》の森で初めて出会い、邪険に扱われたこと。〈守り人〉であるアルディエルとの決闘の日々。そして、雛菊《ひなぎく》の花束を目にして、初めてフランが笑ってくれた時の春の陽気。

〈鋼の守護者〉の力によって、フランへの感情だけが消え去ったがゆえ、それはまるで自分ではない誰かの物語を見ているようでもある。

窓から吹き込んだ風に、漆黒の布の綻びが小さく揺れた。

マイ・バアルベクという乙女を護ると決めた。自分を受け入れてくれたバアルベクの民を護ると決めた。この地で、史上最大の英雄を迎え撃つと決めた。だが、その全ては、憂いを帯びた瞳で別れを告げたフラン・シャールの手を、再び取るためだった。

大恩あるアイダキーンが牙の民に殺されたことを知っても、そう思ってしまう自分は人でなしなのか。だが、それでもフランを救いたいと叫ぶ哭き声は、脳裏に響き続けていた。

小さな両肩を掴み、バアルベク太守《アミール》の身体を離した。

「俺はカイクバードと戦い、必ず太守《アミール》に勝利の剣を捧げます」

マイは俯いている。

「お叱りは戦の後いかなるものも受けます。古城の居室に、深夜だろうと、明け方であろうと水を持っていきます。文句も言いません」

支離滅裂だと思いながら、だが溢れ出る言葉を止めることはできなかった。

彼女を独りにしたのは、カイエン自身だ。マイが立てないというのならば、今度は自分が独りで立つ番だ。支え合うとは、そういうことだろう。常に強い者などいない。どちらかが折れれば、再び立ち上がることのできる時まで、もう片方は独り歯を食い縛ってでも立ち続ける。それが、支え合うということだ。

「カイクバード侯に勝てば、東方世界《オリエント》の覇者《ハーン》との戦が待ち受けています。エルジャムカの力は、〈守護者〉の王と呼ばれるほどのものです。しかしそれでも——」

彼女の肩から伝わる熱が、言葉になっているようだった。布越しにも分かる柔らかな肌の感触に、カイエンはマイの瞳を見つめた。その瞳は、先ほどよりも上向いている。

「それでも、俺は勝ちます。それが一年半前、貴女の父君に誓ったことだから」

「勝てば貴方は……」

マイの言葉に、カイエンは口を結んだ。

都合の良い言葉を吐くことなどできなかった。他の誰でもないマイにだけは、嘘で塗り固められた言葉を告げることなどできない。

まっすぐにこちらを見上げる瞳に、無理やり頬を吊り上げて見せた。上手く微笑みになっているかは分からなかった。

「勝てば、俺たちはバアルベクの民を護ることができる」

その言葉に、マイが目を揺らし、言葉を呑み込んだ。その右の瞳から伝った一筋の涙を、カイエンは折り曲げた人差し指で拭った。

「必ず、姫を護ります。共にバアルベクを護りましょう」

残酷な言葉であることは分かっている。だが、口にした言葉は、カイエンが独り立つことへの覚悟でもあった。マイが再び立ち上がるまで、自分の手で嵐を乗り越えてみせると。

運命はどこまでも残酷だ。バアルベクの騎士《ファーレス》の言葉が、後世に悲劇として語られることになることは、二人とも、まだ知りえない。

Ⅶ

祈りの声が束となって、空気を震わせていた。

背後にはウラジヴォーク帝国軍を中心として、西方世界《オクシデント》諸国から合流してきた三十二万の兵が身体の前で手を握り、拝火教の神の名を唱えている。全軍に退避を命じ、アルディエルは左前方で肩を回すエラクの横顔を見据えた。

ようやく巡り合えた遊び相手を品定めするように、覇者《ハーン》の弟エラクの頬には笑みが浮かんでいる。彼の持つ常軌を逸した力は、何度も目にしてきた。後方の高台で皇帝ヴォロダレドの傍に立つフランの力も、信じがたいものだ。だが、目の前に広がる光景は、あまりにも分かりやすく、人と、そうでない者の差を突き付けていた。

遥か遠くの水平線が、せり上がったかのように見える。震える大地に転ばぬよう、アルディエルは身体の前で剣を地面に突き立てた。

アルディエルが聖地回復軍《クルセーダー》に賛同した西方世界《オクシデント》七カ国の軍を率い、異議を唱えた国々の首都への侵攻を開始したのは四ヵ月前のことだ。覇者《ハーン》の右腕が恐れるほどの軍才は、深紅の瞳の王の言葉通り次々に諸国を降し、二月前にはサンタレイン大公国を残すのみとなっていた。

その時点で、アルディエルは全軍の再編を命じた。ウラジヴォーク帝国の首都アレクシンを出立した三万八千から八倍以上に膨れ上がった軍を統御するには、諸国の軍規を統一する必要があったのだ。諸国の将官に満場一致で全軍の指揮官に選出されたアルディエルは、そこから一月かけて編成を変えた。

そして、満を持してサンタレイン大公国の首都ヴェアブルクへと全軍の進路を定めたのだが――。

再編の意味は、なかったたな……。

サンタレイン大公国侵攻と、聖地回復軍《クルセーダー》としての長征を見据えた編成は、大公国側が取った大胆な策によって、ほとんど無意味なものになっていた。

商人の国ということもあり、サンタレイン大公国には常備軍が存在しない。必要とあらば金で雇われた傭兵に戦場を任せるのが大公国の伝統的な戦い方だった。国への忠誠心を持たない傭兵を使うことは、国家にとって危険の方が大きい。しかし、香辛料航路《インセンスロード》を一手に押さえ、東西貿易を取り仕切る彼らの財力の前では、法を知らぬ傭兵たちも家猫のように大人しくなると言われていた。

　だからこそ、当初は傭兵たちの得意とする神出鬼没の遊撃戦術を警戒していたアルディエルだったが、南北に延びるナイトワルツ海の海岸線が見えてくるまで、ついに敵が現れることはなかった。

「消耗戦など、はなから考えていなかったというわけか」

　呟きは震えていないはずだ。傍に控える二十七人の男たちは、十一ヵ国の将官だ。その全てがアルディエルの軍才を信じ切っている。彼らの信頼が砕け散ることを恐れたからこその思いだったが、本陣で平原を見据える二十七の男たちの目には、一人の老人の姿しか映っていないようだった。

　遮る者のない道を進み続けたアルディエルの前に現れたのは、ナイトワルツ海を背後に、灰色の上衣《トーガ》をまとう一人の老人だった。

　鼻は高く、もとは彫りの深い顔立ちであったのだろう。白髪は後頭部まで後退し、その代わり口元を覆う髭は胸元まで垂れている。皺だらけであり、学究の徒のようにも見える老人は、三十二万の大軍の侵攻の前には蟷螂《とうろう》の斧でしかない。

　三十二万の大軍と一人の老人。だが、今まさに喉元に死神の鎌を突きつけられているのはアルディエルたちの方であった。

「エラク殿、軍は動かさないぞ」

「客将軍《イーガル》よ。その方がよいであろうな」

聞く者を竦ませる兄とは違い、エラクの言葉はどこか弛緩している。ただ、その口調とは裏腹に兄以上に好戦的な男でもある。一年半前、大都市サマルカンドを滅ぼした戦では、エラクの力によって城壁が砕かれ、容赦のない殺戮を百万の民衆に与えた。エルジャムカの命の下、エラクが主導した惨劇であった。

エラクが羊毛で編まれた山高帽を地面に放り投げ、笑みを大きくした。

老人は祈るように両手を合わせている。

サンタレイン大公国の宰相ジョバンニ。若くして護国卿《ロードプロテクター》の地位にのぼり〝理《ことわり》なくして剣を抜かず〟と刻まれた剣を握る老人は、まさしく国を亡ぼす力を持っている。

「兄者《あにじゃ》の手前、〈守護者〉同士で殺し合う機会はなかったが、俺が求めていたのは今この瞬間だ」

玩具を与えられた子供のようなエラクとは対照的に、遠くでこちらを見据えるジョバンニの瞳は戦いを嘆いているようにも見える。

「白雨《ドーシア》」

不意に、ジョバンニを起点として、数千に及ぶ雫《しずく》が左右に浮かんでいることにアルディエルは気づいた。老人が目を見開いた途端、雫が弾けた。

避けろ、と声をあげる暇はなかった。聞こえたのは、肉を穿つあまりに静かな音だ。無数の雫が戦場を貫き、兵を串刺しにしていく。咄嗟に左右を見渡したアルディエルは、数千の兵が糸を失った操り人形のように崩れるのを目にした。

これが〈水の守護者〉の力なのか――。

「凄いな、あの爺さん」

エラクの声が歓喜に震えていた。

勝てるのか。アルディエルが向けた視線に、エラクが鼻を鳴らした。

「案ずるな」

見てみろと言うように、エラクが視線を逸らした。つられるように見た先、数千の命を奪った雫が、ある一線でぴたりと止まっていた。意思を持っているかのように宙に浮かぶ砂埃が、雫を止めたのか。

「来るぞ。かつて一国を海底に沈めた力が」

エラクがジョバンニの方へ身体を向けたその瞬間――。

聞いたことのないほどの轟音が鳴り響き、天高くそびえる津波が大地に巨大な影を創り出した。ジョバンニの両腕が、天高く突き上げられていた。

信じがたい光景だった。一瞬前まで静謐《せいひつ》を保っていたナイトワルツ海が狂奔《きょうほん》し、黄金色に染まる平原を呑み込んでいく。

「退くな！」

全軍にそう命じた瞬間、目の前に巨大な土の壁が現れ、アルディエルたちから視界を奪った。上空に向かってせり上がる土砂からは、息をすることも困難なほどの砂埃が舞っている。

〈大地の守護者〉は、地形すらを一瞬で変える。

目を細めて見上げた先、一ジット（五十メートル）ほどの高さまでせり上がった大地から、褐色の山高帽が宙に舞った。エラクの笑い声が聞こえたような気がした。

爆発するような轟音が連なった。エラクによって作り出された土の壁と、ジョバンニの引き起こした津波が激突する音だろう。

人は圧倒的な力を前にした時、自らの意思で動く術を忘れる。人ならざる者たちの戦いに青ざめ、その場に立ち尽くす兵たちを見渡し、アルディエルは近づく人の気配へと視線を向けた。

「お下がりください」

ジョバンニの力には震えなかった声が、いともたやすく震えていた。いつ以来だろうか。

彼女が自分に近づき、口を開こうとしているのは。

「退くなと命じたのは貴方でしょう」

馬上から届いたのは貫くような声だった。銀色の長い髪が風に揺れ、白磁のような肌は、神秘的な雰囲気をフランにまとわせている。黒い布で顔を隠すわけでもなく、純白の神衣には宝玉一つない。しかし、全軍の象徴として騎乗するフランの姿は、草原にいた頃よりも遥かに威厳に満ちていた。

これは、史上有数の殺戮を人の世にもたらす者としての姿だ。十全にその力を開花させた〈鋼の守護者〉が身にまとうもの。それが悲しき威厳であると言いきれないのは、孤独に泣く乙女の姿を知っているからだった。

少なくとも、今の彼女はその力を求められている。

アルディエルを見下ろすフランが遥か頭上を見て、首を左右に振った。

「運命に抗うことなんて、人にはできないわ」

「それは……」

フランは何を言い出すつもりなのだろうか。咄嗟に左右を見回したアルディエルが目にしたのは、ふらふらと遠ざかっていく十一ヵ国の将官たちの背中だった。会話を聞かれるのを避けるため、フランが力を使ったのか。円形に広がった空間の中で、アルディエルはフランへと視線を戻した。

「――運命とは、何を指しています？」

かつて〈守り人〉として乙女を護ってきた。だが、今の彼女と自分の間には埋めることのできないほどの溝がある。それは、背負う死の数だ。フランは、その力によって牙の民の全軍を使役し、幾千万の死を生み出してきた。命ぜられるままに目の前の敵を屠ってきただけの自分とは違う。

独り屹立《きつりつ》した場所に立つフランに、もはやかつての〈守り人〉として寄り添うことはできなかった。

「誰が起とうと、もう遅いわ」

光を失い、憂いだけが強くなったフランの瞳が、遥か東へと向けられた。

久しぶりの会話に喉の渇きを覚えながらも、アルディエルは必死で言葉を探した。フランが、エラクの目が外れたこの瞬間に話しかけてきた理由はただ一つだろう。

「あの男は――」

「アルディエル・オルグゥ」

遮られた言葉の先で、フランの瞳が揺れていた。その表情は見覚えがある。両親の笑顔を期待して長《コルム》の村へと向かい、まだ死んでいなかったのかと蔑まれた時のものだ。あの時、アルディエルの右手を握り締める乙女の顔には、人への諦めと絶望だけがあった。

「〈守護者〉の王に勝つことは、何者にもできないわ。王の下に集う〈守護者〉は四人。彼が希望を手にする前に、アルディエル……。私は、彼の希望を殺します」

それが、自分がカイエンに渡せる最大限の優しさだと言うかのように、彼女の声は震えていた。彼女の心は揺れているのだろうか。だとすれば、自分はいかに動くべきなのか。

「……私は姫の想いを叶えるだけです」

東方世界《オリエント》の覇者《ハーン》エルジャムカ・オルダが、自分とフランを西方世界《オクシデント》へと送り込んだ理由は、世界の中央《セントロ》に放った諜者が届けた報せから推測できた。あの深紅の双眸を持つ覇者《ハーン》が、自分ごときを恐れたと思うのは傲慢かもしれないが、書簡に記された名前は、アルディエルの心を震わせた。

かつて袂《たもと》を分かち、遥か遠くへと連れ去られた友の名。自分と同様に心を動かされたからこそ、彼女もここに来たのだろう。

軍才だけで言えば、草原にいた頃から図抜けていた。流浪の民でしかなかった青年は、族長をして一軍の将として認めさせたほどのものなのだ。もしも二年前、草原に十分な兵力があれば、友と二人、別の道もあったはずだ。

「もしも姫が望むのであれば、私は……」

口にした言葉は、だがあまりにも儚《はかな》げなフランの背に砕け散った。銀色の髪が揺れ、わずかにこちらを向いたフランの顔には、柔らかな微笑みだけがあった。

「私の想いはもう変わらない。彼を、苦しませたくはない。ただ、それだけよ」

世界の滅びを告げた彼女が、声の届かぬほどに遠ざかった時、平原に巨大な地響きが轟いた。振り向いた先では、そびえ立っていた土の壁が、次々に崩れ始めていた。砂埃が視界を覆う。

天高く舞う砂埃が収まった時、平原に一人立つ男が身体を折り曲げ、地面に落ちていた何かを拾い上げた。褐色の山高帽。優雅にも思える様で山高帽を頭にのせたのは、〈水の守護者〉を打ち倒した覇者《ハーン》の弟だった。

エラクの先に倒れているジョバンニの姿は、西方世界《オクシデント》の意思が一つに束ねられたことを意味していた。

第六章　隷王の階《きざはし》

I

六ジット（三百メートル）ほどの川幅で流れるフォラート川は、緩やかに南へと進んでいく。太陽の光を煌めかせる水面に草舟を浮かべ、カイエンは自らを呼ぶ声に立ち上がった。起きた波紋に草舟がよろめき、それでもゆっくりと遠ざかっていく。

「何をぼうっとされています」

背後からの声は、バイリークのものだった。足元までを覆う黒の礼服が濡れるのを嫌ってか、水辺で立ち止まっている。

「そう見えるか？」

「大敵を前に童のようなことをされている。サンジャルやシェハーヴは心配していますよ。背負う任が重すぎて、我を失ったのではないかと。唯一、タメルラン殿だけが笑って少し経てば戻ると言われていましたが」

「分かったようなことを言うなと伝えておけ」

言い募るカイエンに、バイリークが苦笑した。

「なんだ、その笑みは」

「いえ、タメルラン殿と再会されて、カイエン殿の表情が豊かになったことが可笑しくて。もとは視線だけで人を殺しそうだったのに、今はどこか稚気を滲ませている。それが良いことなのかは分かりませんが……」

一通の書簡を差し出しながら、バイリークが下流へと視線を向けた。

「カイクバード侯は、ここから二日の位置に」

広げた羊皮紙に記されているのは、カイクバード侯率いる軍の編成の詳細だった。

「これは、偽の報せを摑まされたのではないか？」

「私には分かりかねますが」

「それを確かめるのが優秀な副官殿の役目だろう」

「優秀であるがゆえに、ダッカから退避する時、一ファルス（五キロメートル）ごと、蜘蛛の巣状に伝令兵を埋伏させてきたのですがね。その全てから同様の報告が届いております」

肩を竦めたバイリークに、カイエンは食い入るように羊皮紙を見つめた。

カイクバード侯率いる軍の総勢は十二万。騎兵三万と九万の歩兵。カイクバード侯が動員できる兵力を考えれば、あまりにも少なかった。こちらの兵力は、ファイエル侯と七都市の軍を含めて十七万に膨れており、それと比べても少ない。

カイクバード侯がアクロムの三侯会戦に勝利してから三カ月経っている。その間、カイクバード侯麾下のリドワーンとスィーリーンが、アスラン侯、ジャンス侯の残党を追い、その領土の平定を果たしている。二軍の合流を待ち、大軍でもって北上してくると誰もが予想していたのだ。

たった三騎でバアルベク軍とシャルージ軍の狭間に現れた竜仮面の騎士を思い出し、カイエンの背筋に冷たいものが流れた。

「シャルージを制したのは、スィーリーンだったな」

「ええ。シャルージに送った斥候も遠目にしか確認できていませんが、おそらく間違いないでしょう。この目で見ていないので容易に信じることはできませんが……」

バイリークの言葉は、カイエンも同じくする感想だったが、戦場で見た力を思えばあながち間違っているとも思えない。斥候が持ち帰ったのは、シャルージの時が止まっているという報告だった。

一年中砂吹きすさぶ街を中心として、半径一ファルス（五キロメートル）の円周上に見えない壁のようなものがあるという。その壁の内側では宙に舞うはずの砂すら微動だにせず、確かめようと踏み込んだ斥候兵は、その内側に入ったところで意識を失った。

シャルージ城外に浮かぶ巨大な炎と、その下で優しげに微笑み静止するシャルージ騎士《ファーレス》の姿が、何よりの証拠だろう。

同時にそれは、厄介な力の一つが戦場に現れないことの示唆でもあった。

スィーリーンの力は、カイエンの力と同種のものだ。時の流れを変える力は、己の知覚できる範囲にあるものにしか影響しない。シャルージ騎士《ファーレス》を封じ込めているということは、いまだスィーリーンがシャルージの街に留まっているということでもある。

ただ、そこにも一つ疑問があった。

「なぜ、スィーリーンはそのままエフテラームを討たない」

「この戦の勝者は、そのまま戦《いくさ》の民の命運を背負い、エルジャムカと雌雄を決することになります。受け継がれていく〈背教者〉の力と違い、〈守護者〉の力は死ねば別の地の誰かに無作為に与えられるものであることを考えれば、カイクバード侯はエフテラームを味方に引き入れるつもりなのでは？」

バイリークの想像が最も可能性は高そうだったが、釈然としないものが残るのは否めなかった。

「……まあいい。カイクバード侯率いる十二万の軍の副将は、リドワーン。時を戻す力を持つ〈悲哀の背教者〉だ。力を持つ者で考えれば同数」

同数であるならば軍の力こそが鍵となる。だとすれば、カイクバード侯が大軍であることを捨て、十二万で急進していることの意味は一つしかなかった。

「ファイエル侯、七都市連合軍を含めて、こちらは十七万の兵力がある。だが、指揮系統の整わぬ混成軍であり、そして太守《アミール》という守らねばならない存在もいる」

それだけではない。マイ・バアルベクを護ることはもちろんのこと、ファイエル侯もまた同様の存在だった。バイリークが首肯する。

「戦巧者といえど、ファイエル侯は実戦経験が少ない。戦った戦場も、圧倒的な大軍を率いて敵を蹂躙しただけのものが多く、カイクバード侯との戦でまともな指揮が執れるかは未知数でしょうね」

「カイクバード侯率いる十二万の軍勢は、最精鋭の部隊だろうな」

「少数に絞る意味は、それしかないでしょう」

吐き捨てるように言うバイリークに、カイエンは小さく唸り声をあげた。

水面に流した草舟は、いつの間にか遥か下流まで流れ、砂粒のようになっている。流れは穏やかだが、掌ほどの草舟にとっては激流のようなものだろう。左右に大きく揺れる草舟にバアルベクの未来を重ね、カイエンは目を閉じた。

混成軍を率いて、カイクバード侯の下に統一された精鋭に勝てるのか。この構図は、実戦不足のシャルージ軍を翻弄したパルミラ平原での戦いの真逆だった。

四十万を超える大軍を想定し、カイエンはマイとファイエル侯を中央軍に据え、初戦では敗北することを考えていた。いかに有能な将であろうと、四十万もの大軍を完璧に統御することは難しい。敗れたマイたちを追撃したカイクバード軍が延びきったところで、包囲殲滅を繰り返す。それがバアルベク首脳の頭にはあった。

だが、選りすぐられた十二万の軍勢には、到底通用しない策だった。そこまで数が絞られれば、カイクバード侯の指揮は余すことなく全軍に伝わるはずだ。バアルベクを出陣する前に描いた策は潰えたと言ってよかった。

「このことをファイエル侯は？」

「本陣でお耳に入れました。バアルベクの騎士《ファーレス》の意見が聞きたいゆえ、連れてまいれと」

「タメルランは何と言っている？」

「長駆の準備をする必要があるとおっしゃっていました」

昔から物事を見抜く目は鋭かったが、この二年でさらに磨きがかかっているということだろう。頷き、カイエンは風に揺れる葦の中を歩き出した。

「七都市連合軍七万は後衛に。太守《アミール》とファイエル侯は、後衛に本陣を置いていただく。前衛はバアルベク軍四万、ファイエル侯麾下六万の計十万。戦場はここから二ファルス（十キロメートル）南の地点」

地勢を思い浮かべたバイリークも、ようやく気づいたようだった。

「二百二十年前、レド海の覇権を争ったカンナエの戦いの再現ですか」

中央が後退し、左右両翼が前進、敵を包囲する。往古、西方世界《オクシデント》の名将が指揮したカンナエの戦いは、同数による包囲殲滅の象徴的な戦だった。ただ、カイエンの頭の中には、もう一枚仕掛けがある。バイリークが見抜けていないのであれば、大丈夫だろう。

「中央軍の指揮はタメルラン。左右両翼をバアルベク軍で固める」

「太守《アミール》とファイエル侯の守りは――」

「その役を担う者は、長駆の得意な者だな」

「……私がやるしかありませんか」

バイリークもカイエンの意図を見抜いたようだった。敵を引き込み、包囲、膠着《こうちゃく》したところでバイリークがカイクバード侯の背後に急進し、挟撃をかける。

攻撃の機が早ければカイクバード侯に逃げられ、遅れればカイエンたちが保《も》たない。マイたちを守りながら攻勢に出る機を見抜くには、広い視野と優れた戦術眼が必要だった。サンジャルやシェハーヴ、クザでは攻め一辺倒になるし、タメルランはファイエル侯麾下の軍の指揮から外すわけにはいかない。

「副官殿に勝負はかかっている」

「期待されるのは嬉しいのですが、この策はタメルラン殿と我々の指揮が少しでもずれれば途端に崩壊します」

「そうならないよう、サンジャルの手綱を握っておけ。近頃、お前の幼馴染は構ってもらえずに拗ねているようだからな」

「サンジャルの奴……」

一見すれば荒くれ者にしか見えない隻眼の千騎長《アルフーム》の名を呟いたバイリークに、カイエンは苦笑した。

敵が十二万と分かったからなのか。出陣前まで抱いていた漠たる不安が小さくなっていた。油断しているわけではないが、四十万の大軍がどれほどのものになるかは想像もつかなかったのだ。それと比べれば、カイクバード侯率いる精鋭であろうと、戦いようがある。

バアルベクの騎士《ファーレス》が勝利への道を見つけたと感じた時、軍神の異名を持つ男はフォラート川沿いを凄まじい勢いで北進していた。敵する者たちまで一ファルス（五キロメートル）の距離に近づいた時、届けられた報告に、軍神の頬は小さく歪んだ。

そこに滲んだのは、若造の油断に対する苛立ちであった。

II

草原に吹いていた横薙ぎの風が、昼を過ぎた頃に止まった。

左右両翼がわずかに前に出ているのか。フォラート川を右手に布陣するバアルベク、ファイエル侯連合軍十万を前に、カイクバードは竜の仮面をつけた。十万の奥には白薔薇の紋章旗を翻す七万ほどの軍勢がいる。

ファイエル侯と……おそらくバアルベクの太守《アミール》もそこにいるのか。

敵の意図は容易に知れた。黴《かび》の生えたような戦の模倣だ。中央軍が後退し、左右両翼がこちらを包囲する。もしかすると、奥に布陣するファイエル侯の軍も、挟撃への動きを見せるかもしれない。

十二万の味方は、三つの方陣に分け、横並びに展開させた。

気持ちのいいほどに晴れ渡り、いつもは砂交じりの空気が満ちるガラリヤ地方にしては珍しく、澄んだ空気が広がっている。だが、すぐに血の臭いで満たされる。油断と慢心と期待を滲ませた敵に、カイクバードは息を吐いた。

「始めるよう、リドワーンに伝えよ」

カイエン・フルースィーヤという男の器を測るためだけにここに来たのだ。アクロム平原での会戦から、時は十分に与えた。そのうえでこの程度の策しかとれぬというのであれば、期待外れもいいところだった。

前衛の中央、長剣を振り上げたリドワーンが吠える。

戦が始まった。

左右両翼、全線にわたって敵とぶつかった。兵の力は拮抗している。この一年半、ガラリヤ地方平定に奔走してきた軍だけあって、バアルベクの兵は驚くほどに精強だ。特に敵の右翼、バアルベクの三将が率いる軍の統制のとれた動きは、惚れ惚れするほどだった。バアルベクの千騎長《アルフーム》シェハーヴと、同じくサンジャルとクザ。シェハーヴとクザの名は昔から知っているが、残る一人はこの数年で出てきた将だった。右翼に二千騎を送り、さらに四千の歩兵を四段に分けて進ませた。これで戦線は膠着する。

対して、敵の左翼の指揮を執っているカイエンは、力を温存しているのか、ほとんど動いていない。意味のないことだと目を細め、カイクバードは鼻を鳴らした。

全ての戦線が膠着している。中央のファイエル侯麾下の六万を指揮する男はなかなかの戦巧者で、リドワーンの攻勢を巧みにいなしているが、やや前のめりになりすぎている。軍神の瞳には、銀髪の将の若さが見えていた。

「……惜しいな」

そう呟いた時、にわかに銀髪の将率いる軍がじわりと後退を始めた。その退き方も非凡だった。リドワーンがつられたように前に出ている。中央軍の勢いが止まらないのを見た時、カイクバードは曳かれてきた黒馬に騎乗した。

徐々に退いていく敵の中央軍に呼応するように、左右両翼が悟られぬよう前に出ている。連携は見事だ。即席の混成軍にしては、上手くやっていると思った。

だが、カイクバードが求めるのは、その程度の男ではないのだ。東方世界《オリエント》の覇者《ハーン》を見た瞬間、カイクバードは生まれて初めて勝てないと恐怖した。そして、〈背教者〉の悲劇を我が子に重ねた時、その命と人の平穏を天秤《てんびん》にかけることを決めたのだ。

神話の住人のような深紅の瞳を持つ覇者《ハーン》に、必ず勝つと確信できる者が現れない限り、我が子たちの命を優先する。民の命を護るべき諸侯《スルタン》としての祈りと、愛する我が子への祈り。カイエンへの失望は、我が子を生き延びさせることを正当化するものでもあることに、カイクバードは気づいていた。

諸侯《スルタン》としてではなく、父としてカイエン・フルースィーヤを殺す。

背後には、千の竜騎兵が黄金の鎧をまとい、黒のマントを風に靡かせている。

「出るぞ」

大剣を右手にひっ下げ、軍神が竜騎兵の先頭に駆け始めた瞬間、全軍の士気が爆発した。

自分は何か大きな計算違いをしているのではないか。

戦場の中央、疾駆を始めた黄金の騎兵団を遠目に見て、カイエンはこめかみに汗が伝うのを感じた。

先頭を駆けるカイクバード侯は、巨人をも斬り倒せそうな大剣をひっ下げている。かつてバアルベク軍とシャルージ軍の狭間にたった三騎で現れ、バアルベク軍の逃走を幇助《ほうじょ》した男だ。

軍神とも死神とも渾名されるカイクバード侯が、なぜあの時自分を助けたのかは分からない。助けてなお、今は正面から、しかも自分を試すような戦を仕掛けてきたのはなぜなのか。

「何を考えている……」

率いる二万の歩兵を徐々に前進させながら、カイエンは戦場を見渡した。中央ではタメルランが後退を始め、敵の中央軍はつられるように前に出ている。率いる敵将はリドワーン。

押し込んでいるように見えるが、タメルランの陣形は堅く、リドワーンの突破力では容易には抜けないだろう。そこにカイクバード侯が加わっても同様だ。

後退するタメルランの両翼で、自分とシェハーヴたちが押し出している。自然と、敵を包囲するような形ができつつあった。あとは、カイクバード侯がタメルランとぶつかった頃合いを見計らって、バイリークが本陣から騎兵を動かせば、それで勝負は決まる。

喚声の中でそう判断したカイエンの背に伝ったのは、しかし、冷たい汗だった。

この気持ちの悪さは、どこから来ている——。

その正体は、やはりカイクバード侯だった。タメルランの横陣まで四ジット（二百メートル）ほどの距離まで近づいている。

隙はないはずだ。

心の中でそう繰り返し、目の前の敵に集中すべく視線を正面に向けた。

突如、戦場を異様な音が貫いた。太い木の枝を無理やり叩き折ったかのようだった。

「軍神と呼ばれる男か……」

思わず口からこぼれた言葉の意味を理解するよりも早く、カイエンは率いる左翼二万を前後に分けていた。

「後衛一万のうち五千をタメルランへの救援に、もう五千は俺に続け」

カイクバード侯と衝突した兵が、上半身と下半身を切り離され、天高く舞っていた。それも一人や二人ではない。続けざまに舞う屍に、タメルラン率いる兵の中に恐怖が広がっていく。恐怖に固まれば、大軍の意味はなかった。

カイクバードを取り囲む百ほどの兵が、我を忘れたかのように駆け出した。尾を引くような雄叫びが戦場に響き、だが次の瞬間、カイクバードの咆哮と共に十二、三の兵が虚空に舞った。血をまき散らしながら、カイクバードの周りに身体の欠片が落ちていく。

凄惨な光景に、戦場がしんと静まり返った。

「……余の道を遮る罪を、知っておろうな」

悍ましい気配をまとった言葉が戦場を覆った時、カイクバードが馬腹を蹴り上げた。

右翼二万を率いるシェハーヴも戦場の異変に気づいたのだろう。カイエンとは逆に、正面の敵へ大きく押し込んでいた。三人の千騎長《アルフーム》が先頭に立っている。よく見ていると思った。シェハーヴらに特別な指示は必要ない。

駆けながら、カイエンは戦場の中央を一瞥した。

軍神カイクバード――。

タメルラン率いる六万の中央軍をたった一撃で萎縮させた男の名を噛みしめ、カイエンは合図を出した。正面の森から土煙が上り始め、すぐに五百の騎影となる。一年半前の戦で二百まで減ったが、バアルベクの正規軍から選りすぐって五百まで数を戻した狼騎だ。

「俺は先に行く。お前たちは敵の背後から突撃しろ」

狼騎の連れてきた白馬に飛び乗りざま、カイエンは背後を駆ける五千の歩兵に命じた。敵の背後という言葉に困惑したようだが、説明している暇はなかった。

「駆けろ！」

狼騎の先頭で、カイエンは姿勢を低くした。

間に合うか——。

祈るような気持ちで左手を見た。カイクバードはすでに六段に構えたタメルランの軍を、四段目まで破っている。信じがたい光景だった。タメルラン軍は、馬止めの逆茂木《さかもぎ》を並べ、その隙間には頑丈な縄が張り巡らされていたはずだ。兵も大盾を備えていた。徹底した騎馬対策だったにもかかわらず、遮る者のいないカイエンが駆ける速さとほぼ同じ。

無人の野を行くがごとき千の竜騎兵に、カイエンは手綱を握り締めた。タメルラン率いる六万を突破すれば、その先にはマイとファイエル侯の本陣がある。七万弱の兵がいるとはいえ、本陣を固める兵の主体は、指揮系統が統一されていない七都市連合だ。敗勢が濃くなれば、マイやファイエル侯を置き去りにして逃げ出すことは目に見えている。

タメルランの力を信じるべきか否か、本陣の戸惑いが手に取るように伝わってきた。指揮はファイエル侯だ。

後退しろ。

そう願った次の瞬間、動き出した本陣にカイエンの血の気が引いた。

立ち上る土煙の下で、本陣の七万が前進を始めていた。

ファイエル侯の意図は分かった。茜色の髪を持つ諸侯《スルタン》の目には、バアルベク三人の千騎長《アルフーム》とタメルラン、そしてカイエンに包囲されているカイクバード侯が映っている。

ファイエル侯は、本陣の七万を投入し戦を決めようとしているのだ。

バイリーク、何をしている……。

「止めろ！」

見えぬ副官へと叫び、カイエンは馬腹を蹴り上げた。

包囲というには、カイクバード侯はタメルランの陣深くまで突出しすぎている。タメルランがカイクバード侯を止めてこそ包囲は完成するが、すでに五段目も抜かれていた。戦場にカイクバード侯の哄笑が響くたび、兵が舞う。タメルランの剣の腕では、軍神を止めることは不可能だ。

このままでは、タメルランを突破したカイクバード侯の軍が、そのままファイエル侯とぶつかることになる。

馬首を左へ向けた。竜騎兵の正面に立つタメルランに合図すると、心得たとばかりにタメルランが兵を左右に分け、カイクバード侯に道を開ける。ぶつかるべき敵を失った竜騎兵から束の間、困惑が滲み、しかし猛然と駆け始めた。

「剣を抜け！」

狼騎五百騎が重なるように金属音を響かせた。統一された動きだ。〈背教者〉の力で、一気に距離を詰める。竜騎兵を乱し、その場でカイクバード侯を討つ。手綱を握る手に力を込めた時――。

視界の端に現れた空間の歪みが砕かれ、カイエンは弾かれるように頭をのけぞらせた。

力が、行使できなかった。

「何が……」

言葉と共に動揺を噛み殺した時、強烈な視線を感じた。いつの間にか、中央で指揮を執っていたはずのリドワーンが竜騎兵に交じり、こちらをまっすぐに見据えていた。黒い長髪を背中でまとめ、瞳にはどこまでも冷静な光がある。

時を進める力と、時を戻す力。相殺されたのか……。

竜騎兵が二手に分かれた。カイクバード侯率いる五百騎は、猛然とファイエル侯へと駆け、残る五百騎がカイエンに向かってきている。

力ずくで突破する。まともにぶつかれば、狼騎といえども無事では済まないだろう。燃え盛る火の玉のような竜騎兵に、カイエンは血を覚悟した。

ぶつかった。嵐の中に踏み込んだようなものだった。あらゆる方向から斬撃が襲い掛かってくる。浅い斬撃は無視し、深そうなものだけ剣で撃ち落とした。瞬く間に全身が傷だらけになる。無数の火花が周囲で弾け、狼騎が一人、また一人と馬上から消えていった。

竜騎兵は一騎一騎が相当の手練《てだ》れだ。四合渡り合っても討ち取れない。五合目、頬に傷のある男の首を飛ばした瞬間、その向こう側に風をまとった煌めきが見えた。咄嗟に弾いた剣から、激しい火花が散る。

リドワーン。馬上で槍を構える長髪の男が、すぐ目の前にいた。〈背教者〉同士だ。同種の、しかし正反対の力を持つ男との戦いに、カイエンは馬腹を蹴った。

凄まじい槍撃の嵐だった。疾駆する馬上でこれほどまで――。瞬きをすればその途端に命を獲られる。槍と剣が交錯し、無数の火花が宙に弾けた。

狼騎を気にする余裕はなかった。時間にしてそれほど経ってはいないだろうが、鼓動は激しくなっている。西日を背後に取ろうと駆け、させまいとリドワーンが回り込む。一進一退の攻防の中で、リドワーンが陽に目を細めたその瞬間、弾けるようにカイエンは狼騎を脱出させた。

間一髪だった。いつの間にか背後に回り込んでいたカイクバード侯率いる五百騎が、信じ難い速さで突っ込んできていた。

肩越しに振り返ると、歴戦の狼騎が紙切れのようにカイクバードの大剣によって吹き飛ばされていた。

「カイクバード……！」

前進していたはずのファイエル侯率いる七万の軍勢は、五千ずつの部隊に分かれ、四方八方に戦場を離脱し始めている。マイとファイエル侯がどこにいるか分からないがゆえに、カイクバード侯はこちらに矛先を変えたのだろう。カイクバードの突破力を見抜いたバイリークの策が奏功した形だ。

ただ、戦況が好転したわけではない。

並進するリドワーンによって反転はできない。カイクバードの脅威を逃れるには、狼騎の力で振り切るしかないが、竜騎兵の馬匹《ばひつ》はこちらと遜色ない。差は開かず、それどころか徐々に呑まれ始めている。

怯えを知らぬ狼騎がそれぞれに覚悟を決め始めていた。不意に、右を駆けていた一騎が馬上から姿を消した。いや、違う。胸から上が消えている。血が、宙に舞った。

すぐ傍に、いる。人ならざる力を持った自分を殺しうる者が。

聞こえてきた雄叫びは、地の底から這いずり出した獣の唸りのようだった。咄嗟に身をかがめ、剣を振り上げた。腕ごと持っていかれるような衝撃だった。耳障りな金属音と共に、剣が半ばから叩き斬られている。身体の芯から痺れるようだった。

折れた剣の向こうで、竜仮面の男が、再び大剣を振りかざしていた。

眼下、こちらを見上げてくる目はぞくりとするほどに鋭い。

カイエン・フルースィーヤ。〈憤怒の背教者〉の力を持つ男に、カイクバードは渾身の力で人幅ほどもある大剣を叩きつけた。もはや鉄の塊とでも言うべき得物で、斬るよりも叩きつけると言うべき代物である。

血で赤く染まった大剣が、カイエンの身体に触れる直前、わずかに軌道を変えた。またurmăt。ぎりぎりの所で目の前の若造は自分の力をいなし、受け流している。カイエンの〈背教者〉の力ではない。リドワーンが傍にいる以上、その力は使えないのだ。

剣の技巧に熟達していなければ不可能な業だった。だが、防御に徹した戦い方は、カイクバードを苛立たせもした。勝つ気のない男に、誰がついていくというのか。

三度、剣をいなされた時、にわかに後背が騒がしくなった。

「小賢しい……」

中央で崩れたように装っていた銀髪の将が自軍をまとめ、窮地に陥っているカイエンを無視するようにカイクバード軍本隊へ猛攻を開始していた。鼻を鳴らし、カイクバードはバアルベクの騎士《ファーレス》目掛けて剣を薙いだ。

同じことの繰り返しだった。剣がいなされ、空を斬る。逃げに徹しているこの男は討てない。舌打ちと共に、カイクバードは竜騎兵に反転を命じた。

先頭で銀髪の将が率いる中央軍の背後を襲った。斬り上げ、斬り下げる。二十を超す兵を討った時、敵を抜けていた。麾下の兵がカイクバードを見上げている。長く息を吐き出し、カイクバードは血に染まった竜の仮面を外した。

反転し、敵へと向きなおる。

「敵将は腰抜けだ。余の敵ではない。そして――」

空気が割れるほどの大音声。視界の端で、白と黒の髪が揺れた。

「――余の率いる貴様らの敵ではなかろう！」

雷鳴のようなカイクバードの言葉が、率いる兵の心を揺り動かした。

軍神と呼ばれる男の言葉に、戦場に熱気が渦巻く。兵たちの呻きが地響きのような雄叫びとなり、カイクバードは背中に巨大な力が宿ったようにも感じた。

大剣を振り上げた。

「我らこそ、戦《いくさ》の民の主だ」

呟き、カイクバードは敵の蹂躙を命じた。

III

懸命に走る歩兵を鐙に摑まらせて、カイエンはフォラート川上流へと駆けた。

新月が撤退を覆い隠していることは不幸中の幸いと言うべきなのだろう。そこかしこから聞こえる荒い息に、手綱を握る手に力がこもった。

戦場から脱出できたのは、六万に満たない軍勢だった。

軍神と呼ばれる男が咆哮したその瞬間から、なす術もなく崩された。それまで押し込んでいたはずのシェハーヴやサンジャル率いるバアルベク軍でさえ押し返され、軍の要である百騎長《ミアーム》が次々に討たれていった。

繕いようのない敗北だった。

鐙を摑む兵の手から力が失われた瞬間、カイエンはその腕を握り締めた。死ぬな。暗闇で俯く兵が、血を呑み下した。

カイクバード軍の士気の爆発は、かつてカイエン自身が傍で経験したものだった。

一年半前、丘の上に追い詰められたバアルベク前太守《アミール》アイダキーンを救い、イドリースを破った少女の姿に、敗れる寸前だったバアルベク軍は息を吹き返し、シャルージ騎士《ファーレス》エフテラームを圧倒してみせたのだ。

だが、それが似て非なるものであることも、カイエンは気づいていた。あの時のバアルベク軍と比べて、カイクバード軍は圧倒的に精強である。率いる将は軍神とも謳われる男であり、彼に対する兵の信仰心は、盲信とでも呼ぶべきものなのだ。カイクバード兵は、侯が死ねと言えば喜んで死ぬはずだった。

〈憤怒の背教者〉の力は〈悲哀の背教者〉の力によって封殺されている。人ならざる力でカイクバード侯を斃すこともできない。

マイとファイエル侯の撤退が成功しているという報告だけが、救いだった。シェハーヴやサンジャル、クザら三人の千騎長《アルフーム》や、タメルランの生死は分かっていなかった。簡単に死ぬような連中ではないと信じているが、人として向かい合ったカイクバード侯の力は余りに圧倒的だった。

手の甲に滲む汗が一年半ぶりの焦燥であることに、カイエンは気づいていた。

これは人としての恐れだ。

〈背教者〉の力は、〈守護者〉を屠るためにある。全てを奪った東方世界《オリエント》の覇者《ハーン》――〈守護者〉の王たる存在を斃すためだけに、その力を磨いてきたのだ。力を持たぬ人への恐怖は、とうに忘れた感情だった。敗けるかもしれない。恐怖が足元から這い上がり、全身を絡めとるようだった。

マイと合流したのは、東の空が明るくなった頃だった。

戦場から北に六ファルス（三十キロメートル）離れた、かつてのラダキアとバアルベク間の領境付近だった。広がる大地には、粒の荒い砂が満ちている。丘陵が連なり、見通しは悪い。火を焚くことを禁じ、カイエンはマイの待つ幕舎へと向かった。

撤退戦の中で、七都市連合軍はかなりの数が逃げ出したのだろう。見渡すかぎりに広がるのは、木の枠組みに布を張っただけの幕舎だが、七万にはほど遠い数だった。カイエンが率いてきた兵を併せても四万に届くかというところだ。

背中に感じる朝日が、温かかった。

幕舎はすぐに見つかった。

「カイエン・フルースィーヤ、参る」

そこにいたのは、寝台に横たわるファイエル侯と、傍に座るマイの姿だった。隅では、濃い疲労を滲ませたバイリークが項垂れている。だが、深刻なのは茜色の髪を振り乱した諸侯《スルタン》のようだった。上半身の服を脱がされ、その大部分を包帯に包まれている。

振り返ったマイの表情は、一年半前の戦やバアルベクの籠城戦を戦い抜いたとは思えないほど弱々しいものだった。

「私を庇ったファイエル侯が流れ矢を……」

あてが外れたというほどではないが、心に差した影は落胆の色が強い。カイクバード侯に対抗できるとすれば、若年ながら名君との誉れも高いファイエル侯だろうと思っていたのだが――。

マイは父の死から立ち直ったとは言い難く、そして自分のせいでファイエル侯が負傷したことで、さらに己を責めている。彼女が戦場の旗印になることは、もはや不可能だった。

「太守《アミール》よ。俺も傍にいます。お気持ちは分かりますが、少し休んでください」

そう言って、カイエンはマイの肩に厚手の毛布を羽織らせた。

しばらくすると、小さな寝息が聞こえてきた。

この状況を打開するには、いかにすべきか。

ふと気づくと、いつの間にか口元を右手で覆っていた。視界に入った右腕に巻かれた漆黒の布は、かつて、草原の友と決闘で共に深手を負った時、銀色の髪の乙女が自分の衣を割いて巻いてくれたものだ。

ところどころ千切れ、襤褸のようになっている。にもかかわらず巻き付けているのは、彼女への想いを取り戻せると思っているからなのか。形の定まらぬ思いが輪郭を帯びた頃、立ち上がったのは、皺だらけの礼服を身につけたバイリークだった。

七万の兵を五千ずつに分けながら、バイリークはマイとファイエル侯をわずか二百騎の斥候に紛れ込ませて、戦場を離脱させた。自身は戦場に残り、二人が逃げ延びるまで、カイクバードを牽制し続けていた。

「よく、太守《アミール》と侯を守ってくれた」

「……いえ。本来であれば、あの場で勝利することが私の役目でした。果たせず、申し訳ありません」

悔しそうにするバイリークに、カイエンは首を横に振る。

兵は、率いる将の勝利への確信によって強くもなり弱くもなる。マイに抱いた感情は、カイエン自身にも言えることだった。カイクバード侯と向かい合った戦場で、カイエンは勝利を思い描くことができなかったのだ。

バアルベクを出陣した時から、漠たる不安はあった。それは戦場に着いても消えることはなく、軍神と呼ばれる男と向かい合って、さらに大きなものになった。誰にも言ってはいない。だが、兵は感じていたはずだ。

中央軍の指揮をタメルランに任せ、自ら左翼の指揮を執ったこともそうだ。兵力の多寡を理由にしていたが、いつものカイエンであれば、自ら中央軍を率いたはずなのだ。カイクバード侯と斬り結んだ時も、斃すことよりも躱すことで精一杯だった。

マイだけではない。友が立ち上がるまで支えるのが自分の役目だなどと口にしながら、カイエン自身、腰が定まっていなかった。

バイリークはそれに気づいているのだろうか。だが疲れ切った友の瞳から感情を読み取ることはできなかった。

脚を負傷しているのか、右足を引きずるように近づくバイリークが、目の前で羊皮紙を広げて見せた。黒鉛で描かれているのは、近隣の地勢図だった。等高線や森林の状況など、詳しく書き込まれている。

バアルベク騎士《ファーレス》に任じられて一年半、軍部に専門の部門を作り、ガラリヤ地方の地図を作成させ続けた。その中に、印が四つ。

「千騎長《アルフーム》に戦死者はいません」

明らかにほっとしている声だった。

「この印が、サンジャルとシェハーヴか」

「はい。残る二つが、クザとタメルラン殿。それぞれ合流を禁じ、敵の斥候が捕捉できない場所に埋伏させています」

「撤退戦の中でこれを？」

素直な驚きが声になっていた。バイリークが苦笑する。

「副官の仕事は状況を整えることです。それをいかに使うか。それが騎士《ファーレス》の役目ですから」

ことともなげに言い切るバイリークから、カイエンは思わず目を背けていた。バイリークは己に与えられた役割を十全に果たそうとしている。それに対して、自分はどうか。

ファイエル侯の寝台にもたれかかるマイの背中が、あまりに小さく見えた。

「それにしても、カイクバードはなぜあのような戦い方をしたのでしょうか？」

「あのような？」

バイリークの囁くような言葉にカイエンは首を傾げた。哲学者然とした千騎長《アルフーム》が頷いた。

「後方から戦場を見ていましたが、カイクバード侯は明らかにカイエン殿だけを狙っていました」

「俺からは太守《アミール》を狙ったように見えたが」

「タメルラン殿の軍を突破した直後のみはそうでしたが……。戦場の中心にいては気づかれなかったかもしれませんが、遠目にははっきりと分かりましたよ。全軍の動かし方といい、カイクバード侯はカイエン殿を誘い込もうとしているようにしか見えませんでした」

確かにバイリークの疑念は正しい。全軍の指揮官はあくまでファイエル侯であり、あの場でカイエン・フルースィーヤというバアルベクの騎士《ファーレス》は、左翼の将でしかなかった。もっとも兵力を持っていたのはタメルランであり、戦に勝つだけならば、わざわざカイエンを狙う必要はない。

「〈憤怒の背教者〉を狙ったのかとも思いましたが――」

「いや、それはないいな。俺の力は、リドワーンの力によって完全に封じ込められていた。まあ、互いにと言えばいいのだろうが。俺とリドワーンの力は、互いに相殺するものだ」

「ふむ」

腕を組み、口元を歪めるバイリークの姿に、カイエンもまた目を閉じた。

そもそも、カイクバード侯の今回の動きには不可解なことが多かった。アスラン侯とジャンス侯を討った後、軍を絞って北上してきたこともそうだ。大軍の侵攻には兵站の問題が付きまとう。だが、カイクバード侯はアクロム平原に巨大な城塞を築き、自領のあるアルバティン地方から膨大な量の兵糧を運び込んでいる。

四十万を超えるとされる全軍を率いてくれれば、それだけでバアルベク側は抗う術もなく敗れていたはずだ。バアルベク軍を、というよりもカイエン・フルースィーヤを試そうとするかのような――。

その時、カイエンは視界が開けていくのを感じた。

「バイリーク」

考え込む副官に声をかけ、幕舎を出た。昇りきった太陽はすでに朝の空気を失っている。

背後に従うバイリークが顔に掌をかざした。

「全軍を集めろ」

「……全軍とは」

「埋伏は解いていい。シェハーヴ、サンジャルを含めた全軍だ」

そう厳命すると、カイエンは丘の上に一人登った。

Ⅳ

敵の動きが次々に入ってきていた。

アスラン侯が手懐《てなず》けていた暗殺教団《ハシャーシン》は、闇の中でも斥候として役に立つ。暗殺を姑息な真似と信じるカイクバードは、アスラン侯を破った当初、宣教師《ダーイー》の伝えてきた投降の意思に否を突きつけた。それを翻意させたのは長子リドワーンだった。暗殺に使わずとも、用い方はいくらでもある。何より、手の内にあるだけで示威《じい》になると。

戦場での軍才は乏しいが、全体を見通して戦略を練る力は、自分よりも勝っている。後衛軍の中心を進む二十一歳の息子を遠目に見て、カイクバードは小さく頷いた。バアルベクの騎士《ファーレス》は敗戦から二日、ようやく覚悟を決めたようだった。

――いや、自分の意図を見抜いたと言うべきか。

撫でるように柔らかな風を全身に受け、カイクバードは苦みの強い笑みを浮かべた。

それはカイクバードにとって朗報でもあり、悲報への嚆矢でもある。どちらに転ぶか判断しないあたりは、諸侯《スルタン》としての自覚であった。

敵は敗戦で散った全軍を首切りの丘と呼ばれる古戦場に集め、軍を再編しなおしたようだった。カイクバードを唸らせたのは、バアルベクの騎士《ファーレス》率いる兵が二万との報告を受けたからだ。一人の将が自ら手足のように動かす兵力としては、最適な数である。

シェハーヴ、サンジャル、クザ、三人の千騎長《アルフーム》が五千ずつを率い、バイリークは五千を率いるカイエンの副官として本陣に入っている。先の戦で巧みな指揮を執っていたファイエル侯麾下のタメルランという男もまた、二千騎を率いて並進している。遊撃を担うのだろう。

それはカイエン・フルースィーヤという将が、全てを一手に背負ったことの証だった。ファイエル侯の同盟者としてでもなく、バアルベク太守《アミール》の麾下としてでもない。ただのカイエンとして軍を率い、軍神を倒すと民に宣言したのだ。

「英雄とは、民を殺し尽くし、それでも民から諸手を挙げて求められる者のことだ……」

かつて、二人の諸侯《スルタン》との戦を前にして、二人の子供に語った言葉だ。

民はいつの時代も英雄を求めている。それは、おとぎ話に出てくる悪しき者を成敗する煌びやかな英雄だ。大乱の中で立ち上がり、無数の戦を勝ち抜く者。だが、民は英雄の背中がどれほど血に塗れているのかを知らない。

　誰よりも民を殺し尽くした者だけが、英雄となれる。だが、立ち上がりかけた英雄を前に、民はいつの世も恐怖するのだ。これほどの殺戮をもたらす者を願ったわけではないと。そうして英雄たる資格を持った者は民に殺され、歴史の狭間に消えていく。

ゆえに、英雄とは、血に塗れた姿を見せてなお、民に求められる者でなければならない。民を殺すことを民に赦される者だけが、英雄となるのだ。

　他者の名ではなく、自ら名乗りをあげることが、その第一歩となる。

カイエン・フルースィーヤの決断は、階《きざはし》の一段目に足をかけたということだ。

もしもそのまま駆け上るほどの器があるのであれば、自分は二人の子供たちを失うことになるだろう。自分が、階の途中に立つ番人でしかないことも、カイクバードは知っていた。

　だからこそ、もしもカイエンがその器でないのであれば、自分を超えられないのであれば、救われない民のために二人の子供を失うつもりはない。だがもし、もしも階の頂に立つ器があるのであれば――。

〈守護者〉の王たる〈人類の守護者〉は、〈守護者〉七人の中で唯一不死性を持つ存在だ。彼の者を殺すには、〈背教者〉の力を束ねた力が必要となる。

　苦みの交じった息を吐き出し、カイクバードは進軍速度を速めた。

掲げる白薔薇の紋章旗を伏せさせ、カイエンは全軍の中央で剣を抜いた。

正面に展開する十二万のカイクバード軍は圧倒的だ。向かい合うだけでこちらを威圧してくる。数だけではない。一人一人の兵の練度が極めて高いことが、行軍の些細な動きから伝わってくる。

カイクバード侯は特別な力を持たぬただの人でしかない。にもかかわらず、かつて持たざる者としてエルジャムカやエフテラームに向かい合った時と同様の恐怖があった。

自分が忘れていたものの正体を、カイエンははっきりと思い出していた。

これは、力なき者として強大なものに正面からぶつかる恐怖だ。

拳はわずかに震えている。武者震いなどではなく、敗けるかもしれないという純粋な恐怖。この一年半自分にはなかったものだが、兵たちは常に抱いている感情だろう。左右に広がる麾下の兵たちの強張った表情に、カイエンは自分の視野が限りなく狭くなっていたことを突き付けられた。

ファイエル侯は戦場に立てず、マイも輝きを失っている。

この戦場で、兵たちが見上げる者はカイエン・フルースィーヤをおいて他にいない。だが、自分がマイやカイクバード侯のように兵たちの士気を爆発させられるかと問われれば、自信がないのも確かだった。

率いてきた戦は、常に勝利してきた。ダッカ、ラダキアの併合というラージンですら成し遂げられなかった功績もある。それでも、兵たちが自分に熱狂するとは思えなかった。

カイクバード侯の不可解な指揮の理由を考えた時、ようやくその漠たる疑問の正体が分かった。率いる者も、率いられる者も同じ人だ。〈憤怒の背教者〉という人ならざる力を持つ者としてではなく、人を率いる者として、カイクバード侯は自分を試そうとしている。

なぜかは分からなかったが、カイクバード侯がそう考えていることだけは分かった。

人は、弱さを同じくする人にのみ熱狂する。

思えば、ラージンが〈憤怒の背教者〉の力を持ちながら、近隣諸都市の攻略に出なかったのは、アイダキーンの方針もさることながら、そこに気づいていたからなのかもしれない。人ならざる者として人を率いることには、いずれ限界が来るのだと。

だからこそ――。

脳裏に浮かんだ深紅の双眸に、カイエンの身体がさらに震えた。

エルジャムカがあまねく東方世界《オリエント》を制することができたのは、エルジャムカ・オルダという英雄に、百万からなる牙の民がついてきたからこそだ。これまで、残忍で狡猾無比な覇者《ハーン》という印象しかなかったが、それはあくまでエルジャムカの表層であり、その奥には間違いなく人を熱狂させる英雄としての資質があるのだろう。

エルジャムカ・オルダを斃し、再びフランの手を取ることが、自分の望みだ。であるならば、覇者《ハーン》を超えなくてはならない。

長く息を吐き出し、カイエンは二万の軍の前に一騎出た。

遠くで竜仮面の騎士がこちらをじっと見据えている。その傍には、〈悲哀の背教者〉たるリドワーンがいた。互いに人ならざる力は使えない。この場所で問われるのは、人として勝利できるかどうかだった。

馬首を返すと、二万の視線が自分に集まるのを感じた。

二万の軍の半数は奴隷としてバアルベクに売られてきた者たちだった。前太守《アミール》アイダキーンの施策によって、他の街とは比べ物にならない厚遇を受けてきたが、それでもそこから一都市の騎士《ファーレス》が出るなどとは、思ってもいなかった者たちだろう。カイエンに向ける視線の中には、どこか羨望と憧憬の色がある。

同時に、二万の兵全体に共通するのは、その瞳の中にカイエンへの恐怖が滲んでいることだった。

人ならざる力を抱き、決して触れられぬ存在として、カイエンは立ち続けてきた。戦の指揮を執れば常に勝ち続け、倍する巨軀の敵を一刀の下に斬り伏せてきた。いまだ二十歳にもならぬバアルベクの騎士《ファーレス》を、兵は、民は、人ならざる者と畏れている。

　彼らの力を引き出すことができるかどうか。それは、彼らの瞳に滲む畏れを消すことができるかということと同義だった。

「俺がバアルベクに来たのは、二年前のことだ。何の力も持っていなかった俺は、草原で東方世界《オリエント》の覇者《ハーン》に敗れ、奴隷として遥か世界の中央《セントロ》まで連れてこられた……」

　口を結んだカイエンに、兵たちが怪訝な瞳をした。再びゆっくりと、口を開いた。

「死のうと思っていた」

　バイリークがじっとこちらを見ていた。

「友を失い、愛する人を失い、まだ若く未熟だった俺は絶望し、生きていても意味がないと思っていた。生きてもう一度自分の弱さと向き合うことが怖かった」

　兵たちの間に静寂が広がっていく。自分たちの指揮官が、今初めて己のことを語ろうとしていると気づいたようだった。

「その時に出会ったのが、千騎長《アルフーム》のバイリーク、そしてサンジャルだった。初対面で喧嘩を売ってきたのはサンジャルだった。身の程知らずがいると思ったものだが、今ではそうも言っていられない」

　バイリークが肩を竦め、その隣でサンジャルもまた顔を綻ばせた。

この一年半、バイリークは騎士《ファーレス》となった自分の隣に立つため、バアルベクに所蔵されている書物という書物を読みつくし、それを自分のものにしてきた。常に冷静であり、思考の枠を用意するバイリークは、枠の外に飛び出そうとするカイエンの副官として最高の人材だった。

隻眼を癖毛の中に光らせるサンジャルは、この一年半でおそらく最も変わった男だ。率いる軍は強力無比であり、サンジャルが姿を見せただけでガラリヤ地方の城門は開くと言われるほどの戦を繰り返してきた。

二人の友の視線の中には、同じく軍人奴隷から成り上がった者としての共感と、そしてここまで来たのだという隠しきれない滾りがある。

カイクバード侯は微動だにしていない。こちらの声が聞こえているかは分からないが、この言葉が終わるまで動かないであろうことは分かっていた。

「そこで、俺は初めて人ならざる力を持った前騎士《ファーレス》ラージンに出会った。その力によって理不尽な敗北をしてから、俺はラージンの走狗としてバアルベクの姫を護衛していた。散々だった。二人の軍人奴隷は言うことを聞かないし、姫は民を想うあまりに強情だった」

一年半前のマイを思わせる言葉に、兵の一部で苦笑が起きた。

一瞥し、カイエンは頷いた。

「何度も任を放棄しようと思った。だが、なぜかできず、遂には百を超える暗殺教団《ハシャーシン》と一人大立ち回りをして、全身を斬り刻まれた。サンジャルとバイリークに、助けられないようなら見捨てろとは言った……。が、本当に見捨てるとは思わなかったけどな」

　にやりと口元を歪ませた時、兵たちの間に朗らかな笑いが起きた。鼓動がわずかに速くなり始めた。

「そうして気を失っている間に、バアルベクでは内乱が表面化し、起きてみれば目の前には人ならざる者たちの戦いが広がっていた」

　今ここで必要なことは、カイエン・フルースィーヤという男自身を語ることだった。

「俺に誰が何を求めているのか。何度も自問自答した。東方世界《オリエント》の覇者《ハーン》エルジャムカ・オルダに敗れ、そしてまた人ならざる力に敗れようというのか。俺がどんな罪を犯したのかと。なぜ俺を繰り返し絶望させるのかと」

　言葉を途切れさせ、カイエンは息を三度、吐き出した。

　空が青かった。

「だが、それは違った。俺は怒っていたんだ。たった一人で民を救おうとした友に。たった一人、俺を救おうとした彼女に」

タメルランが空を見上げていた。

何のことか分かった者は彼以外にはいないだろう。だが、ここにいる皆に自分の絶望を知ってほしかった。そして、バアルベクの姫によって絶望が希望へと変わったことに。

「希望を、俺はバアルベクに来て知った。民を一心に想い、そして持てる命の全てを民に捧げようとするマイ・バアルベクの姿に、俺は希望を抱いてしまったんだ。友と手を取り合い、その全てを自分の力とすることができるのならば、失ってしまったものを取り戻せるのではないかと」

だから、俺は――。

「だからこそ、俺は力を持たぬまま、エフテラームと対峙した。姫をただ救いたかった」

一年半前、自分たちを救った少女の姿を思い出したのか、兵たちの表情に熱気が渦巻き始めた。白薔薇の紋章旗を掲げ、そこには狼騎がいた。そこには、カイエン・フルースィーヤがいた。

兵たちの視線が、さきほどよりもずっと強くなっている。

「エフテラームは、気高き将だ。太守《アミール》不在のシャルージを護り抜き、突如現れた七都市の兵が将官を失った時も、その命を見捨てなかった。その気高さに、太守《アミール》は友として手を取ることを決めた」

バアルベクは、マイという一人の乙女が先頭に立ち導いてきた都市だ。この二年、マイが全てを決めてきた。自分は戦場に出ていただけに過ぎず、兵の士気の源はマイ・バアルベクにある。

だが、今この場でなすべきは、マイへの信仰を、自分のものとすることだった。

「今、太守《アミール》は父君を失い、ファイエル侯は重傷を負われている。向かい合う敵は、軍神とも恐れられるカイクバード侯。お前たちの中には、決して勝てぬと思っている者もいるかもしれない。絶望している者もいるかもしれない」

そう言うと、左手にぶら下げた剣を、身体の前に構えた。右腕に巻き付けた黒い布は、カイエンにとってかけがえのないものであり、そして忘れることのできないしがらみだ。かつての友と剣を交え、二人共に傷ついた。泣きながら、フランが巻いてくれたものだった。

〝英雄とは、人か否か〟

耳にこびりつくのは、クヨル砦への撤退戦の最中、不意に現れたカイクバード侯が発した言葉だった。英雄とは人だ。人としての弱さを持ち、情けなく怯え、震え、だがそれでも民の先頭に立つことのできる者だ。人の気持ちを理解できぬ者は、決して英雄にはなれない。

英雄とは、民を、人を理解する者のことなのだ。

一呼吸ののち、カイエンは右腕に巻いた黒い布を剣で切り裂いた。

風雨に晒され続け、襤褸のようになったそれは、いとも容易く裂けていった。綻び、糸が風に舞う。

ようやく分かった。己の過去に囚われている者に、人はついてこない。自分たちの未来を思ってくれる者に、人はついていく。過去を捨てるわけではない。むしろ――。

風の中に散った黒い布を一瞥し、カイエンは兵たちに笑いかけた。

「俺は太守《アミール》のために戦いたい」

それが銀髪の乙女がいる場所へと続いている。過去に囚われないことは、全てを忘れ去ることではないのだと、ようやく気づいた。

「今日、俺はお前たちのためだけに戦う」

だから――。

馬首を返し、竜仮面の騎士をまっすぐに見据えた。英雄とは誰か。その強すぎる瞳が問いかけているようだった。

右に持ち替えた剣を振り上げた。

「だから、お前たちも、俺のために戦ってくれ」

空気がすっと冷たくなった。カイエン・フルースィーヤという青年は、これまで近寄りがたい将であった。何かを恃《たの》むようなこともしてこなかったのだ。

剣の柄を握り締めた。

——駄目か。

目を細め、歯を食い縛ったその瞬間だった。

背中が途轍《とてつ》もなく強大な何かに押されたように感じた。目に見えない巨人の腕のような——。

それが兵たちの歓声だと気づいた時、カイエンは無意識の中で剣を振り切っていた。

「駆けろ！」

馬腹を蹴るのが一瞬遅れた。左右で駆け始める兵たちの先頭には、バイリークとサンジャルがいる。大地を揺るがすような喊声の中で、カイエンは全軍を従えて駆け出した。

見据える敵はただ一人、十二万の大軍の中央で、こちらを見据える竜仮面の男だ。軍神と謳われる最強の諸侯《スルタン》カイクバード。

カイクバードの右腕がゆっくりと動いた。その手から大剣が大地にこぼれ落ち、竜の仮面が取り払われる。

カイクバードが苦悶の表情を浮かべた。直後、カイクバード軍の中に次々と旗が立ち上がり始めた。槍の穂先が輝く柄、そのどれにも、あまりにも白い旗が靡いている。混乱の中で、全軍に停止を命じたカイエン自身、すぐには止まることができなかった。

バイリークが止まり、遅れてサンジャルが止まった。

悲壮を滲ませ天を見上げるカイクバード侯が、一騎、前に出てきた。

全軍に戦備えを命じたまま、カイエンもまた一騎前に出た。

戦場の中央、両軍から六ジット（三百メートル）離れていた。くるぶしほどの高さの草が、小さく風に揺れている。両軍がぶつかれば、踏みしだかれていたであろう草花だ。

近づくほど、カイクバード侯の威容は抗いがたいほどのものになった。

互いの瞳の色まで分かるほどの距離になった時、カイクバード侯が目を閉じた。

「カイエン・フルースィーヤ」

呼びかける、と言うよりも何かを唱えるようにも感じた。神への祈りを捧げる聖職者の文言のようにも感じたのはなぜなのか。見つめる先で、カイクバードが瞼を開いた。その瞳には、軍神たる強烈な光だけがあった。

「余は、戦《いくさ》の民最強の諸侯《スルタン》である。民を率いる者として、お主に問おう。東方世界《オリエント》の覇者《ハーン》と、お主はどう戦うつもりだ」

それはこの一年半、何度も自問自答してきた問いだった。そして、その答えは最初から決まっている。

「俺は人を救う」

黒髪の中に一筋の白髪が交じっている男の瞳を、カイエンは見据えた。カイクバード侯が目を見開いた。

「〈守護者〉も〈背教者〉も知ったことじゃない。一年半前、先代バアルベク騎士《ファーレス》より力と地位を継いで以来、俺の答えはたった一つだ。人を救う。エルジャムカがそれを望まなくとも、俺はそうする。人ならざる力を持つ者も、同じ人だ」

「そのような戯言を本気で言っておるのか？」

カイクバード侯の瞳に滲んだのは、強い悲しみだった。

悲劇の史を知らぬがゆえの言葉だと、カイクバード侯は断じているのだろう。だが、カイエンは〈守護者〉と〈背教者〉の史を知っていた。その二つがいかなる運命を引き起こすのかも。それでも、言葉を変えるつもりはなかった。

今を生きる自分たちは、過去を繰り返すために生きているのではない。自分だけの未来を創るために生きているのだ。

カイクバード侯の瞳の震えが収まるのを待ち、カイエンはゆっくりと頷いた。

「俺は、人を護るよ」

一年半前、マイを前に誓った言葉だ。自分は変わっていない。微笑むかどうか迷った時、先に頬を吊り上げたのはカイクバード侯だった。

「馬鹿だな、お主は……」

微笑みながら、最強の男が泣いている。そして涙を拭うこともせず、カイクバード侯は続けた。

「資格は認めよう。その階も認めよう」

カイクバード侯が涙を拭った。黄金の鎧に包まれた巨軀が、まっすぐに背筋を伸ばした。軍神と謳われる戦《いくさ》の民最強の諸侯《スルタン》が、空に吠えた。

「これより我が全軍、そして戦《いくさ》の民は、カイエン・フルースィーヤ、お主の指揮下に入る」

息を呑み込んだ。

「……それは」

「ファイエル侯やバアルベクの小娘ではない。世界《セントロ》の中央の主人たる戦《いくさ》の民、その全てがお主の指揮下に入る。それが余の言葉の全てであり、絶対のものだ」

予想外の言葉にどう返すべきか、雷に打たれたような衝撃の中で、カイクバード侯は瞳を北へと向けた。

「鐵《てつ》の民は、じき敗れる」

言葉が途絶え、そして視線が遥か西の空高くへと向けられた。黄昏時。茜色に染まる空の中に、黒い影が二つ。渡り鳥が羽ばたいている。

カイクバード侯が拳を握った。

「西方世界《オクシデント》より、大軍が放たれた。百七年前、戰《いくさ》の民を襲った聖地回復軍《クルセーダー》と同じ大軍勢だ。均衡を保っていた十二の大国をまとめ上げ、率いる者の名はアルディエル・オルグゥ」

耳朶を打った名に心臓が止まりそうになった。東方世界《オリエント》の覇者《ハーン》の下にいるはずの名が、なぜ西方世界《オクシデント》からの侵略者として出てくるのか。

カイクバード侯が何かを窺うようにして、不意に視線を背けた。

「弱みを見せれば付け込まれるのは世界の常だが……。確かに聞いたぞ、カイエン・フルースィーヤ」

何かを諦め、そして何かを期待するように、カイクバード侯の言葉が響いた。

「人を、救ってみせよ……」

その瞳には、焦がれるような炎だけが燃えていた。

（『隷王戦記３』へ続く）